btb
Aus Freude am Lesen

btb

Buch

Im Haus des Verlegers und Filmproduzenten Wohlfahrt taucht ein Manuskript auf, in dem das Leben des Schriftstellers Aristides – Rezzoris Alter Ego – in Form von Erinnerungen, Anekdoten, Zwiegesprächen zusammengefasst ist. Rezzori selbst bezeichnete *Kain* als Autobiografie seines Werkes und als Pendant zu seinem Hauptwerk »Der Tod meines Bruders Abel.« Er taucht hier noch einmal ein in sein Jahrhundert, das er wie kaum ein anderer Schriftsteller als Quelle seines Lebens und Werkes begriffen hat. Auf unnachahmlich Rezzorische Weise fließen Biographisches, Historisches und Literarisches zusammen in der Überzeugung, dass Wirklichkeit sich in jedem Augenblick aus Vergangenheit, Gegenwart und Zukunft zusammensetzt. Jene Figuren, die bereits aus dem Roman *Der Tod meines Bruders Abel* bekannt sind, erscheinen hier erneut, die Erinnerungen gehen immer wieder zurück in jene Zeit, als die Weichen für eine Zukunft nach dem Krieg gestellt wurden.
In diesem Buch hält Rezzori ein letztes großes Zwiegespräch mit seinen verschiedenen Gesichtern, mit den ewigen Zweifeln und Zweiflern, mit seinen Träumen aus ferner Zeit.

Autor

Gregor von Rezzori wurde 1914 in die multikulturelle Welt der Bukowina hineingeboren. Zeitlebens flanierte der grandiose Sprachkünstler durch Länder und Kulturen ebenso wie durch literarische Genres. Weltberühmt wurde er durch »Maghrebinische Geschichten« und »Denkwürdigkeiten eines Antisemiten«, verehrt von Kollegen wie Italo Calvino oder Bruce Chatwin. Rezzori starb 1998 in Italien.

Gregor von Rezzori bei btb

Denkwürdigkeiten eines Antisemiten (89480)
Der Tod meines Bruders Abel (89480)
Greisengemurmel (72022)
Mir auf der Spur (72494)

Gregor von Rezzori

# Kain

## Das letzte Manuskript

btb

Umwelthinweis:
Alle bedruckten Materialien dieses Taschenbuches
sind chlorfrei und umweltschonend.

btb Taschenbücher erscheinen im Goldmann Verlag,
einem Unternehmen der Verlagsgruppe Random House GmbH.

1. Auflage
Genehmigte Taschenbuchausgabe Dezember 2002

Umschlaggestaltung: Design Team München
Umschlagmotiv: Anselm Kiefer
Satz: Uhl + Massopust, Aalen
VS · Herstellung: Augustin Wiesbeck
Made in Germany
ISBN 3-442-73043-0
www.btb-verlag.de

# Abschied in Santa Maddalena

Das ist eine unordentliche Schar, die hinter seinem Sarg läuft, um in der Kirche von Santa Maddalena Abschied von ihm zu nehmen. Kein *pompe funèbre*, schon die Jahreszeit will nicht, daß heute Pelze getragen werden. Und die Sonne nicht und auch nicht der Staub auf dem engen, gewundenen Weg, der noch für Karren oder Kutschen ausgelegt wurde. Es ist ein Weg, an dessen Rand unnützes Zeug hartnäckig blüht, in den Farben, welche der späte Frühling zu vergeben hat, und wenn man über den Rand hinwegschaut, blickt man auf Wein, auf Zypressen, Pappeln, auf dunkelgelben Ginster, grünsilberne Olivenbäume und auf ein paar Hunde, die sich balgen und mit Schafen oder Ziegen ihr Spiel treiben. Man blickt auch auf Gehöfte und Gutshöfe. Einer der Trauernden macht auf ein Schloß aufmerksam, eine andere auf eine neue Wohnsiedlung hoch oben am Berg. Hier und da treten Nachbarn zwischen Obstbäumen hervor, bekreuzigen sich und verlängern die Prozession.

Vorher, kurz bevor wir losziehen, ist noch ganz heftig um ihn getrauert worden, eine unbehagliche Frist, die immer zu kurz oder zu lang erscheint. Gregor von Rezzori hat in der Bibliothek gelegen, der Sarg auf schweren Folianten abgesetzt, der Tote trägt ein arabisches Gewand. Dann kommen die Kerle mit den Seilen, um ihn über die Veranda aus dem Zimmer im ersten Stock auf den Hof zu schaffen. Zuvor ist eines dieser Autos vorgefahren, die immer zu schwarz und zu protzig sind, allerdings nie für einen staubigen Feldweg.

Im Zug, der dem Fahrzeug folgt oder vorausgeht – die Formation der Schreitenden ist nicht eindeutig –, finden Menschen über Geschichten in den verschiedensten Sprachen zueinander und erinnern sich, daß diese Geschichten zum erstenmal erzählt worden sind, von jenem, dessen Gestalt eben noch die Bibliothek beherrschte.

Erübrigt sich zu sagen, daß die Schar, die auf die Kirche zuschreitet, sich aus lauter Personen zusammensetzt, die in einem von Rezzoris Romanen einen bedeutenderen oder weniger bedeutenden Platz gefunden hätten. Viele sind gekommen, nicht alle natürlich, und bei manchen, die sich nicht eingefunden haben, wirkt noch ihre Abwesenheit wie das artige Geschenk an ein Kunstwerk.

»Es ist ein Wunder«, sagt der Bürgermeister, der bei der Trauerfeier gleich nach dem Pfarrer spricht, »ist es nicht ein Wunder, daß ein Mann von so ferne her zu uns kommt, ausgerechnet zu uns einfachen Leuten und hier unser Freund wird?« Dann singt der Bäcker mit einer schönen, vollen Stimme das Misericordia und das Magnificat, ein berühmter Regisseur möchte einen Abschiedsgruß sprechen, scheitert aber an seiner inneren Bewegtheit, nimmt wieder Platz, die Dorfbewohner betrachten ihn liebevoll und rufen gerührt: »Bravo! Bravo, Volker!«

Der Tod ist eines der zentralen Themen in den großen Romanen des Gregor von Rezzori, im *Ödipus vor Stalingrad*, im *Hermelin in Tschernopol,* in den *Memoiren eines Antisemiten* und auch im *Tod meines Bruders Abel.* Der Tod als der Niedergang einer Stilform, als das Verblühen einer Landschaft, als das Ende einer Leidenschaft. Gegen diese Verluste setzt Rezzori sich zur Wehr, greift dabei zu allen erlaubten und weniger erlaubten Mitteln der Literatur, denn dort, wo der Gegner unbarmherzig ist, hat auch die altmodische Ritterlichkeit nichts mehr verloren. »Wer schreibt, nimmt Rache.«

Das konnte, Ritterlichkeit hin oder her, wunderbar quichottische Züge annehmen, weswegen es ja auch kein Zufall ist, daß Rezzori am gleichen Tag im April stirbt wie Cervantes. »Die ganze Welt«, heißt es bei dem Spanier, »besteht aus Machenschaften und Plänen, die einander entgegengesetzt sind.« Man muß sie nur aufdecken, an den Pranger stellen, mit Witz und Boshaftigkeit vernichten. Daß in diesem Gewerbe auch der Schreibende zu

Schaden kommt, daraus macht Rezzori nie einen Hehl, die immer nur halbwegs erfolgreichen Autoren, Drehbuchschreiber, »Textlieferanten« in seinen Romanen geben beredtes, manchmal gelalltes Zeugnis davon.

Die uneingestandene Seite dieser Todeserfahrung ist der erbitterte, hartnäckige Kampf gegen die »Epochenverschleppung« – wie bereits das Leitmotiv im *Abel*-Roman lautet, der vor einem Vierteljahrhundert erschien. (Und damals übrigens unter dem Rubrum »Spätwerk« rezensiert wurde, eine Qualifizierung, die unserem Autor mehr zusetzte als manches häßliche Adjektiv in der Besprechung. Auch das Wort »rüstig« las er ungern auf sich selbst bezogen.)

»Epochenverschleppung« ist natürlich das Schicksal einer Generation, die auch durch das gewaltsame und fürchterliche Durcheinander von Zeit, Raum und Denken bestimmt wird, welches das vergangene Jahrhundert prägte. Nehmen wir nur Czernowitz, die Geburtsstadt, damals im Mai 1914. Denken wir an ein paar berühmte Kinder dieser Stadt und dieser Zeit, natürlich an Rose Ausländer, an Paul Celan, selbstverständlich an Gregor von Rezzori, doch auch an jene Klara Blum, die als die linientreue Dichterin Zhu Bailan im kommunistischen China ihr Ende fand. Epochen werden verschleppt, genauso Generation, Sprachen, Anstandsformen und das, was unschuldig einmal Heimat hieß. Rezzori hat diese Elemente respektive deren Verschwinden nie in einem botanisierenden Verständnis dieses Wortes konserviert. Nabokov ist ihm ein epochen- und geistesverwandter Freund, doch kein Vorbild als Sammler. Aber er hat aufgehoben. Aufgehoben in des deutschen Wortes dreifacher Bedeutung: Aufgelesen, in die Höhe genommen, aufbewahrt. Und so rühren uns viele seiner Erzählungen an wie eine herbe Musik von Mahler, der sich an Zigeunerweisen erinnert, an Janitscharen, an Dorfkapellen, vielleicht auch nur an einen mißratenen Schulchor oder einen kurzatmig die Querflöte blasenden Schäfer.

Im Tod sieht Grisha aus wie ein Spötter, wie eine Gestalt, gezeichnet von Daumier oder von Hogarth, die sich selbst als den

Begutachter einer erinnerungswürdigen Szene präsentiert, die vor ihren Augen spielt. Man denkt an diese Maler, weil Grisha eben auch ein großer Zeichner ist. Man denkt an den spöttischen Blick, gut, falsch ist das Bild nicht, doch es unterschlägt, wie schnell dieser Spott in das große Lachen umschlagen kann. In das Lachen, das ein Fest eröffnet, ein Fest, das so schnell nicht vorbei sein wird.

*November 2000* *Tilman Spengler*

# VORWORT DES HERAUSGEBERS

Es gibt keinen Anhalt für die Behauptung, der Finder der hier vorgelegten Schriften habe auf den ersten Blick erkannt, wovon sie handeln. Zwar tritt Rechtsanwalt Dr. Fritz Engelhardt als ein gewiegter Leser meiner Bücher auf; jedoch beschränkt sich seine Kennerschaft vermutlich auf die »Maghrebinischen Geschichten«, und es ist bezweifelbar, daß die in den gefundenen Blättern aufscheinenden Namen Schwab, Scherping, Nagel, Witte und so weiter ihn den Zusammenhang mit dem »Tod meines Bruders Abel« hätten erraten lassen. Erst das beabsichtigte einleitende Vorwort des Filmproduzenten Wohlfahrt, das versehentlich nicht vor die ersten Seiten, sondern ans Ende der Mappe eingelegt war, dürfte ihn darauf hingewiesen haben, daß der Zufall ihm die bald dreißig Jahre vermißte und verloren geglaubte Mappe C der Manuskripte des Aristides Subicz beziehungsweise Schwabs, in die Hand gespielt hatte. (Die Mappen A und B sind im »Tod meines Bruders Abel« veröffentlicht.)

Bei genauer Einsicht stellte sich dann allerdings verschiedenerlei Ungereimtes und geradewegs Widersprüchliches heraus. Ins Auge sticht, daß die Mappe, die ja nach Angabe des Aristides ihm nach Schwabs Tod von dessen Sekretärin, Fräulein Schmidschelm, übergeben wurden, Aufzeichnungen von Schwabs Hand enthält, die eindeutig erst nach der im »Tod meines Bruders Abel« beschriebenen Kremierung der Leiche Schwabs auf dem Ohlsdorfer Friedhof in Hamburg im Jahr 1964 gemacht worden sind. Fräulein Schmidschelm, Sekretärin im Lektorat des Scherping-Verlags, von aller Welt zärtlich Schelmchen genannt, ist inzwischen leider auch verstorben, so daß sie nicht um Aufklärung dieser Diskrepanz gebeten werden konnte. Um aber die Verwirrung zu vermehren: In seinem angemaßten Vorwort gibt der ehemalige Filmproduzent und nachmalige Verleger Wohlfahrt an, er betrachte die Mappe als ein ihm legitim zustehendes Erbe aus der literarischen Hinterlassenschaft des Aristides, nämlich als Wiedergutmachung für ein angeblich vorausbezahltes und niemals abgeliefertes Filmdrehbuch »Die verlorene Tochter«, nachdem Aristides' Ende 1969 bei einem Autounfall ums Leben gekommen sei. Ich will nicht eingehen auf die Groteske, daß Wohlfahrt diesen angeblich »legitimen literarischen Besitz« zum Anlaß genommen hat, vom Filmproduzenten zum Buchverleger umzusatteln. Höchst unglaubwürdig ist jedenfalls, er hätte in der Mappe C jemals ein Drehbuch für den Film »Die verlorene Tochter« erwarten können. Nachprüfungen haben ergeben, daß da eine bewußte Irreführung vorliegt – bei den üblichen Geschäftsmethoden des Bankrotteurs Wohlfahrt nicht weiter verwunderlich. Fragmente eines Treatments zu besagtem Drehbuch sind beim französischen Coproduzenten aufgetrieben worden; aber auch damit erklärt sich nicht das Widersprüchliche im Manuskript des Aristides; ebensowenig wie durch den Umstand, daß in den Schriften des Aristides sämtliche Namen, also vermutlich auch sein eigener, durch erfundene ersetzt sind. Nicht alle auftretenden Figuren sind mit tatsächlich existierenden oder zur Zeit der Niederschrift existiert habenden Personen kongruent; desgleichen nicht alle geschilderten Vorgänge mit historisch feststehenden. Nebenbei: Wollten wir das verlangen, so hieße es, einem Romanschriftsteller die Phantasie verbieten.

In diesem Fall konnte jedoch die Fahndung auf verläßlicher Basis vorgenommen werden: Dr. Engelhardt hat das Haus am Tegernsee, in dem die Mappe aufgefunden wurde, vom Filmproduzenten Wohlfahrt (beziehungsweise dessen echtem Namensträger) vollmöbliert und mit einer erstaunlich kompletten Ablage von Geschäftspapieren seit 1959 erworben, kurz bevor der Produzent (unbezweifelbar identisch mit dem »Oberfilmferkel« in Aristides' »Tod meines Bruders Abel«), vielfach des Betrugs und der Steuerhinterziehung angeklagt, fluchtartig das Land verlassen hat. (Dr. Engelhardt vermutet seinen gegenwärtigen Aufenthalt in der Karibik.) Bei aller Fülle von hirngespinstigen, wenn nicht von vornherein absichtlich schwindelhaft angelegten Verfilmungsprojekten geht aus den darüber angelegten Akten eindeutig hervor, daß kein einziges bestanden hat, das mit dem in Wohlfahrts Vorwort sowie auch in der Schilderung des Aristides im »Abel« – nämlich dem Filmvorhaben »Die verlorene Tochter« – annähernd Ähnlichkeit hätte. In der Tat enthalten die Angaben Wohlfahrts sowohl wie die des Aristides viel produktionstechnisch Unwahrscheinliches, vor allem die Besetzung der Hauptrolle mit Nadine Carrier. Aber das mag einer Verschleierungsabsicht des Aristides zuzuschreiben sein, die dann von Wohlfahrt zur Untermauerung seines grotesken Anspruchs auf das Manuskript nur allzu willig aufgegriffen wurde. Immerhin sind auch bei Madame Carrier Nachforschungen angestellt worden – ergebnislos, wie zu erwarten gewesen war. Allein die Anzahl der Individuen, die mit ihr über die Jahre in intimen Beziehungen gestanden sind, hat eine genaue Sichtung ausgeschlossen. Zu einer vergleichenden Lesung der bezugnehmenden Stellen im »Abel« war die Diva nicht zu bewegen. (»Über mich ist viel geschrieben worden...«) Wie also war die Mappe C in Wohlfahrts Hand gekommen? Was die Akten aus Wohlfahrts Haus am Tegernsee unzweideutig nachweisen, ist die Verbindung Wohlfahrts mit dem langjährigen Lektor des Scherping-Verlags, Johannes S.

Wer damit gemeint ist beziehungsweise wer in Wirklichkeit auch an die Stelle des Verlagsinhabers Scherping zu setzen wäre, braucht nicht aufgedeckt zu werden: Es ist nur allzu offensichtlich. Desgleichen aber ist evident, wie Aristides (oder der hinter diesem Namen verborgene Autor) den Begriff »Wirklichkeit« auffaßt. Seine Skepsis gegenüber diesem »Protheus unter den Abstraktionen« zieht sich geradezu leitmotivartig durch alle seine Schriften, und er läßt nicht den geringsten Zweifel darüber, daß ihm die »literarische Wirklichkeit«, so fiktiv sie auch sei, einer eigentlichen Wahrheit des Vorsichgehenden näher zu sein scheint als die vielfach ausdeutbare Tatsächlichkeit der konkreten Vorgänge. Das verbietet uns von vornherein, den »Tod meines Bruders Abel« als Schlüsselroman zu lesen, über dessen vermeintlicher Durchsichtigkeit wir zwar die leibhaftigen Modelle für die darin auftretenden Figuren und tatsächlich stattgehabten Begebenheiten erkennen können, darüber aber den Sinn des Buchs aus dem Blick verlieren würden; und selbstverständlich gilt dieser Hinweis auch für die Mappe C. Wichtiger als eine Aufschlüsselung der im Fiktiven versteckten Tatsächlichkeiten, die – wie Dr. Engelhardt in juristischer Beharrlichkeit annimmt – möglicherweise zu einer Berichtigung, wenn nicht gleich zur Beseitigung der Diskrepanzen zwischen den Aufzeichnungen in Mappe C und denen im »Tod meines Bruders Abel« führen könnte, erschien mir bei der Herausgabe der Schriften in Mappe C deren eigenständige »literarische Wirklichkeit«. Liest man nur wenige Blätter aus der Mappe C, so ist man unverzüglich im Bann des darin Erzählten und muß zugeben, daß die anscheinend zufällige und heterogene Zusammenstellung der Aufzeichnungen in Wahrheit ein planvoll strukturiertes und in sich abgeschlossenes literarisches Produkt darstellt, dessen Anspruch auf unmittelbare Glaubwürdigkeit durchaus berechtigt ist. Sogar ein so trivialer, wenngleich geschäftsmoralisch gern zu relativierenden Manipulationen des Wirklichkeitsgehalts von Tatsachen neigender Geist wie Wohlfahrt hat erkannt, daß hier nicht eine Ergänzung und, wenn man so will, Vollendung des Buchs vom »Tod meines Bruders Abel« vorliegt, sondern ein davon unabhängiges Stück Literatur. Möge die Groteske seines Vorworts dafür Zeugnis ablegen.

Gewiß ist das Motiv der fragmentarischen und auf den ersten Blick unzusammenhängend erscheinenden Aufzeichnungen in Mappe C das gleiche wie im »Abel«, nämlich der Versuch, dem Schreiben – das heißt: dem Romanschreiben, also der glaubwürdigen Erfindung von Wirklichkeit – auf den Grund zu gehen. Die verschiedenen Ansätze des Aristides dazu, sein »Ringen mit dem Engel der Wahrheit im Als-ob«, sein fortwährendes Scheitern daran, über das er sich im »Abel« verquälten Gemüts und verworren dem Literaturagenten Brodny und Schwab mitteilt, scheinen hier fortgesetzt zu sein, halten sich aber enger ans Thema, sind weniger zerschwätzt, wirken also disziplinierter, geordneter – kein Wunder: Es sind ja von Schwab gesammelte Werkstücke, angelegt im Hinblick auf eine Fertigstellung und Veröffentlichung, die er, Schwab, als Lektor des Scherping-Verlags zu betreuen gehabt hätte. Aristides könnte hier korrigieren: eine Aufgabe, die Schwab gehabt haben würde, wenn er nicht gestorben wäre. Aber das war nicht der Fall: Schwab war nicht gestorben, als sich der Deckel der Mappe C über den Aufzeichnungen schloß.

Ich überlasse es dem Leser, dem Geheimnis, das sich darin verbirgt, auf die Spur zu kommen.

G. v. R.

# BEABSICHTIGTE VORREDE DES FILMPRODUZENTEN HEINZ WOHLFAHRT

Wenn ich hier das Manuskript »Die verlorene Tochter« in Buchform in Druck gebe, geschieht das einwandfrei rechtmäßig auf Grund meiner Machtbefugnis als alleiniger Inhaber und Geschäftsführer der INTERCOSMIC-Filmkunst, beide Vaduz, Fürstentum Liechtenstein, Postfach B X 391, als dessen alleiniger geschäftsführender Firmeninhaber ich immer gezeichnet habe und auch heute noch zeichne. Also nicht wie gewisse Seiten darstellen möchten, aus irgendwelchen trüben Machenschaften. Es war immer meine Art und bis in letzter Minute mein Prinzip gewesen, alle, selbst gegen mein Gewissen eingegangenen Verpflichtungen meiner Firma immer stets einzuhalten, aber auch umgekehrt. Das habe ich in guten Jahren so gehalten und halte auch in Krisenzeiten durch, egal ob mich wer für einen Verrückten hält, ich war ein Besessener meines schönen Filmberufs, aber gegen eine Mauer von Andersempfindenden kämpfen selbst Götter vergebens.

Es wurden in der letzten Zeit Anfeindungen gegen mich erhoben, denen gegenüber ich hier öffentlich nahetreten möchte. Besonders den Herren einer gewissen Presse für Geistesathleten, sprich Intellektuelle, die plötzlich entdecken, was für ein Genie Herr Aristides gewesen sein soll, wo sie ihn doch schon vorher gekannt haben, ohne daß ihnen davon etwas aufgefallen ist, möchte ich hier die Tatsachen noch einmal chronologisch in der Zeitfolge festlegen.

Herr Aristides – ob er mit Vor- oder Zunamen oder in Wirklichkeit ganz anders geheißen hat, weiß man ja bei einem Menschen seines Zeichens nicht – ist Opfer seiner, wie ich, selbst ein scharfer Fahrer, sagen muß, unverantwortlichen Autoraserei geworden. Bei einem Unfall, in welchem Gott sei Dank niemand anders mit körperbeschädigt wurde, fand er den Tod in Frankreich, einige dreißig Kilometer hinter Avignon. Es geschah dies auf den Tag genau am 13. Januar 1968 zwischen siebzehn Uhr dreißig und achtzehn Uhr. Dieses Datum – wahrscheinlich das einzige, was feststeht im Leben eines solchen Mannes – ist mir schon allein deshalb exakt haften geblieben, weil damit die unschönen Auseinandersetzungen begonnen haben, die zu dem inzwischen von mir persönlich tadellos wieder aufgeklärten Zerwürfnis mit meinen damaligen französischen Coproduktionspartnern geführt haben, das heißt zum Platzen dieses Projektes »Die verlorene Tochter« und folglich zur vorläufigen Auflösung der INTERCOSMIC-Filmkunst, alles durch das Verschulden eines Herrn Aristides, der heute von seinesgleichen als Dichter gefeiert wird.

Tatsächlich befand sich mein Drehbuchautor Aristides zu diesem Unfalltermin auftragsgemäß nach meiner Anordnung unterwegs von Paris nach Cannes, wo ihn ein drehfertiger Stab, fix und fertig mit Kameramann bis hinunter zum letzten Beleuchter und den Darstellern, unter der Leitung eines erstklassigen namhaften Regisseurs, wie es meine Aufgabe war als Produzent, organisatorisch auf die Beine zu stellen, mit dem fertigen Drehbuch für das Filmvorhaben »Die verlorene Tochter« erwartete. Die telefonische Benachrichtigung von seinem Unfall mit Todesursache erfolgte an mich im Hotel MARTINEZ pünktlich dreiundzwanzig Uhr, und zwar durch die Straßenpolizei. Auf der Stelle begab ich mich persönlich noch im Smoking direkt von der Bar zum Unfallort, wo ich wegen äußerst ungünstiger Straßenverhältnisse in diesem, wie man sich erinnert, unnormalen Winter 1968 erst gegen zwei Uhr morgens eintraf.

Ich versichere hier eidesstattlich, daß unter den Papieren, die am Unfallort gefunden wurden, trotz eigenhändiger gründlicher Suche von mir persönlich ein Drehbuch mit der Spitzmarke »Die verlorene Tochter« nicht aufgetrieben worden ist. Auch bei späterer Untersuchung der kümmerlichen Hinterlassenschaft des Aristides in verschiedenen drittklassigen Hotels in Hamburg und Paris ist ein solches Drehbuch nirgendwo in Erscheinung getreten. In der Mappe, die als »Die verlorene Tochter« überschriftet war, befand sich einzig und allein das hier veröffentlichte Manuskript.

Es ist Anspruch erhoben worden auf dieses Manuskript von seiten des Rechtsanwalts der Mutter des unmündigen Sohnes des Aristides, geschieden 1952, sowie von den Herren Klaus Scherping, Scherping-Verlag Hamburg, und von Roennekamp, Börsenmakler, gleichfalls Hamburg, alle unter dem Vorwand, daß es sich um ein ihnen gehörendes literarisches Meisterwerk handelt und nicht um lediglich ein Drehbuch für einen Film.

Das kann stimmen oder nicht, es wirft nur ein grelles Licht auf die finstere Unwissenheit dieser Herrschaften, denen nicht einmal bewußt ist, daß ihr Freund Aristides in diesem Manuskript haargenau dargestellt hat, welche Rolle sie darin spielen, so daß jeder klardenkende Mensch schon hundertprozentig auf der ersten Seite erkennen muß, was mir von allem Anfang verdächtig war und Aristides selbst auch schamlos ausspricht, nämlich daß er mit ihrer vollen Unterstützung von vornherein die Absicht hatte, die INTERCOSMIC-Filmkunst, sprich in diesem Falle mich, Heinz Wohlfahrt, auf die kälteste Weise aufs Kreuz zu legen und niemals ein Drehbuch, sondern immer nur ein literarisches Werk zu schreiben.

Das ist belegt auch durch die Aussage von anderen durch mich hinzugezogenen, gleichfalls sehr erfahrenen erstklassigen Filmfachleuten, die einwandfrei festgestellt haben, daß aus dem vorliegenden Manuskript nicht einmal von einem der heute in Front befindlichen, gestern noch als sogenannte Neue Welle bekannten Verrückten ein Film zu schaffen ist, schon erst recht nicht ein Kassenschlager, auf welchen unsere Industrie mit ihrem hohen finanziellen Risiko nun einmal angewiesen ist.

Ich soll nun ein Opfer dieser Gesinnungsart sein. Dabei ist der Auftrag für das Drehbuch an diesen Mann ergangen trotz meines ausdrücklichen warnenden Abratens auf Grund von nur lediglich sage und schreibe drei (3) Schreibmaschinenseiten Exposé. Gegen meine Stimme als Erstproduzent hat der französische Coproduktionspartner gegenüber dem Verleih darauf bestanden, weil angeblich die mündliche Darstellung des Stoffes des Aristides so blendend gewesen sein soll, daß sofort mit der Arbeit am Drehbuch unter Verzicht auf das sonst branchenübliche Treatment begonnen werden sollte. Mit einer Aktennotiz vom 4. September 1967 kann ich beweisen, daß der Verleih derselben Ansicht war und mich daher unter Druck in dieser Krisenzeit veranlaßt hat, aus persönlicher Tasche einen Vorschuß zu zahlen, wie er sonst für namenlose Autoren des deutschen Films nicht landesüblich ist, mit der festen Zusage, nach Fertigstellung des Drehbuchs die halben Kosten zu übernehmen. Diese Partner haben sich dann damit zufriedengestellt, immer nur seitenweise Einblick in das angeblich in Arbeit befindliche Drehbuch zu erhalten. Die Schauspielerkontrakte wurden nach einer handschriftlichen Besetzungsliste des Aristides aufgesetzt. Ich möchte hier hervorheben, daß diese gedankenlose Unvorsichtigkeit unterstützt wurde durch den Einfluß der Hauptdarstellerin Nadine Carrier, deren Beziehung zu Aristides er selbst ja in wenig zurückhaltender Form dargestellt hat.

Wenn mich nun heute der Vorwurf treffen soll, daß ich womöglich schuld bin am frühen Tod eines Dichters, mit dem die deutsche Nachkriegsliteratur wieder ihre alte Weltrolle eingenommen hätte wie durch Böll und Grass, trotzdem kein anderer jemals seine Dichterfähigkeiten in Anspruch genommen hat wie die INTERCOSMIC-Filmkunst, sprich in diesem Falle ich, Heinz Wohlfahrt, so kann ich darauf nur kaltlächelnd sagen, daß der damals vollkommen namenlose, auf meinen Vorschuß angewiesene Aristides, der sämtliche Quellen leergepumpt hatte, so daß ihm nicht einmal seine Freunde Scherping und von Roennekamp, wie er selbst bedauernd zugibt, auch keine müde Mark mehr vorgestreckt haben, seinen Unfall vielleicht absichtlich herbeigeführt hat, um zu verdecken, daß er seinen Pflichten mir gegenüber nicht nachgekommen ist. Ich kann aber aus eigener Anschauung der Bremsspuren am Unfallort versichern, daß die Tatsachen andere gewesen sind. Die polizeiliche Untersuchung an Ort und Stelle, wo ich persönlich wenige Stunden gleich danach zugegen war, sowie auch einwandfreie Aussagen von glaubwürdigen Augenzeugen haben eindeutig ergeben, daß der Anhänger eines Lkw in der vereisten Kurve ins Schleudern gekommen ist und den wie gewöhnlich viel zu schnell entgegenkommenden Pkw des Aristides zu einem gefährlichen Ausweichmanöver veranlaßte, so daß dann Aristides selbst am Steuer alles unternommen hat, um sein aus der Bahn geratenes Fahrzeug abzufangen, bevor es am Betonpfeiler einer dort befindlichen Überlandleitung zu Bruch ging.

Meine Schlußfolgerung: Nicht nur habe ich mit dem rein zufälligen Verkehrstod des Aristides das allergeringste zu tun. Er hat vielmehr mein Vertrauen mißbraucht, das mich berechtigt, als alleiniger rechtmäßiger Inhaber dieses hier aufgefundenen einzigen Manuskripts »Die verlorene Tochter« aufzutreten, wie es auch in einer einstweiligen Verfügung des Landgerichts Hamburg festgelegt ist, mit sämtlichen branchenüblichen Rechten der Veröffentlichung und Übersetzung in ausländische Sprachen, Verfilmung, Rundfunk- und Fernsehübertragung sowie allen noch zu machenden Erfindungen dieser oder ähnlicher Art. Anfallende Honorare aus solchen dienen einzig der Wiedergutmachung des Schadens, der mir durch den Treubruch des Aristides zugewachsen ist.

Als rechtmäßiger Verleger des Schrift-, nicht Filmwerkes »Die verlorene Tochter« wird mir niemand den geringsten Mißbrauch meiner Machtbefugnis nachweisen können. Ich habe von dem Manuskript nicht eine Silbe verändert, ausgelassen oder zugefügt, trotzdem die Art und Weise, wie sich Aristides über die Filmbranche äußert und speziell über meine Person oder den Senior des Wiederaufbaus des deutschen Nachkriegsfilms, Horst-Herbert Stoffel, oder zum Beispiel gewisse Darstellungen von Männern wie sein Gerdjochen Witte, Senior der Witte-Waschwerke, von denen man genau weiß, daß sich dahinter eine der achtungsgebietenden Gestalten des Hamburger Wirtschaftslebens verbirgt, jeden andern dazu veranlaßt hätten, die Tatsachen wahrheitsmäßig zu beschönigen. Leider sprechen diese Tatsachen aber hart für sich und gegen ihn. Es ist ja bekannt, daß unsere Herren Intellektuellen gesinnungsmäßig mehr auf dem rosenroten linken Flügel stehen und daher keinen rechten Kontakt zu führenden

Köpfen der Wirtschaft haben. Ich entschuldige das damit, daß eben das Manuskript des Aristides mehr Dichtung als Wahrheit enthält. Das ist belegt durch die Aussage eines hochintelligenten, vorläufig leider noch namenlosen jungen Mannes, der aber bestimmt seinen Weg machen wird, ein gewisser Dr. Wieland Haslitzsch, diplomierter Germanist, den ich als literarischen fachmännischen Sachberater der INTERCOSMIC-Literaria mit zugezogen habe. Er schreibt auszugsweise:

> Daß hier sehr persönliches Erleben dichterische Gestalt zu finden trachtet, steht außer Zweifel. Dennoch handelt es sich keinesfalls um eine Autobiographie im gewöhnlichen Sinn. Der scheinbare Rechenschaftsbericht des Autors über das, was ihn veranlaßt, sein Buch zu schreiben, ist der architektonische Grundriß des Buches selbst. In ganz bestimmter Absicht sind hier Ereignisse und ihr erfahrungsmäßiger Eindruck auf den Erlebenden so ausgewählt und angeordnet, daß die Täuschung entsteht, es handle sich um eine erste Sichtung von Entwürfen, Anfängen, Versuchen, zusammengetragen zur Überprüfung auf Eignung als Buchmaterial für ein später zu schreibendes Buch. In Wahrheit ergibt sich daraus ebendieses Buch in einer originellen, wenn auch letztlich ausweglosen Gestaltung. Wie auf einem manieristischen Gemälde sind mehr oder minder bearbeitete Werkstücke sowie das Handwerkszeug des Künstlers zum Atelierstilleben zusammengestellt und in der Stimmung des Künstlers, seiner nur ihm eigenen Problematik widergespiegelt, immer aufs neue und überraschende einen neuen Aspekt offenbarend, der ausgeht vom Künstler selbst, welcher uns zugleich aus diesen Spiegelungen entgegenblickt. So ergibt sich ein Einblick in die Struktur des Werkes *in statu nascendi*, nämlich in seinem Ursprung im Kunstschaffenden, zugleich damit dessen Selbstporträt. Alles in diesem Buche Aufgezeichnete ist Erlebnis eines Schreibenden, will sagen: eines Menschen, dem das Schreiben nicht nur Berufung und Beruf, sondern

Existenz ist, mit einem Worte: Schicksal. Es handelt sich demnach um eine Erlebnisweise, die sich von derjenigen des nichtschreibenden Menschen sehr gründlich unterscheidet. Die auf ein Nietzsche-Zitat (Vorhersage eines »artistischen Zeitalters«?) gestützte Behauptung des Verfassers, daß der moderne Mensch dank einer überwiegend literarischen Erziehung bereits ein potentiell schreibender Mensch sei und also die Wirklichkeit auf diese Weise des Schreibenden erfahre, setzt das allgemeine Bewußtsein des Prozesses voraus, der beschrieben ist: die fortwährende Verwandlung tatsächlicher Geschehnisse in literarische Materie. Indem dieser Vorgang bloßgelegt wird, wird auch die Fälschung sichtbar, die aller Romanliteratur notwendig innewohnt.

Diesem einwandfreien Beleg für die Wahrheitsliebe des Dichters Aristides habe ich persönlich nichts hinzuzufügen.

Ich veröffentliche das Manuskript »Die verlorene Tochter« mit als einen Beleg für die traurige, die Kinokassen leider aus dem Augenmerk lassende Tatsache der Wirklichkeitsverfremdung, die man dem Film mit Recht zum Vorwurf macht und die einzig und allein zurückzuführen ist auf die Mitwirkung von Spinnern vom Stamme des Aristides.

München, den 21. September 1984 — Heinz Wohlfahrt
INTERCOSMIC-Literaria
(vormals INTERCOSMIC-Filmkunst, München)

In Handschrift beigelegt, vermutlich nicht zur Veröffentlichung bestimmt:

*Als ehemalige Journalistin und gegenwaertige Gattin des Filmproduzenten Heinz Wohlfahrt, bevor ich uebers Fernsehen zum Film gekommen bin, moechte ich dem Vorwort meines Mannes einige persoenliche Worte anschließen. Ueber die technischen Hin-*

*tergruende der Rechte des Aristides-Manuskripts bin ich natuerlich nicht genuegend informiert, um mir ein abschließendes Urteil zu bilden. Ich kenne meinen jetzigen Mann genuegend, um sagen zu koennen, daß er zu irgendeiner unlauteren Handlungsweise unfaehig ist. Ich persoenlich begrueße jedenfalls seinen Entschluß, das Manuskript des Aristides in Buchform in Druck zu geben und so seine organisatorischen Unternehmerfaehigkeiten in dieser Krisenzeit mehr dem Literarischen zuzuwenden, was letztlich auch dem Film zugute kommen muß.*

*Mich hat das Aristides-Manuskript selbstverstaendlich vom Literarischen her interessiert. Genau wie Wieland Haslitzsch sehe auch ich darin eine Auseinandersetzung mit dem Wirklichkeitsproblem. Der Schreibende schafft sich eine eigene Welt, die fuer ihn oft wirklicher ist als die echte Wirklichkeit, mit der er dann natuerlich den Kontakt verliert. Ich moechte daher vorschlagen, dem Aristides-Manuskript folgendes huebsche Motto vorauszusetzen, das ich beim Blaettern im Chinesischen gefunden habe:*

> *Mir traeumte, ich sei ein Schmetterling, dem traeumte, er sei ein Mensch. Nun weiß ich nicht mehr: Bin ich ein Mensch, der traeumt, er sei ein Schmetterling, oder der vom Schmetterling ertraeumte Mensch?*

*Wiebke Keller-Wohlfahrt*
*z. Z. Tutzing am Starnberger See*

# MAPPE

# C

Wir sind im Begriff
zu erwachen,
wenn wir träumen,
daß wir träumen.

Novalis

# EISZEIT 1947

> Soll ich mein letztes End und ersten Anfang finden, so muß ich mich in Gott und Gott in mir ergründen und werden das, was ER: ich muß ein Schein im Schein, ich muß ein Wort im Wort, ein Gott im Gotte sein.
>
> Angelus Silesius

– woher denn? Na das weißt du wohl selbst am besten, was weiß ich selbst am besten? bitte nicht wieder anfangen, bitte! ist ja unerträglich! also wird man hier noch sagen dürfen, was man denkt? also wenn du dich nicht schämst! jetzt hört doch endlich auf! Moment mal – bitte – ja? – also wenn ich recht verstanden habe, was Sie sagen wollten – ja bitte, würde mich nämlich selbst sehr lebhaft interessieren, eben das wollte ich mir erlauben, mal kurz zusammenzufassen: Sie wollen, wenn ich recht verstanden habe, sagen – ich drücke es mal ganz allgemeinverständlich aus – ja? –, daß nämlich die Voraussetzung für ein konstruktives Gespräch hier, heute abend, aber auch ganz allgemein im Hinblick auf unser Thema – also: die Voraussetzung für ein solches konstruktives Gespräch über eine neu zu findende Staatsform hier im Nachkriegsdeutschland, nach dem Zusammenbruch aller bisherig für wertvoll angesehenen Werte – ja? – die Voraussetzung also, für eine Gesellschaftsform, die auch allen bislang erfahrenen psychischen Verhältnissen, um nicht gleich zu sagen: Bedingungen, des Menschen *in genere* voll entspricht, ist unsere Übereinkunft vom Vorhandensein – ob objektiv oder subjektiv spielt vorderhand keine Rolle – vom Vorhandensein jedenfalls eines rational nicht faßbaren aber psychisch erlebbaren Gegenstandes – ja? *transzendenta-*

*len* Gegenstands bitte, mit dem in religiöse Verbindung zu treten und zu bleiben eine psychologische Notwendigkeit vorliegt, die sich im Fall, daß diese Bindung aussetzt oder von Anfang an nicht oder nur vorübergehend – in der Kindheit zum Beispiel, und dann nicht mehr – besteht in einem oft bis zu seelischen Gleichgewichtsstörungen sich steigernden Bedürfnis äußert, also zu Neurosen führt, folglich auch bei der Schaffung eines neuen Staatsgebildes, wenn ich so sagen darf, als integrierender Teil der psychischen Umwelt, in der wir nun einmal leben, unbedingt berücksichtigt werden sollte – einverstanden? Das ist doch die Voraussetzung. Habe ich damit ausgedrückt, was Sie sagen wollten?

Jetzt raff dich aber auf, Mann! Alle Augen ruhn auf dir (ruhn ist gut! wie angesaugte Blutegel ruhn die). Zeig mal diesen Burschen und intellektuellen Flintenweibern, wer du bist! Zeig ihnen, daß auch du denken kannst! Dies ist die Stunde der Bewährung. Der Augenblick der Wahrheit. (Heil Hemingway! *For whom the balls tell*). Der Existentialist muß sich in jedem Lebensmoment verwirklichen, auch auf dem Donnerbalken. Spuck dir also geistig in die Pfoten und pack's an: Die Voraussetzung für ein konstruktives und so weiter – bisher stimmt's – ist unsre Übereinkunft – hier! – da ist schon der Haken: wieso denn Übereinkunft? aber das ergibt sich wahrscheinlich später aus dem Satz, muß sich aus dem Satz ergeben, anders hätte ich ihn doch nicht so angefangen – also: ist unsre Übereinkunft vom Vorhandensein eines rational nicht faßbaren – das stimmt vollkommen, bin ich hundertprozentig mit einverstanden (der Bursche kennt eben seinen Text, verdammt noch mal!) – also rational nicht faßbaren, aber psychisch erlebbaren – na womit denn sonst, wenn nicht mit der Psyche? mit dem Dickdarm vielleicht? (Vorsicht! wenn ich das ausspreche, wird er sagen, ich bin anal) – also erlebbar jedenfalls, da kann man auch nischt gegen sagen, alle bislang erfahrenen psychischen Verhältnisse des Menschen sprechen hundertprozentig dafür, einige Dutzend Jahrtausende nicht nur katholischer Glaubensverzückung blicken auf euch nieder, Soldaten Christi! eben die uralte Dualität: Licht und Dunkel, Ormus und Ariman, Baldur und Schirach, immer alles flott transzendental, stimmt also auch, mit dem in religiöse Verbindung zu treten (ist eigentlich ein Pleonasmus: religiöse Verbindung – aber bitte schön) eine psychologische Notwendigkeit vorliegt – eben wie in der Kindheit: wenn du was ausgefressen hast, gehst du erst einmal in die Knie und betest, daß es nicht rauskommt, kommt zwar meistens trotzdem raus, aber so ist der Mensch nun einmal gebaut – der Scheißkerl hat recht, verdammt noch mal, ist ja auch schließlich Wissenschaftler, diplomierter Seelenforscher, von Papa Freud geschulter Unterhosenbeschauer, schließlich nehmen sie ja doch nicht jeden Hanswurst gleich an die Universität, Nazi ist er schließlich auch nicht, sonst wär er nicht so dicke mit Freud und den Tommies, ein geistiger Wiederaufbauer eingesetzt von der Militärregierung – eingesetzt für was? ihren Whisky saufen... aber jetzt mal bei der Sache bleiben, zu blöd daß man in Gedanken immer wieder abschweift, das macht wahrscheinlich der verfluchte Schnaps beziehungsweise Whisky (nicht mal in so was gelingt's mir präzis zu sein und da leg ich mich mit einem Wissenschaftler an!) – man soll eben nicht auf leeren Magen saufen, goldene Regel, aber was macht man wenn man zur Füllung nichts hineinzutun hat? kommen wir zu seinem (beziehungsweise: meinem) Satz zurück, sonst glauben die da noch, ich bin total besoffen, oder eben ganz bekloppt, schieben's wenn möglich noch auf mein Bein (wer war das übrigens, der das aufgebracht hat? das merk ich mir aber!) überhaupt was soll denn das? Psychologie des Krüppels, Schockwirkung, amputierter unvollkommener Mensch... eben weil's einen (Gott sei Dank rechts vom Hodensack: der feine Herr trägt links) erwischt hat und nicht gleich bei lebenswichtigeren Organen, deshalb muß man doch nicht unbedingt schon Glaubensinhalte fressen, um das bißchen Denken von diesem Scheißkerl von Hertzog mit TeZet da nachzuvollziehn, wäre doch gelacht, das bißchen Dialektik, Anneliese, Therese, freudianische Schwanzprothese... wovon ist denn überhaupt die Rede? Zukunftsstaatsbildung – einfach lächerlich! Bis dahin sind wir doch allesamt verreckt (er natürlich nicht: er hat's ja mit den Tommies); aber ich brauch zum Beispiel jetzt auf dem Heimweg nur mit der Scheißkrücke in ein Loch unterm Schnee zu fahren und lieg da wie ein auf den Rücken gefallener Käfer, Kafka mein Zeitgenosse, kann so lang strampeln, bis ich an den Boden anfriere, *requiescat in pace* auf der Brahmsallee, dann kann mir der Zukunftsstaat gestohlen bleiben, dann kann er ausschaun wie er will, kann mir doch egal sein, wenn also schon eine psychologische Notwendigkeit dazu vorliegt, die sich bis zum Wahnsinn steigern kann, so hat er ja ganz recht damit, der Mann ist schließlich Psychiater, ist schließlich sein Beruf, soll er eben seinen Narren einen Staat hinsetzen, wie er ihren Neurosen entspricht, eine perfekte metaphysische Bedürfnisanstalt, in lebensharmonischer Übereinkunft mit allen, die sich dran beteiligen wollen, ist nur schade, daß auch die Kumpels da mit zugehören, hab sie doch für Freunde gehalten – also wie die gleich über mich hergefallen sind! die Weiber natürlich gleich am giftigsten: »Na, du weißt schon« – was weiß ich? was meinen die eigentlich? daß ich ein Ostagent bin oder was? sind doch zum Teil selbst Marxisten – aber was reg ich mich denn auf, die sind ganz einfach wahnsinnig alle miteinander, Hertzogs Patienten von vornherein, haben ganz recht, wenn sie sich einen Hauspsychiater anschaffen, dabei waren sie vorher wirklich nett, waren früher einmal wirkliche Freunde, echte Kumpels, mit Kohldampf und ohne Zukunftsstaat einfach nette Menschen, ich bin gern hier herausgetippelt, so schwer mir's mit dem abben Bein geworden ist, ihr Scheiß-Rübenschnaps und ihre beschissenen handgewebten Zigaretten waren's bestimmt nicht weshalb, also eine Scheiße ist das alles, dazu wollen sie also auch noch den lieben Heiland einladen: Komm Herr Jesus, sei unser Gast und segne die Scheiße, die du uns bescheret hast! und mit dem gleichen Atemzug schwören sie auf Karl Marx, Genossen hört die frohe Kunde: das Christkind ist der eigentliche Gründer der klassenlosen Gesellschaft, ein Modellfall von gestilltem metaphysischem Bedürfnis: immer in regem Kontakt mit dem transzendentalen Herrn Papa und dabei dank einer jungfräulichen Mutti gänzlich ohne Ödipuskomplex, was will ich eigentlich von denen? am besten, ich hau hier einfach ab – der Bursche da, der Germanenführer mit TeZet – etymologisch ohne Te: der vor den blondbärtigen Arschlöchern »herzog«, das Über-Arschloch – der steckt mich doch einfach in die Tasche, er ist ganz einfach für sie gemacht, ist ihnen von des verewigten Führers Vorsehung auf den Leib geschneidert, die Spießer haben einfach Angst vor der eigenen Courage bekommen, die globale Neugestaltung nach eigner Weltanschauung ist ins Auge gegangen, halten wir uns wieder an die erprobten abendländischen Werte, möglichst gleich an alle ohne Rücksicht auf Verluste, das Gute, Schöne, Edle und Wahre sind im Zweifelsfall dem Menschen eingeborene Bedürfnisse, da feit si Nix, wenn sie uns abhanden gekommen sind, so war das eben die Kollektivschuld, fragen Sie bei der Militärregierung an, überantworten Sie sich geschulter Seelenführung, Hänsel und Gretel verirren sich so leicht im Wald – so ist das: die haben einfach Schiß, nichts andres, schau sie dir doch an, wie sie mich jetzt anschaun: wie wenn ich ihnen ihre geistigen Krücken stehlen wollte (und dazu der chromstählerne Bariton des Scheißers da)

... ist es mir ungefähr gelungen auszudrücken, was Sie sagen wollten? (also raus jetzt mit der Sprache; Willem!)...

... also teilweise bestimmt – ich meine: teilweise sogar ganz genau...

und zum andern Teil? (wenn die doch nicht so schadenfroh drauf lauern würden, daß der mich unterbuttert, feine Kumpels, das ...)

... Tja, andernteils – wissen Sie: ich hab ja gar nichts gegen Gott – ich meine: grundsätzlich (oder: im Prinzip – oder wie sagt man das am passendsten?) – ich meine: ich bin nicht ausgesprochen ungläubig...

aber?...

eben gar nischt aber (warum denn: aber?), auch Jesus Christus, nicht wahr? bitte schön, das ist alles o. k. – ich meine bloß: wegen der Übereinkunft...

ja bitte?...

ich meine: ich gebe ja zu: in gewissem Sinne stellt die christliche Lehre – also in ihrer Urform selbstverständlich – ja? – natürlich also stellt diese Lehre in gewissem Sinn einen Endpunkt im sozialen Denken dar (was krümmen die sich denn zusammen wie wenn ich ihnen in den Bauch getreten hätte? ist das vielleicht gegen Karl Marx? oder gar gegen Karl Nagel? nur weil ich hier seinen Rübenwhisky saufe?)

... ja, ich höre ...

(wie das schon klingt: »ich höre!« wie wenn man von Freisler vernommen würde)

... ich will nur sagen: die Kirche hat da natürlich ganz großen Bockmist gemacht (au! das war falsch! das ist mir so herausgefahren – natürlich ist die Landsersprache nicht das rechte Instrument zur wissenschaftlichen Klärung von staatsphilosophischen Zentralfragen – und da ist natürlich schon wieder der unbeugsame Bariton: »Nun, das stand ja vorläufig nicht zur Debatte« – hätte auch gefehlt, daß er mir das ungerügt durchgehn läßt! eben ein zwingender Denker)... ich wollte das ja auch nur sagen, um zu formulieren – ich meine; ganz einfach um auszudrücken – ja? – daß ich mit dem Gedanken, daß ein neuer Staat der Zukunft natürlich auf urchristlichen Prinzipien aufgebaut zu sein hat – ja? – dann bin ich in dieser Hinsicht natürlich mit der Übereinkunft einverstanden ... (allerdings jedoch – aber damit geht die ganze Scheiße doch wieder nur von vorn an; lassen wir's wie's ist)

... also einverstanden wie gesagt (ich hau ohnedies gleich ab) –

* * *

Erfindungen, Einsichten, Erkenntnisse, indem sie einmal ausgesprochen sind, gewinnen eine Wirklichkeit, die ihre Evidenz unanfechtbar und allgegenwärtig macht, unabhängig von der Überlieferung durch Wort und Schrift: sie werden gleichzeitig allerorts erfunden, eingesehen, erkannt –

als ob's nicht nur ein jeweils einzelner wäre, dem sie hätten einfallen können, sondern als wären sie von einem bestimmten Zeitpunkt an zum Einfall reif überall in der geistigen Atemluft geschwebt und hätten nun jedem Beliebigen einfallen können – müßten gar jedermann bald eingefallen sein:

wie als könnte keiner sich entziehen, daß sie auch zu ihm gelangen –

* * *

– ließ sich gar nicht darauf ansprechen, sondern wich geschickt aus in die Jahre unmittelbar nach Kriegsende, die er die »Eiszeit« nannte. Hartnäckig kam er immer wieder auf sein Steckenpferd zurück: den »Trümmermörder«, den man nie entdeckt und seiner Untaten überführt hatte. Es waren damals in den Trümmern der zerschlagenen Stadt Frauenleichen gefunden worden, alle bis auf die Haut entkleidet und auf die gleiche Weise umgebracht. Auch deren Identität war nicht festzustellen; damals war ja alles mögliche Volk durch die Stadt gezogen, Gott weiß woher, Papiere hatte keine an sich, vermißt, verschollen waren Unzählige, wenn sich's nicht um eine Verlustanzeige handelte mit genauen Angaben, die zu einer der Ermordeten paßte, war kaum Hoffnung, jemals herauszufinden, wer das Opfer war; und keine vorliegende Beschreibung paßte. Nicht allein diese Anonymität von Mörder und Gemordeten faszinierte ihn. Es war vor allem die Art, wie getötet worden war: mit einer Drahtschlinge, die dank einem Knebel im Handumdrehen zur Drossel zusammengezogen werden konnte. Er wurde nicht müde, die »bewundernswert ingeniöse« Einfachheit dieses Mordwerkzeugs zu loben – »um den Hals geworfen und den Knebel umgedreht – rascher, sauberer, lautloser geht's nicht mehr…«; und er verstieg sich ins Absurde bei seiner Schilderung, behauptete, schon im Ägypten der Pharaonen sei diese mörderische Schlinge im Gebrauch gewesen, er selber hätte eine Wandzeichnung gesehen, auf der ein Würdenträger sie wie eine Hieroglyphe in der Hand gehalten habe – »nein, ganz gewiß nicht im Traum geschaut, ich träume zwar manchmal von einem Mord – sogar recht regelmäßig – aber niemals mit der Garotta, ich wollte, ich könnte auf so elegante Weise töten, meine Morde sind schauerlich niedrige Gewalttaten, das macht sie so quälend...« Wenn seine Zuhörer Zeichen geben, daß er sie anzuöden beginnt, tischt er die Geschichte von dem Mädchen aus Buxtehude auf, der man ein Billett fürs Theater am Holstentor geschenkt hatte und die zur Aufführung nach Hamburg gekommen war. Schon beim Anblick der Ruinen um den Bahnhof war ihr unheimlich geworden, einen Zug zurück nach Buxtehude hatte sie nicht, sie würde nach der Vorstellung in der Dunkelheit zu Fuß bis zur Rothenbaumchaussee gehen müssen, um bei einer Verwandten Unterkunft zu finden, sie hatte nicht einmal Zeit gehabt, diese Verwandte von ihrem Kommen zu verständigen, und natürlich hatte sie vom Frauenmörder gehört, der in den Trümmern lauerte – kurzum, sie saß im Theater höchst unruhig durch den ersten Akt und überlegte, ob sie nicht auf den zweiten verzichten und gleich nach dem ersten Vorhang losgehen sollte; und darüber wurde sie so zappelig, daß der Herr an ihrer Seite sie fragte, was sie denn habe: Flöhe oder den unwiderstehlichen Drang zur Damentoilette? Es war ein sympathischer Herr in mittleren Jahren, genügend vertrauenerweckend, daß sie ihm ihre Bedrängnis beichtete. »Nun bleiben Sie mal ruhig sitzen«, sagte er, »ich wohne nicht weit ab von der Rothenbaumchaussee, wenn das Stück zu Ende ist, begleite ich Sie.« So saß sie denn glücklich und genoß Shakespeares »Der Widerspenstigen Zähmung«, Käutner hatte inszeniert und dabei seinem Affen Zucker gegeben, es kam sogar zu einer Tango-Einlage, bei der ein Spanier im Bolero seine Partnerin zum gefügigen Gleichschritt peitschte, und tatsächlich, als das blendende Spektakel vorüber war, schickte der hilfswillige Herr sich an, das Mädchen durch die Kraterstätten und Trümmerhalden zum Haus ihrer Verwandten zu begleiten.

Sie waren wortkarg auf ihrem Weg, es war ja wirklich recht bedrückend, streckenweise stockfinster, nur hier und dort glomm eine einsame Straßenampel, was noch von Häusern aufrecht stand, hatte Türen und Fenster verrammelt und sah verlassen aus, man drängte sich unwillkürlich aneinander und irgendwann in der Finsternis zwischen zwei bleichen Lichtinseln gab der samaritische Begleiter seinem Wunsch nach innigerer menschlicher Nähe nach und versuchte, das Mädchen zu küssen. Wie gesagt, er war ein sympathischer Mittdreißiger, anständig gekleidet, so gut das damals herzustellen war, und er hatte sich freundlich und hilfsbereit erwiesen, unter anderen Umständen wäre das Mädchen gar nicht einmal abgeneigt gewesen, es zuzulassen. Aber aus unerfindlichem Grund geriet sie in jähe Panik, die niedergehaltene Spannung der letzten Stunden brach aus und riß ihr einen Schrei aus der Kehle, so wild und fürchterlich, daß ihr Begleiter selbst in helle Angst verfiel und Hals über Kopf in die eine Richtung davonrannte, während das Mädchen ungehemmt schreiend in die entgegengesetzte flüchtete. Sie rannte bis zur Erschöpfung aller Kräfte, immer schreiend, bis zum Leuchtschild einer Polizeistation, aus der schon, aufgescheucht von ihrem Geschrei, die Wachmannschaft gestürzt kam. Einer griff sie hart beim Arm: »Wo ist er? Wohin ist er gelaufen?« Sie rang nach Atem: »Es war ja nichts – ich bin nur so erschrocken – er wollte ja nur –« »Wohin ist er?« brüllte der Polizist sie an. »Irgendwohin in die andere Richtung« – sie hörte das Aufheulen der Motorräder, der Schwarm der Polizisten sauste in die Richtung, in die sie wies. »Aber er wollte ja nur –« »Kommen Sie mal mit!« sagte der Polizist, der sie immer noch am Arm hielt. Er führte sie in die Wachstube und stellte sie vor einen Wandspiegel. Um ihren Hals trug sie eine Drahtschlinge mit einem Knebel…

Er erzählte das höchst dramatisch, und für gewöhnlich erzielte er die erhoffte Wirkung. Aber man mußte ihn doch darauf aufmerksam machen, daß die Geschichte sich immerhin ein Jahrzehnt lang herumgesprochen hatte. »Darum erzähle ich sie ja immer wieder«, sagte er. »Sie wenigstens wird den Leuten von jener Zeit in Erinnerung bleiben. Alles andere ist ja ausgelöscht, verdrängt, nie gewesen. Und lebendiger sind jene Tage kaum wieder aufzurufen: Das Markauszehrende der Eiszeit: das Gemisch aus Ängsten, Furcht und Lust...« »Lust?« wurde er gefragt. »Ja, Lust. Freiheit bis zur Mordlust. Es gab ja nichts mehr, was einen in Schranken halten konnte. Kein Gebot, keinerlei Verbot, nichts. Die schiere nackte Existenz, nichts weiter galt mehr. Jeder konnte handeln, wie er wollte. Alles war freigegeben. Kein Wunder, daß man den Trümmermörder nicht gefaßt hat. Auch wenn alle seine Opfer auf die gleiche Weise umgebracht worden waren, heißt das doch nicht unbedingt, daß nur er allein es gewesen war, als einziger. Wie, wenn der Begleiter des Mädchens sich nur in die Rolle eingespielt hätte. Eine Drahtschlinge eingesteckt hätte, um zu sehen, was passiert WENN... Können Sie sich nicht in diese köstliche Neugier hineinversetzen? Einmal zu sehen, was passiert, wenn man alle Grenzen überschreitet...«

* * *

## Zur Vorgeschichte (Bessarabien 1940)

Onkel Ferdinand plaudert über das Phänomen der Zeit:

»...also, man macht ja neuerdings so viel Aufhebens von der Relativität, vor allem die Relativität der Zeit von dem Juden da, dem Einstein – also, das hat doch ein jeder von uns erfahren – zum Beispiel: du verschwindest bei irgendeiner Veranstaltung, wo's ohnehin zum Sterben langweilig ist, mit der Frau von irgendeinem anderen Gast und verbringst eine angenehme kleine Weile mit ihr in einem Nebenzimmer – also, für dich ist das ein nettes Viertelstündchen, nicht wahr, aber für ihren Mann, nicht wahr, der inzwischen seine Hörner wachsen spürt, ist das eine Ewigkeit...«

Also, das sind Ladenschwengel-Weisheiten. Ich bin sicher, der Dingsda, der Einstein, hat das nicht so gemeint, mit der Entdekkung wäre er nicht so berühmt geworden, es hat ihn wahrscheinlich in anderer Weise interessiert, in mathematischer, und davon verstehe ich nichts. Aber es hätte je jemand auch so Gescheiter kommen können, dem was ganz anderes aufgefallen wäre, nämlich der plötzliche Umschlag der Zeit, ich meine: der Umschlag der Zeitqualität, des Lebensgefühls einer Epoche. Alle Welt erlebt mit einem Mal die Zeit ganz anders als gestern und vorgestern, man weiß nicht recht, wieso, die historischen Ereignisse – was weiß ich? Kriege, Revolutionen etcetera – die haben's nicht ausgelöst, nicht bewirkt, im Gegenteil: die sind selbst nur ein Produkt dieses Zeitumschlags, es hätte nicht zu ihnen kommen können, ohne diese jähe, rätselhafte Veränderung. Davor steht die heutige Wissenschaft wie der Ochs vorm Scheunentor, nicht einmal den Theologen fällt etwas dazu ein, zum Beispiel, daß Gott Launen haben könnte, oder daß er mal einatmet und dann wieder ausatmet – das ließe sich ja untersuchen, auf welche Weise die Epochen sich voneinander unterscheiden, ob sie in dieser oder jener Weise wiederkommen, oder ihre Grundsätze sich ins Gegenteil verändern, aber ignorieren läßt sich's auch nicht, ein jeder hat's erfahren, wie die Welt von einem Tag auf den andern anders geworden ist, das Schwierige ist, daß einem das nicht sofort auffällt, es dauert eine Weile, bis man's feststellen muß: ja, seit diesem oder jenem Tag hat alles sich verändert …«

* * *

Im Wald bin ich geboren. Meine Mutter wusch mich in der Quelle, bettete mich auf Moos und deckte mich zu mit ihrem Haar. Ihr Gesicht war über mir die lange Nacht, die ich blind durchschlief. Am Morgen zog sie ihr Haar von mir. Die Sonne wärmte meinen kleinen Leib. Erdbeerduft drang in meine Haut. Ich war ein Kind. Ich spielte mit den Tauben, die trinken kamen aus der Quelle. Als ich ein Knabe war, wurde der Eisvogel mein Gefährte. Meine Glieder wuchsen wie Weidenzweige. Manchmal noch, wenn ich müde war, bettete meine Mutter meinen Kopf in ihren Schoß und ließ ihr Haar über mich fallen. Ich träumte dann, ich würde meinen Vater finden, der verschollen war im Krieg. »He« würde er sagen, »was bist du für einer?« Und er würde mit seiner harten Hand in meine Locken greifen und mich daran hochziehen wie einen jungen Hund, nah an seine Augen. Ich aber würde ihn kratzen und beißen, bis er mich losließe. »So einer also bist du«, würde er lachend sagen und versuchen, mich wieder einzufangen. Ich würde fliehen. Ich kannte den Wald, und ich war flink. Weglocken würde ich ihn von der Quelle, wo meine Mutter wohnte in der Farnkrauthütte. Dann würde ich zu ihr gehen und sagen: »Ich habe meinen Vater gefunden. Ich gehe jetzt mit ihm in den Krieg. Häng dein Haar noch einmal über mich und laß deine Tränen auf mich fallen.«

Ich habe meine Mutter verlassen und den Wald mit seinen scheuen Tieren, um meinem Vater in den Krieg zu folgen. Das Land war bald wüst vom Krieg. Die Menschen erzählten mir, mein Vater sei ein schlimmer Mann gewesen und man habe ihn gehenkt. Ich wurde darum ein schlimmer Mann wie er. Viele Häuser habe ich niedergebrannt. Viele Dächer habe ich niedersacken gesehen ins Honiglicht der Flammen, die von den Sparren niederfielen wie gelöstes Frauenhaar. Einmal kam ich zu einem Haus, da war eine schöne Tochter. Ich habe sie mit mir genommen und sie lieb gehabt. Sie hat mir einen Sohn geboren, ich weiß nicht, wo. Es steht kein Wald mehr. Sie haben ihn abgeholzt im Krieg. Ich möchte, daß mein Sohn mich sucht. Ich möchte ihn finden und mit meiner Hand in seine dunklen Locken greifen, um ihn hochzuheben, nah an meine Augen.

* * *

## Entwurf für eine Vorrede

Das Beste an diesem Buch sind die Entwürfe, die ich irgendwem erzählt und gleich darauf vergessen habe; es sind die glücklich erfundenen Kapitel, die zu schreiben ich versäumt, die wichtigen Themen, die ich eine Weile lang verfolgt und dann aus dem Sinn verloren habe, die Einfälle und Zufälle, die zu notieren ich zu faul und nachlässig gewesen bin – kurz: alles, was nicht auf diesen Seiten steht.

Der Mann, der uns diese ohne Zweifel zum allergrößten Teil getreulich autobiographischen Aufzeichnungen hinterlassen hat, wurde 1919, also kurz nach dem Ersten Weltkrieg, im damals zu Rumänien gekommenen Bessarabien geboren, verbrachte – wenn es vielleicht auch angeraten sein mag, das doch eher symbolisch aufzufassen – eine prinzliche Kindheit unter äußerst feudalen Umständen auf Landgütern dort und in den Villen seiner diversen »Onkel« – sprich: den Liebhabern seiner leichtlebigen Mutter – an der Côte d'Azur, kam nach deren frühzeitigem Tod verwaist und vergessen von den Gönnern dieser schönen Frau (ein Vater tritt nur vermutungsweise unter ihnen auf) zu Verwandten nach Wien und »welkte«, wie er sich bitterlich sarkastisch ausdrückt, »durch ein Dutzend alptraumhafter Bildungsjahre im brütenden Stumpfsinn verschiedener drittrangiger Schulen in den Wiener Außenbezirken und daheim in den in jeder Hinsicht engen Verhältnissen der durch den Krieg, die Inflation und einen sozusagen schwelenden Sozialismus heruntergekommenen »Stehkragenbourgeoisie« – bis 1937, wenige Monate vor dem Anschluß Österreichs ans Dritte Reich, die jüdische Ehefrau eines der legendären Schutzherren seiner Kindheitstage (die *Stella* der Manuskripte, Gattin des zwielichtigen britischen Diplomaten *John*) ihn auffindet und, indem sie sich seiner mehr als nur mütterlich annimmt, sein »Dasein wieder zum Blühen bringt« – eine Wohltat, die sie vier Jahre später mit dem Leben bezahlen soll.

Was er das »Blühen des Daseins« nennt, gibt jedem, der einigermaßen mit der Psyche von Schreibenden vertraut ist, bereits den Hinweis auf die spätere Bestimmung. Die Stellen im Manuskript, die sich darauf beziehen, lesen sich wie ein Katalog der Wunschvorstellungen derer, die nach Flaubert »sont faits pour le dire, et non pour l'avoir«.

Der Verwirklichung solcher Wunschvorstellungen ist zunächst auch die Zeit nicht günstig. Der 12. März 1938 – Einmarsch der deutschen Truppen und Auftritt Adolf Hitlers in Österreich – »sichelt den Glücklichen, die an der Schönheit der Welt teilhaben konnten, das unbefangene Gewissen ab«. Zwar verbringt der Autor der Erzählung noch den Sommer mit der Geliebten, »souverän eingesponnen in einen Kokon der Zweisamkeit, die nichts gelten läßt als sich selbst«, an einem See im Salzkammergut. Aber schon der Winter von 1938 auf 1939 trennt das Paar, Stella bewirkt die Rückkehr ihres Schützlings nach Rumänien und sein Wiedersehen mit einem der Gönner seiner Kindheit, »Onkel« Ferdinand. Der Winter 1940 sieht ihn als rumänischen Soldaten in Bessarabien. Die »Welt der Eisenmänner« hat eingesetzt und damit die »Eiszeit«, die bis 1948 dauern soll.

Wie er die Kriegsjahre verbracht hat, steht dahin. Er läßt durchblicken: im kriegführenden Deutschland, mit fragwürdigen Papieren, die ihn aus dem Konflikt heraushielten. Stella kommt bei dem wahnwitzigen Versuch, ihn in Berlin wiederzusehen, in die Knochenmühle der Nazis. Er kann sie nicht retten und wird das Schuldgefühl dafür nicht los. In den letzten Kriegstagen wird er Zeuge der Zerstörung deutscher Städte und »des Todes Europas«. Zum Kriegsende 1945 und in den folgenden Jahren der Trümmerwelt und des »unglücklichen« Wiederaufbaus ist er in Hamburg; und dort beginnt seine eigentliche Geschichte.

Er wird nicht müde, sie aus allen möglichen wechselnden Blickwinkeln zu erzählen. John, Stellas Gatte, der immer schon eine nicht gänzlich durchschaubare Rolle im Unterholz der britischen Außenpolitik gespielt hat, will ihn – ein groteskes Unternehmen! – als Zeuge für Stellas Tod beim Nürnberger Prozeß auftreten lassen. Dort, in der Kantine des Fürther Gerichtsgebäudes, lernt Aristides seine spätere Ehefrau Christa kennen. Sein Sohn wird geboren, und Aristides, der keinerlei Beruf erlernt hat und in vielerlei Weise weltfremd ist »wie Kaspar Hauser«, »traumwandelt« einer Möglichkeit nach, seinen Lebensunterhalt zu verdienen. Sie soll sich dank der Verflechtung von Zufällen mit seiner Arbeit als Drehbuchautor beim auflebenden deutschen Nachkriegsfilm ergeben. Aber auch dabei – wie in seiner Ehe und den meisten anderen zwischenmenschlichen Beziehungen – kommt ihm das leidenschaftliche Bedürfnis, sein Buch zu schreiben, in die Quere.

Dieses Buch kann nichts anderes enthalten als seine Geschichte. Darunter versteht er nicht allein die Aufzeichnung fortlaufender Tagesereignisse und Erlebnisse, sondern »das fatale Ineinandergeschobensein von Gegenwart und Vergangenheit: die beständige Präsenz alles jemals Gelebten« – mit einem Wort: »Die Qual, nicht geschichtslos dasein zu können.« Daraus ergibt sich für ihn der Zwang, mit jedem Erlebnis gleich sein ganzes Leben zu erzählen – und damit die Zwangsvorstellung, dieses Leben sei darauf angelegt, erzählt zu werden, es könne keinen anderen Sinn haben als den, *»Buch zu sein«*. Er schreibt: »Von den Tagen meiner Kindheit an, mit meinem eben erst erwachenden Bewußtsein und alle Zeit weiter durch die Lebensjahre war ich damit beschäftigt, dieses Buch herzustellen: *indem ich seine Geschichte lebte.*«

Anmerkung:

Mit Scherping gestern in ein auswegloses Gespräch über diesen Satz verfilzt. Sein Argument: das erschiene ihm bei einer Autobiographie so selbstverständlich, daß es wie ein »effekthascherischer Gemeinplatz« klingt. Weil ich mich nicht auf weitere Erörterungen einlassen wollte, einen Schriftsatz auf seinen Schreibtisch gelegt. (Schelmchens guter Rat.) Scherping kann ihn an seine Unteridioten weitergeben.

Zunächst: Es ist keine Autobiographie eines Schreibenden, sondern die Biographie seines Buches. Es ist freilich die Geschichte des Aristides. Aber Geschichte ist ein Terminus, der in den Schriften A.'s vielfach abgewandelt wiederkehrt, Aristides verwendet ihn in der Fülle der semantischen Bedeutung. Er versteht darunter die Historie als kulturelle Tatsache wie auch als Chronik, die als schriftliche Aufbewahrung oder mündliche Überlieferung den Menschen angehenden Geschehens, gleichviel, ob kollektiver oder persönlicher Art – somit als *res gestae* ebenso wie als »eine Geschichte« schlichthin im anekdotischen Sinn; darüber hinaus aber – und diese Sinngebung ist jeder anderen sozusagen unterlegt – wahrlich transzendent als »eigentliche Existenz« (»Ich habe keine andere Wirklichkeit als meine Geschichte«). Nicht über eine Deduktion aus ontologischer Betrachtung, sondern durch die Untersuchung des Wesens seiner Arbeit, des Schreibens und ganz besonders des Schreibens von Romanen, gelangt er zum gleichen Resultat wie unter den Metaphysikern seiner Lebenszeit etwa Ortega y Gasset: »Ob Original oder Plagiator, der Mensch ist der Romandichter seiner selbst.« Und nach der Regel, daß »für einen Schreibenden jede grundsätzliche Einsicht in die menschliche Existenz unverzüglich zum literarischen Programm wird«, zieht er daraus sogleich literarisch den praktischen Schluß.

(Müßig, das Scherping zu erklären. Was der sich wünscht, ist ein deftiger Erlebnisbericht mit möglichst lebendigen Schilderungen des pikaresken Lebenslaufs. Lassen Sie's ihn möglichst sexy machen.)

Übrigens: »Effekthascherischer Gemeinplatz«. Scherping legt, während er das ausspricht, den Kopf wie unter einem nervösen Zwang zur Seite, seine Augen schlitzen sich hinter den Brillengläsern, die Zischlaute sprühen ihm aus dem breitgezerrten Mund: »Er schäumt wieder einmal im Gebiß«, wie Christa Reiterlich sagt. Was geht da vor? Das Mißtrauen des Verlegers – er nennt sich, gleichfalls zerknirscht gebißschäumend als wäre es eine Selbstbezichtigung, »Verlagsbuchhändler« – das Unbehagen des Zwischenhändlers also gegenüber den Autoren, von deren Hervorbringungen er lebt? Der Haß des Halbgebildeten gegen die »Intellektuellen«? (An erster Stelle gegen mich!) Oder schlichthin sein ohnmächtiger Zorn, daß Aristides ihn Geld kostet? Wie auch immer: Er zieht auch daraus seinen Lustgewinn. Leider bin ich nach dem irritierenden Gespräch ziemlich haltlos in eine üble Kneipe gestolpert. Heimkehr verschleiert von mildtätiger amnesia.

Nachtrag: Übrigens fraglich, ob die Einführung nötig ist.

Nachtrag zu Onkel Ferdinands Plauderei über die Zeit: Das Entwischen der Zeit »unter der Hand«: Während das Erlebte sich ansammelt und immer gegenwärtig ist und bleibt, fließt die »reine« Zeit unbemerkt weg: »Wir gießen unsere Lebenszeit durch ein Sieb. Nicht nur das Tatsächliche bleibt hängen, sondern auch was uns innerlich ergriffen hat; und je feinmaschiger unser Sieb oder

Netz angelegt ist, um so intensiver erfahren wir »Zeit«. Aber die Zeit selbst spüren wir nicht, sie fließt uns weg, während alles andere stillsteht, immer da ist...« (In die Vorrede nehmen?)

* * *

Hamburg, 1949 (?)

»Als hätte es ihn zu den Lotos-Essern verschlagen, schien er sein Vaterland vergessen zu haben. Daß er ein Fremder war, warf ihm der abgezehrte Seewind ins Gesicht, tagein, tagaus in verwehten Stößen, fahrig über Deiche und Marschen her ins Straßengewinkel der zertrümmerten Stadt verirrt...«

So hatte er beginnen wollen.

Wie lang ist's her, daß ich hier lebe? fragte er sich. Er wußte es nicht mehr. Die Wiederaufbaublüte aus der Eiszeit hatte ihm die Erinnerung getilgt. Als es taute, war Nebel aufgekommen. Er sah die Welt durch einen Schleier. Ein beständiges Geriesle der Blechfahrzeuge durch Straßen, die vor kurzem noch weiten Ausblick in die Trümmerfelder offengelassen hatten, flimmerte vor dem Bild der neuauferstehenden Stadt und verwirrte ihn. Hier ging Unheimliches vor sich. Hochhäuser wuchsen wie Pilze aus den Bombenkratern. Über Brandflächen reckte eine Herde von Baukränen die dünnen Hälse wie skelettierte Saurier: Nestbau der Ungeheuer. (Der Designer heißt Paul Klee.) Zement verschalte die Ruinen von gestern. Mörtelstaub verschleierte das Tageslicht und machte ihn durstig.

Der Raum, in den er eintrat, über ein paar Stufen von der Straße nieder, war eng und düster, ein Stollen, vorangetrieben ins Gemäuer des abgesackten Rumpfs eines alten Fachwerkhauses, das ein kahler Neubau in sich eingekapselt hatte: folkloristisch bewahrtes Rudiment eines überlebten Dazumal, dem stumpfsinnigsten aller Laster, dem Kneipenhocken als Gemütswert überlassen. An zwei schmalen Fenstern in Gehsteighöhe mit bleigefaßten Butzenscheiben aus Flaschenböden, klebte das Licht des Herbsttags abgehärmt wie ein Kriegerwitwengesicht. Dämmerweben in der Tiefe. Die Wandvertäfelung dunkel, die Trennwände zwischen den Sitznischen holzgeschnitzt: Traubengestrotze und weinlaubbekränzte Putten: deutscher Bacchanalbarock. Schattengruften verschluckten die Helle, die seine Augen von der Straße hereingetragen hatten. Er sah nichts, witterte nur die Anwesenheit von Menschen in den Nischen, roch ihre regennassen Kleider im Biersäuerling. Am Stollenende, vor Ort der Theke flirrten Neonröhren, stachen rote und violette Sterne aus dem Zink der Flaschenspülung. Wie ein metallgefaßtes Nordlicht prangte eine Jukebox spektralfarbenflimmernd in der zurückgedrängten Dunkelheit. Ihr Rachen bleckte die unterbeißerisch vorgeschobenen Wahltasten, dahinter die Barten der hochgestellten Schallplatten.

Er durchdrang das Schweigen, das mit seinem Eintritt jählings eingefallen war. Sein Nacken prickelte unter eingebildeten Blicken, die ihm wahrscheinlich gar nicht folgten, aber ihn sich in seiner Fremdheit fühlen ließen als zöge mit ihm höchst Sonderbares ein: ein Samurai vielleicht, schwerterbespickt im Drachenhelm und Echsenrüstung; oder ein Dromedar mit einem Käfig auf dem Buckel, Schellenbaum exotischen Gezwitschers; oder ein Leopardengespann, von Cäsar und Cleopatra gelenkt. Er spürte diese Blicke, glaubte, die seeblaublinzelnden Augen der Küstenbewohner auf sich gerichtet, als prüften sie ihn auf seinen Wert als Treibholz, er sah es arbeiten hinter ihren steilen Stirnen, unter den widerspenstigen semmelblonden Schöpfen, sah wie sie aus der Weltkenntnis der Hafenstädter sich zurechtklitterten, womit sie seine fremdartige Erscheinung zusammenreimen konnten, sah sich in allerlei exotische Elemente zerlegt und klobig und kantig wieder zusammengesetzt und wie ihre Sensorien diese Kanten abtasteten, ob sie sich nicht an Gleichem oder Ähnlichem verletzt oder wundgescheuert hatten, ob also offene Feindseligkeit am Platz sei, jedenfalls Vorsicht, Mißtrauen, grundsätzlicher Mißbilligung... Er sah ihre rotblonden, um ihr Geschlecht verlegenen Frauen unrastig werden, sich zurechtsetzen, in Schau rücken... aber nein, das alles war bloß eingebildet, er wußte sich kaum beachtet, nicht einmal als Störung ihrer tröpfelnden Gespräche, ihr Schweigen hatte nichts zu bedeuten, es war unwillkürlich, ein automatischer Reflex des Volks der Hafenstadt, das sich ans Fremdartige zwar gewöhnt, niemals aber gänzlich damit abgefunden hatte. Jeder, der eintrat, brach ihnen ihre spröden Sätze entzwei und ließ sie erst wieder zusammenwachsen, nachdem er vorbeigezogen war. Sie brauchten nicht aufzuschauen, um ihn spüren zu lassen, daß er nicht zu ihnen gehörte. Sie waren nicht feindselig gesonnen, auch das spürte er, auch ohne Neugier, nur vor Fremdartigem gewarnt, gleichwohl wurden ihm die Schritte zum Schanktisch weit wie in Träumen, in welchen die Schwerkraft aufgehoben und zugleich verhundertfacht zu sein scheint, so daß uns Bleigewichte an den Füßen zu einem Ziel beschwingen, das wir nie erreichen.

Wende dich nicht um, sagte er zu sich. Es ist wie in den Märchen: Wer sich wendet, bleibt versteint am Wegrand liegen. Eine Gruppe junger Männer verstellte ihm den Weg zur Theke, sogenannte Halbstarke, modisch eingedeutscht in Niethosen und Cowboystiefel, das fette Blondhaar zu Elvis-Presley-Tollen hochgekämmt. Ein breiter Rücken in einer ärmellosen Lederweste stand quer. Um die Berührung mit ihm zu vermeiden, räusperte er sich hörbar. Es blieb erfolglos. Irritierter als er's hätte hervorbringen wollen, sagte er: »Pardon!«

Das war ein Fehler. Er erkannte das an den jäh erweckten Jägermienen, die sich zu ihm umwendeten. »Pardon« war ein affektiertes Fremdwort, dessen kein wahrhaft Fremder sich bediente. Es setzte prätentiös aus der Gemeinschaft heraus. Es wollte Klassendistanz schaffen. Nicht der Fremde, sondern der abtrünnige Bruder drückte sich so aus und wurde damit zum Gegner. Er stand wartend. Sein Herz klopfte. Der Rücken in der Lederweste drehte sich so knapp zur Seite, daß er sich scheuernd an ihm vorbeischieben konnte. Er unterdrückte den Impuls, ihn durch einen brutalen Stoß aus dem Weg zu räumen. Solcherlei Versuchung befiel ihn nur allzuoft. Aufwallender und ohnmächtig zurücksinkender Zorn war seine tägliche Seelenspeise. Sie nährte seinen Haß.

Er trat an die Theke. »Eine Cola«, sagte er zum Wirt. Er hatte das Bedürfnis nach einem Schnaps verspürt, aber das wäre auf Anbiederung herausgekommen. Saufen ist ein Verbrüderungsakt.

Auch die Halbstarken standen wartend. Mit dem in die vorherige Haltung zurückgedrehten Rücken in der Lederweste hatte die Gruppe sich dicht hinter ihm geschlossen. Er war in der Falle.

Ein verdächtig elegant Gekleideter, der »Pardon« sagt und Coca-Cola schlürft, dachte er –: Jetzt werden sie mich für einen Schwulen halten.

(Klar: Sie selbst sind potentielles Freiwild für Schwule. Ich müßte Roennekamp hierherschicken. Sie sind darauf angelegt mit ihren Presley-Frisuren und Röhrenhosen. Ihr Sein, ihr Dasein und So-sein, wie's ihre Philosophen nennen, ist prall in ihren Röhrenhosen enthalten. Mein So-sein hängt im Hosenbein – ein Auszählreim für Adoleszenten.)

»Achtzig«, sagte der Wirt, holte eine Coca-Cola-Flasche aus dem Eisfach, hebelte den Blechverschluß ab, steckte einen Strohhalm in den Flaschenhals und schob sie ihm zu.

> – Die Weltmarke: Das absolute Spitzenprodukt der synthetischen Erfrischungsgetränkeindustrie: aufgesprungen aus aberhunderttausend Geysiren von Karatschi bis Caracas, vom Fingerzeig konzerngewaltiger Schöpfermacht hervorgezaubert aus der Kruste des sausenden Planeten von Dallas (Texas) bis Paris (France), von Heidelberg (Iowa) bis Heidelberg (Germany): Mach mal Pause! Schieb den Ölprospektorhelm, die Tankwartmütze, die Fernfahrerkappe aus der Stirn und heb die Flasche gegen das Milch-und-Rosen-Gesicht der blütenfrischen Zeitgefährtin, wieg sie – warmherziges Werkmeisterlächeln, Gediegenheitsblick – gegen das frühlingshelle Pond's-Mandelcrème-Gesicht – wieg die pralle Handvoll griffig gebuckelter Wurfgranate sternprickelnd gegen die schimmernden Colgate-Zähne des duftig abgeseiften Tagtraumgeschöpfs, das dir in der Sommerbluse zwei pralle, füllig abgezirkelte Handvoll Lustverheißung entgegenstrafft: Eros der Konsumausschweifung – sie schwingt dir das große Haushaltsformat entgegen, scheidemünzenbruchteilökonomisch, der Umsatz macht's, Milliarden von Palm

Beach bis Grönland, Feuerland bis Sauerland, Maya-Land, Watussi-Land, Singhalesenland, Pommerland ist abgebrannt, altes Atlantidenland, fernstraßennetzverbunden, fluglinienübersponnen, Seeadler und Ibisse, Reiseprospektland, ein Hinduknabe winkt der Stewardeß vom Zebu-Buckel zu, Iglus, schweigende efeuüberwucherte Burgen, im Seerosenteich gespiegelt, Rob Roy, der Held der Whisky-Tartans, Cesare Borgia von den Ducchi di Supercortemaggiore, Bohrtürme durch die Hünengräber der Lüneburger Heide, Schlachthöfe in der Kajütenbuch-Prärie, die Büffelherden verrieseln wie Waldameisenschwärme am fernen Horizont in eine Riesenbüchse Bovril, Pilgerväter-Haferflockenland, Singer-Nähmaschinenland vom eisbergkalbenden Polargletscher bis zur Korallenküste, bis zu den schaumbekränzten Gewürzgestaden, den möwenüberflitterten Felseneilanden, den purpurfischumzuckten Atollen –

sie buckelt sich dir entgegen, die kirschenschlanke Erfrischungsschöne, die duftig abgeseifte, prallgriffige, mattfrostig beschlagene Konsumgranate, Springquell synthetischer Lusterfüllung, aus der Wüstenei gezogen und sternfern sterilisiert: der Saft von Meteoriten …

Er legte ein Geldstück auf das Zinkblech der Theke, hörte die Registrierkasse klirren, wollte mit einer Handbewegung das Wechselgeld zurückweisen.

Der Wirt hielt seine Hand fest. »Sie haben mir zwei Mark gegeben.«

»Ach so«, sagte er zerstreut. Er wirkte jetzt vermutlich bloß lächerlich. Zerstreuter Bourgeois. Muttersöhnchen. »Ich dachte, es wäre nur eine gewesen.« Er wollte seine Hand zurückziehen.

Der Wirt hielt sie fest. »Sie kriegen einszwanzig raus.«

»Ja«, sagte er, »ich hatte mich geirrt. Ich wollte Ihnen zwanzig Pfennig Trinkgeld geben.«

»Aber es war ein Zweimarkstück. Ich kann es Ihnen zeigen.«

»Ist nicht nötig. Ich glaub's Ihnen gern. Wenn Sie meine Hand loslassen, nehme ich eine Mark zurück.«

Der Wirt gab seine Hand frei. »Eine Mark zwanzig. Ordnung muß sein«, sagte er.

»Ich habe Sie nicht betrügen wollen.« Er war unwillig über die festgehaltene Hand.

»Das hat nichts zur Sache«, sagte der Wirt. »Ordnung muß sein.«

Er spürte den Atmen der jungen Leute in seinem Nacken. »Nun ist sie ja hergestellt, Ihre Ordnung«, sagte er gegen seinen Willen gereizt. »Kann ich jetzt das Zeug da in Ruhe trinken?«

»Das dürfen Sie«, sagte der Wirt. »Trinken dürfen Sie hier, soviel Sie wollen. Nicht nur dieses Zeug, wie Sie es nennen. Bis zum Umfallen dürfen Sie hier trinken. Das heißt natürlich, solange Sie zahlen.«

»Ich habe gezahlt.« Nicht zu unterdrückender Ärger machte seine Stimme scharf. »Oder?«

»Ja, mit ein Zweimark-s-tück. Habe ich vielleicht nicht ordnungsmäßig rausgegeben?«

»Das haben Sie. Jetzt möchte ich in Ruhe gelassen werden.«

»Das können Sie, mein Herr«, sagte der Wirt. »Aber das Wort verbieten lasse ich mir deshalb nicht. Nicht in meiner Gast-s-tätte. Wenn ich sage, Sie haben sich geirrt, zu Ihrem Vorteil.«

»Zu meinem Vorteil?« Seine Heiterkeit erwachte.

»Klar zu Ihrem Vorteil!« sagte der Wirt. »Eine Mark zwanzig hätten Sie glatt weggeschenkt. Und wenn ich Sie das sage und darauf aufmerksam machen tue, haben Sie dankbar zu sein, mein Herr, nicht mir das Wort verbieten in meiner Gast-s-tätte. Wem das nicht paßt, mein Herr, der braucht nur dahin gehen, wo der Zimmermann das Loch gelassen hat in der Wand.«

»Sie werden gefälligst erlauben, daß ich in Frieden trinke, was ich bezahlt habe.«

»Das ge-s-tatte ich«, sagte der Wirt. »Aber das Wort verbieten in meiner Gast-s-tätte ist mir noch nicht vorgekommen, mit fünfunddreißig Jahren Berufsleben nicht.« Er hob die Stimme zum drohenden Lamento. »Seit über hundert Jahren s-teht diese

Gast-s-tätte an Ort und S-telle, mein Herr, die jungen Leute hier können das bezeugen, sie sind hier geboren. Das sind Hamburger, mein Herr. Diese Gast-s-tätte hat den Terror über-s-tanden und wird auch noch das andere über-s-tehen. Die hat hier ge-s-tanden, wie die Seefahrt noch christlich war.«

Er wollte in des Wirtes Stimme die Nötigung erkennen, ein Garn zu spinnen. Im Plauderton sagte er: »Muß hübsch gewesen sein, zu jener Zeit. Schade, daß Sie die alte Einrichtung nicht behalten haben. Seejungfern und Flaschenschiffe, nicht wahr? Ist wohl draufgegangen bei den Luftangriffen?«

»Da ist noch anderes bei draufgegangen«, sagte der Wirt. Er spülte Gläser. »Die Seejungfern können Sie noch besichtigen, gleich um die nächste Ecke. Aber meine Frau mit vier kleinen Kindern ist draufgegangen, bei Ihren Luftangriffen.«

»Ich war nicht in einem solchen Flugzeug«, sagte er, gequält von Schuld.

Der Wirt begann die Gläser abzutrocknen. Er tat es auf eine befremdend ungeschickte Weise, eher wie ein unerfahrenes Dienstmädchen als wie ein alter Schankwirt. Er schraubte einen Tuchzipfel in den Glasrand, bis er den Boden erreichte, stopfte das Glas mit dem zusammengeballten Tuch aus, hielt den Zipfel mit einer Hand fest, drehte das Glas mit der anderen, zog dann das Tuch heraus und hielt das Glas gegens Licht, um zu prüfen, ob es sauber sei. Er kniff dabei ein Auge zu, als ob er zielte.

»Ich war nicht in einem solchen Flugzeug. Ich habe zwar einmal Soldat gespielt, aber gottlob nicht im Kriege.«

»Da haben Sie aber Glück gehabt«, sagte der Wirt. »Unsereins ist es nicht so gut ergangen.«

Das Schweigen aller um ihn her war jetzt zum Greifen dicht. Er glaubte, Verachtung herauszuspüren. »Es war ja auch nicht nötig, damit anzufangen«, hörte er sich sagen. »Ich meine mit dem Krieg.« Er lauschte gespannt, ob die Stille bösartig werden würde. Er selbst war wieder bösartig geworden. Kampfbereit. Ein paar Faustschläge hätten ihn erlöst. Aber das war's ja, worauf die anderen warteten.

Soll ich hingehen und ein paar Münzen in die Jukebox stecken?

dachte er. Wahllos irgendeine Platte losdröhnen lassen – es ist doch wahrscheinlich alles wilder Rock 'n' Roll. Den Lärm entfesseln, der die Begleitmusik zu dieser unwirklichen Wirklichkeit ist; das Getöse auslösen, mit dem diese Gegenwart den Gedanken an die Vergangenheit erstickt; die Sinne in den hellichten Rauschzustand bringen, der dem psychedelisch spektral gebrochenen Licht dieser neuen Welt entspricht…

Stimm an die Jukebox! Magisches wird sich vollziehen: schieb eine Münze in den blechgestanzten Schlitz, stoße mit dem Ballen nach, rüde, brutal: der Zeitgeist wird ins Klingen kommen, dröhnend, klirrend, schmetternd, trommelfellsprengend: die Hand des Zeitgeists wird das Getöse auslösen, Hand eines jungen Ölprospektors, Tankwarts, Fernfahrers, Knabenhand und schon Werkmannspranke, sie kennt nur ein paar Griffe, mechanisch eingeübtes Zupacken, Zerren, Schieben, Drehen, Stoßen, sie kennt nicht den Müßiggang gelöster Finger, keine beredte Gebärde, die ein Wort umbaut, einen Gedanken räumlich werden läßt, eine Zärtlichkeit andeutet. Zeitgeisthand, kein Instrument mehr zur Auslösung sublimer Vorgänge, keine Hand, die malt wie die Piero della Francescas, keine Hand, die Töne zum Klingen bringt wie die Hände des Kindes Mozart, keine, die schreibt wie Eichendorff. Landsknechthand: Der Daumen ist hornhäutig vom Zählen des Solds, immer wieder schiebt er Geld über den Zeigefinger, der krumm ist vom Abzug der Schießwerkzeuge, blank vom Umgang mit Mordbesteck: Geldrafferhand – laß die Münzen zum Klingen bringen, schieb sie ein in den gestanzten Schlitz: Keinerlei Betrug ist zugelassen; der Apparat ist haargenau auf Größe und Gewicht der Münzart eingestellt, die geringste Abweichung, die kleinste Unregelmäßigkeit, die scheinbar bedeutungsloseste Andersartigkeit wird registriert, führt unverzüglich in die Klemme, die Hand muß mit hartem Ballen zustoßen, rüde, daß der ganze Kasten schüttert, der schwere, plumpe Kasten aus Eisen, Blech und Plastik, vielerlei geriffeltem, gerilltem, gestanztem, abgegriffenem und zerbeultem Blech, vielerlei Plastikwülsten, Plastikleisten, Plastik mit Blecheinlagen, Blech mit Plastikeinlagen, Bastard aus Cowboysattel und Schifferklavier, Ölscheichluxusauto und Vaquero-Guitarre, Soda-Fontäne und mexikanischem Revolver, die Tropennacht lauert in ihm voller Dschungelschreie, setzt ihm hart zu, er ist schon ein wenig schlaftrunken, der alte Gorilla, reagiert nicht mehr im Sekundenbruchteil, Tarzan hat leichtes Spiel, sein Ballen stößt zu, die Münze rieselt ins eiserne Eingeweide, ein leises, elastisches Klicken zeigt an, daß sie jetzt in einer Art Abzugbügel liegt, die allerletzten Befehle sind noch zu erteilen, bevor der kreiselnde Suppentopf sich in die Ionosphären erhebt, die Plastiktasten in seinem dreifach gezahnten Haifischrachen vermitteln sie funktelegraphisch, die Molaren der Wählertasten geben sie an die scharfen Schneidezähne der blechgefaßten Karteiblättchen des Titelregisters weiter, die sie zu den Walbarten der vertikal gestellten Platten hin vermitteln, drei Zündungsstufen, dann stößt der harte Ballen noch einmal zu, der Stoß kommt aus der Schulter, von einem kurzen Verwringen des Oberkörpers in der Hüfte angeschwungen, ein trockener Stoß mit gewinkeltem Arm, ein Stoß in die Herzgrube King-Kongs, die kugelfesten Panzerungen des Vorzeitungeheuers der Weltraum-Zukunft klirren aufgescheucht, die eisernen Eingeweide der feindbesetzten Raumstation werden durcheinandergeschüttelt, daß sich endlich unter zuckenden Stromentladungen die Auslösung vollzieht: allerlei Licht entflammt apotheotisch, leuchtende Spektren winden sich in langsam steigenden und sinkenden Spiralen auf und nieder, Aureolen entfächern sich im Zerfließen, Geysire synthetischer Augenlust verbinden die quellenden, wie Opferrauch aufkräuselnden, wie die Feuersäulen des Wüstengottes niederwallenden Lichtgewinde zu Arkadenbögen, türmen Kuppeln auf, Ölscheich-Alhambra, ins Sabena-Nordlicht eingeschmolzen, Groß-Vomitatio der Eiscrème-Farbstoffe, Anstich des Super-Walzwerks der Töne: Wie eine Feuergarbe schießt die Klangspeise aus dem dreifach gezahnten Walbarten-Rachen, Jonas der Amerikaner, ergießt sich in die Primitivform eines musikalischen Motivs, gerät unter die Stampfe des Beats und wird zermalmt, zerhackt, zerwalzt zu immer platterem, immer billiger scheppern-dem Blech, zerrillt, zerriffelt und zerstanzt, aufbereitet für den Konsum der Müllhalden, aus denen die Kalkmilch der Neonröhren ausfließt in die hohe Sternennacht, die Lymphe der Vorstadträude: Das Klagegeheul Suburbias, der Vorstadt, die die Stadt, die alle Städte verschlungen hat.

Er wandte sich um zu den Halbstarken. Sie standen unbeweglich, wortlos, ihre Gläser in den Händen. Sie schienen auf nichts zu warten, taten- und gedankenlos, gänzlich der abrieselnden Zeit hingegeben, und er fragte sich, auf welche Weise sie zur Wirklichkeit gehörten, der Wirklichkeit des Wiederaufbaus, der entfesselten Wiederherstellung mißverstandener Realitäten, der abstrakten Wirklichkeit der wiederauferstehenden Städte und des gnadenlosen Beats, der sie aus den Trümmerhalden hochtrieb.

Nichts ist wiederauferstanden. Nichts als das Klirren der Geldkassen, das Dröhnen deiner Käfigstangen, Gefangener des Geldes. Keinen Schritt kannst du tun, ohne daß Geld durch deine Hand geht, jeder Handgriff wird unverzüglich mit dem Rasseln der Registrierkassen quittiert, es verleiht ihm etwas Definitives, erledigt ihn, setzt gleich den kausalen Kurzschluß fest, daß jedes Tun unmittelbares Zahlen zur Folge haben müsse: Du zahlst und wirst bezahlt, auch fürs Morden, jeder Akt ist damit abgeschlossen, auch der unmenschlichste, mit jeder so quittierten Handlung wächst die zwingende Gesetzlichkeit, die endlich auch den Impuls des Tuns, die Initialregung des Wollens oder Wünschens mit dem Bezahltwerden und Zahlenmüssen kausal zusammenschließt, jenes Wünschen, welches dir das kirschenblanke Tagtraumgeschöpf mit dem Doppelspringquell steriler Lustverheißung eingibt: Die große Haushaltszitze soll dich nur täuschen, dich in den Trugschluß locken, Konsum verbillige sich durch gesteigerten Konsum – die Gesetzlichkeit des Zahlenmüssen ist damit nicht aufgehoben, im Gegenteil, ihr Rhythmus wird beschleunigt, gehetzt und immer hetzender. Du brüllst mit in die hohe Sternennacht zu Orgeln, Glocken, Vaquero-Guitarren, zu Revolverschüssen, Werksirenen, einsamen Lokomotivschreien, zu mondsüchtigen Saxophonrudeln, zu Pauken und Trompeten, Trompeten, die die Mauern der Städte einstürzen lassen wie die von Jericho, brüllst es keuchend, schluchzend, mit gurgelnd sich überschlagender Stimme aus dir heraus, geschüttelt und gerüttelt, hin und her gebeutelt in ekstatischen Zuckungen, ein Weltkriegszitterer, der nach unsichtbaren Fliegen hascht, Schaum vor den Zähnen, Schweiß von den Mexikanerlocken triefend im gnadenlosen Beat, dein räudiges Heimweh nach einem ungeschauten Land der Stillungen und Beschwichtigungen, nach Städten getürmt wie Montsalwatsch, nach all den Städten, die du gekannt und verloren hast, nach allen, die du nicht gekannt und verloren hast, Blues meines Lebens, meiner verlorenen, vertanen, abhanden gekommenen Vaterländer auf der räudig gewordenen Kruste des durch den Raum gejagten Planeten: Kein Ineinanderfließen, kein Sichverflechten von Geschehnissen ist zugelassen, ohne daß sie nicht das Rasseln der Quittierstanzen zerhackt und aneinandernietet, kein Tun erblüht mehr aus geheimnisvollen Ursprüngen und sät Samen in den Wind, der ihn hinträgt aufs Geratewohl, keine müßige Laune verbindet die Begebenheiten zum Reigen, das Stakkato der klirrenden Registrierkassen zerhäckselt sie zu einer Summe von Einzelvorgängen, deren jeder unverzüglich abgefertigt werden will, und *wehe* du entziehst dich dieser unmittelbaren Abfertigung, *wehe* du brichst aus, verzögerst oder verhinderst gar den Kurzschluß von Leistung und Zahlungsleistung, *wehe* du stellst dein Tun und Wünschen aus diesem Weltgesetz heraus, tust etwas ohne Geld, wünschst etwas ohne Geld: du wirst schuldig als wärest du der Harmonie der Schöpfung in die Quere gekommen: Sie werden dich verfolgen wie einen Frevler gegen die allerhöchste Göttlichkeit, einen, dessen Beispiel, Gott behüte, von anderen, von mehreren, wenn möglich von vielen, ja von allen nachgeahmt, noch dazu führen könnte, daß der Planet aus seiner Bahn gerät, der Planet, der vom Pulsschlag der stampfenden Registrierkassen klirrend und rasselnd durch den Raum gehetzt wird, im kosmischen Rock 'n' Roll, während auf seiner Kruste das Gezücht der Menschheit sich gegenseitig schlachtet und würgt, ein Stamm den anderen ausrottet, ein Volk das andere verbluten läßt *ad maiorem dei gloriam*: in der Fron des großen Mammons – versündige dich nicht dagegen! Kontinente gerieten da aus den fluglinien-gesponnenen Zusammenhängen, die Korallenküsten lösten sich vom eisbergkalbenden Polargletscher, Karatschi und Caracas trennten sich aus ihrer innigen Einverstandenheit, daß der Konsum um jeden Preis zu steigern sei, weil verbilligter Konsum erhöhten Konsum bedeutet, Dallas (Texas) und Paris (France) stöben mit Explosionsgeschwindigkeit auseinander …

In meinem fernen Vaterland kamen sie einmal im Jahr, am Neujahrstag, im Gefolge der Sternsinger. Erst kamen die Pächter, in neuen weißen Strümpfen, die Schuhe ließen sie draußen. Sie brachten Wild und Geflügel und schöne Fische, Krüge mit Wein und Honig und golden gehäufte Kornschwingen. Dann zogen sie zum Verwalter und zahlten ihre Pacht. Am Nachmittag kamen die Lieferanten aus der Stadt, in schellenklingelnden Pferdeschlitten über die frostklirrende Straße, sie legten dem Verwalter ihre Rechnungen vor, die er streng prüfte, es ging so bis in den Abend, Onkel Ferdinand stand am Fenster und schaute mit einer finsteren Verachtung zu, wie sie einzeln und in

Gruppen abzogen, sich immer wieder dankbar vor dem Gutsverwalter verneigend. Onkel Ferdinand wusch sich die Hände, wenn der letzte aus dem Hof war –

ich durfte nie mit bloßen Händen ins Freie, immer zog man mir Waschlederhandschuhe an. Ich durfte niemals Geld anfassen. Ich kannte die Schnepfenpfennige im numismatischen Kabinett Onkel Ferdinands lange bevor ich unterscheiden konnte, welches die Scheidemünzen der Währung waren, die damals im Umlauf war –

und das alles ist noch kein Vierteljahrhundert her und ist vielleicht gar nicht wahr, es hat sich vielleicht niemals in handgreiflicher Wirklichkeit zugetragen, ist nur von einem Phantasten erfunden und mir berichtet und angedichtet worden, von mir selber mir angedichtet, wer wollte es auch überprüfen, wer vermöchte das? Mein Vaterland ist mir abhanden gekommen, höchst sonderbar, höchst merkwürdig, dabei weiß ich nicht einmal, wer mein Vater ist, ich trage den Namen meiner Mutter (wenn es der wahre Name meiner Mutter gewesen ist), –

»Ich werde dieses Zeug nicht trinken«, sagte er und schob die Coca-Cola-Flasche von sich. »Nehmen Sie es zurück und geben Sie mir einen Schnaps.«

Der Wirt riß die wasserblauen Augen auf. »Ich soll das Getränk umtauschen?«

»Nein. Was kostet ein doppelter Kümmel?«

»Zwovierzig«, sagte der Wirt und schaute ihn voll Mißtrauen an.

»Hier gebe ich Ihnen drei Mark. Sie behalten den Rest, geben mir einen doppelten Kümmel und halten den Mund, bis ich ausgetrunken habe und fortgegangen bin.«

Er zählte drei Markstücke auf, eins nebens andere, in einer kurzen Reihe. Aus der Handvoll Kleingeld, das er lose in der Hosentasche trug, holte er die Münzen, schob sie mit dem Daumen über den gekrümmten Zeigefinger und drückte sie scharf knackend auf das Zinkblech der Theke. Die Geste bereitete ihm boshaftes Vergnügen: Das roßhändlerhaft Aufprotzende daran mußte den Wirt und die Halbstarken hinter ihm provozieren; überdies verhöhnte er damit das Wunder dieser Wiederaufbauwelt: ein Wunder, das ganz und gar vom Geld hervorgebracht war, über Nacht aus Schundgeld Hartgeld geworden, jählings die Herzen und die Hirne verhärtend –

so hat Mami ihre Patiencekarten aufs grüne Tuch des Spieltischchens aufgeknackt – die Verachtung der Reichen für kleines Geld ...

Er sieht sich mit John und Onkel Ferdinand bei seiner Mutter sitzen und ihr beim Patiencelegen zuschauen. Drei Liebhaber, von denen er mit seinen sieben Jahren der glühendste ist. Es muß in Onkel Ferdinands Gutshaus in Bessarabien gewesen sein, das Licht ist wie aus jenen Tagen. Niemals wieder, nirgendwo habe ich dieses Licht wiedererlebt. Die Welt war darin unendlich weit. Wenn die Sonne schien, erhellte sie die Auen am Pruth mit aller lichten Weite vom Don bis zur Côte d'Azur: Unsere Jagdgründe: Balkanschlösser und Casino-Paläste. Cocottenland. Mami die Edelcocotte, an jedem ihrer schlanken Finger die Marionette eines zahlenden Galans ...

Die Karten blühen in säuberlichen Beeten auf dem dunkelgrünen Filz. Mami hat sie aus einem kleinen Schildpattetui geholt, winzige Karten mit rosa und blaßblauen Rücken, auf denen in einem filigranen schwarzen Rosenrankenornament ein Taubenpaar schnäbelt. Das Etui trägt in aufgesetzten Emailplättchen den Fächer der Asse: Herz, Pik, Caro, Treff. Ein Brillant hält sie zusammen. Alles, was Mami besitzt, ist raffiniert und luxuriös, mit nonchalanter Grazie erhurt. Auch ich, ihr Glückskind, bin nonchalant erhurt: Onkel Ferdinand kann ebensogut mein Vater sein wie John oder einer unserer Gönner von der Côte d'Azur, Bully Olivera oder Sir Agop Garabetian. Sie werden mich alle verleugnen, wenn Mami gestorben ist –

Er sieht sich verwaist in Wien bei seinen inflationsverschäbigten Verwandten und will sich dort nicht sehen. Nicht jetzt und hier, der Haß gegeben die Pfahlbürger schnürt ihm ohnedies die Kehle zu. Was er jetzt braucht, ist eine Stütze: Er ist im Begriff, sich zu verlieren hier in Hamburg, in dieser zusammengeflickten Trümmerwelt, die alles wieder aufbaut, woran sie gestern zugrunde gegangen ist –

Ich will nicht an mich denken, wie ich war, als ich nicht *ich* sein durfte. Hier darf ich's nicht sein, und damals in Wien durfte ich's nicht sein. Ich brauche meinen Mythos: den Wunschtraum von mir als wahrhaft *Ich: Ich*, nicht der Fremde, der Andersartige, der Ärgerniserregende, sondern der dereinst in Aller Wohlwollen Eingebettete: Ich das Prinzchen. Das luxuriöse Hurensöhnchen. Ich bete Mami an, aber ich mag's nicht, wie sie die Spielkarten aufknacken läßt. Es paßt nicht zu ihrer Eleganz. Es ist vulgär. Eben doch nichts anderes als …

sie mogelt: anstelle jeweils drei Karten abzunehmen, zieht sie eine nach der anderen vom Päckchen ab. Die Ringe an ihren Fingern glitzern, ihre lackierten Nägel sind spitz und hart. Wenn sie mit einem Strategenblick überschaut, wo im bunten Feld sie die Karte anlegen kann, oder ob sie aufs Päckchen der abgelegten kommt, kräuselt sie die rotgeschminkten Lippen, als wollte sie darüber lautlos ein Liedchen pfeifen. Kußmund. Ich lese Entzücken in Onkel Ferdinands Augen. Johns Miene ist kühl. Beide kennen Mamis Leidenschaft fürs Kartenspiel. Beiden hat sie ein Vermögen gekostet …

jetzt hat Mami einen Platz erspäht, wohin sie die Karte legen kann. Ihre Lippen lösen sich zum Ansatz eines Lächelns. Es wäre grausam triumphierend, wenn sie's ausreifen ließe. Ihre Augen funkeln. Sie drückt die Karte so genüßlich auf den grünen Filz, daß sich das Blatt durchbiegt, dann läßt sie den unteren Rand mit einem Daumendruck über das letzte Glied des Zeigefingers schnalzen. Ich muß denken: Wie wenn jemand mit dem Daumennagel einen Floh totdrückt. Ein widerliches Geräusch. Wo habe ich das erfahren? Bei einem von Onkel Ferdinands Förstern, der einen Hund abflohte? Ein banaler Einfall. Besser. Onkel Ferdinand hat in seinem Ankleidezimmer ein Sèvres-Grüppchen, »Le puce«. Hinter einer Dame kniet ein Schäfer, sie blickt über die Schulter auffordernd zu ihm nieder: Die Hälfte ihrer Krinoline kann abgehoben werden, zum Vorschein kommt prall und rosig ihr nackter Hintern, auf dem ein Floh sitzt. Schäferspiel. Auch Mamis Patience ist nur ein Spiel. Ein Spiel, das gefährlich wird auf den *Chemin-de-fer-Tischen* der Casinos. Ein Vermögen kann dabei draufgehen. Ein Mann kann unter ihrem Daumennagel knacken. (Groschenliteratur!) GELD IST HART, das sagte mir Gisela; das sagt mir Christa alle Tage –

Er hatte die dritte Mark auf den Schanktisch schnalzen lassen und schaute auf. Der Wirt stand bewegungslos. Die Lippen gekräuselt, als wollte er lautlos ein Liedchen darüber pfeifen, zählte er eine vierte Mark dazu und sagte: »Achtzig Pfennige fürs Cola und zwei Mark vierzig Pfennig für den Schnaps, macht dreisechzig.«

»Eben!« schnaubte der Wirt. »Ich dachte, Sie wollten mit drei Mark loskommen.«

»Um hier loszukommen, ist mir nichts zu teuer. Selbst wenn Sie mich das Cola doppelt bezahlen lassen.«

Der Wirt, verblüfft, wollte Einspruch erheben. »Lassen Sie nur«, sagte er. »Kopfrechnen ist nicht jedermanns Sache. Behalten Sie eine Mark vierzig von diesem dreckigen Geld und schütten Sie's Cola weg oder –« mit dem Ansatz eines bösen Lächelns wandte er sich zu den Burschen an seinem Rücken um – »schenken Sie's den jungen Herrn hier. Ein vorzügliches Erfrischungsgetränk für die Jugend.«

Auch von den Burschen bewegte sich keiner. Nach drei abwartenden Atemzügen drehte er sich wieder zum Wort. »Also einen Kümmel oder Korn. Oder einen Steinhäger, bitte. Oder was Sie sonst haben.«

Wortlos holte der Wirt die braune Steingutflasche vom Spind und füllte ein Glas. Er nahm es und kippte es geübt über die Unterlippe. Der Schnaps brannte ihm in der Kehle.

»Den Einsvierzigrest können Sie selber behalten«, sagte der Wirt bedrohlich. »Von Sie nehme ich kein Trinkgeld.«

Aber er hatte schon auf dem Absatz kehrt gemacht und winkte ab, die Hand an der Schläfe. Ein Schlenkern der Finger, das er Gary Cooper im Film »Marokko« abgeschaut hatte – wann? Vor einem Weltuntergang. In Wien. Als halbwüchsiger Waisenknabe: Traumerlebnis in der Welt der Pfahlbürger. Lang vor Stella noch. Lang vor Einsatz der Eiszeit, in der mit der Welt der Glücklichen auch die Pfahlbürgerwelt untergehen sollte – um mit doppelt verhärtetem Hartgeld wiederaufzuerstehen.

Die Halbstarken gaben ihm widerstandslos den Weg frei. Als er auf mittlerer Länge des Stollens war, hörte er eine Stimme ihm »Tschüs!« nachrufend, beißend ironisch im Tonfall…

* * *

– schrieb damals schon, schrieb mühsam mit der linken Hand, die verfluchte Rechte war ja mitsamt dem Unter- und einer guten Hälfte des Oberarms in Rußland geblieben – er schrieb in einer kochenden Wut gegen die ungelenk geführte Feder und die krakeligen Schriftzüge, die sie aufs Papier kratzte. Briefbogenblätter, die ich in der Villa unter den Trümmern eines Schreibtischs aufgestapelt gefunden und ihm ins Gartenhaus gebracht hatte: mit der erhaben aufgedruckten Adresse *Hamburg, Elbchaussee*, fein in Kursiv, versehen – das nahm sich sehr gepflegt und bratenröckig vornehm aus, Nagels Gekritzel drunter wirkte gradezu rührend, auf den ersten Blick mochte man meinen, es handle sich um die bemühten Versuche eines wohlerzogenen Enkelkinds, Großpapa Welthandelsfürst einen Gratulationsbrief zum Geburtstag zu schreiben. Aber er schrieb darauf verbissen und mit zähen Fleiß.

Trotzdem hielt er damals noch fest an unseren Zusammenkünften. Schenkte unseren Rübenschnaps aus und verteilte großzügig den hausgemachten Tabak. Erst wenn Hertzog und die Kumpels gegangen waren, gab's wieder mal ein Stündchen Zweisamkeit zwischen uns. Wonne der Freundschaft – und das war gestern gewesen; aber nicht nur unsere Freundschaft war untergegangen, die Welt war anders geworden seit jenen Tagen.

Natürlich verbarg er vor mir, was er schrieb, nach den abstoßenden Äußerungen einer zynisch gottlosen Geisteshaltung, die ich mir hatte zuschulden kommen (»die ich eigentlich nicht bei Ihnen vermutet hätte, lieber Freund!«). Verbarg's vor mir wie eine heimliche Geliebte (ich durfte mir's ein Jahr später beim Buchhändler kaufen). Wenn er sich aber seine Wut vom Leib geredet hatte, so fand er wieder zum alten vertraulichen Ton zurück, lachte weißzahnig aus dem ofenrußgeschwärzten Gesicht: Arbeiter der Stirn jetzt, anstatt der Grubenlampe leuchtete daran die Hoheit geglückter Schaffensprozesse. Wir redeten wieder miteinander, anstatt Diskussionen gab's wieder Gespräche, Meinungsaustausch anstatt Debatten. Wir vergaßen unsere Utopien und wandten uns wieder dem Alltag zu, dem abenteuerlichen Alltag jener Eiszeitjahre. Brüderlich gemeinsam gingen wir wieder den (damals meist schwarzen) Geschäften des Tages nach, manchmal war Nagel sogar zu einem kleinen Scherz auf Hertzogs Kosten bereit, aber dann wurde er wieder rückfällig, nahm die Diskussionsabende dennoch todernst – vielmehr: ihr edles Ziel: die »Durchdenkung« einer neuen Gesellschaftsform –

oder wollte ich leugnen, daß diese ein bedeutungs- und folgenschwangeres Anliegen sei?

Nein, nein, das wollte ich nun keineswegs, ich bekannte mich lediglich in dieser Hinsicht zur totalen Einfallslosigkeit, ich schämte mich vor so leidenschaftlich Beteiligten wie unserem einbeinigen Freund Wilhelm, litt ja auch nicht an den herrschenden Zuständen, mir war's bei der damaligen Lage der Dinge merkwürdig wohl in meiner Haut –

und Nagel ereiferte sich wieder: Ja machen Sie sich denn überhaupt klar, was Sie da sagen, Mann? ein flachgebombtes Land, eine Horde Verhungernder, die von einer fremden Militärmacht überwacht und notdürftig vor dem Krepieren bewahrt wird – und dabei fühlen Sie sich wohl?...

Ich mußte mich schmählich frei von nationalem Ehrgefühl bekennen, war ja schließlich auch kein Deutscher, hatte nichts in die verlorene Sache investiert, meine Knochen nicht hingehalten: hier ein Arm ab, dort ein Bein – nein, nein, mir schuldete die Zeit nichts – aber darum geht's ja gar nicht, es geht doch um die Zukunft Europas insgesamt, ja eben, grade darum war mir ja so wohl in meiner Haut: sie konnte doch nur aus der totalen Vernichtung des Bisherigen kommen, diese Zukunft, nicht wahr? In der Hinsicht war Deutschland ein vorbildliches Land... aber das ist doch reiner Nihilismus! Mag sein, sagte ich, gewiß, auch das sei mir wohl bewußt, aber ich bin eben ein sehr radikal denkender Mensch, übrigens gänzlich ohne Bindung, leider immer Außenseiter, immer Einzelgänger gewesen – kurzum: mir behagte dieses Jäger-und-Sammler-Dasein in dieser surrealistischen, in dieser arktischen Archetypenlandschaft, sie entsprach vollkommen meiner durchs Kriegserlebnis geformten inneren Erlebniswelt (um's mit Hertzog auszudrücken) und daraus, aus dem Akzeptieren, konnte doch was Neues entstehen...

(Wahrhaftig, ich glaubte damals ernstlich, daß das möglich sein könnte, ich war verblendet von der Freiheit damals, ich sah nicht, was kam. Das heißt: ich sah's, aber ich wollte nichts sehen. Aber das nahm mir Nagel schon damals nicht ab.)

Er war fuchtig aufgebracht: Ja was wollen Sie denn dann überhaupt bei uns!?

Das, sagte ich, sei allerdings sehr heikel, ließe sich schwerlich sagen, ohne seinen Gefühlen nah zu treten... also spielen Sie hier nicht den Feinsinnigen, sagen Sie's unumwunden, wenn Sie's selber wissen – also gut: auch ich suche das geistige Erlebnis *de profundis*, finde es sogar zum Schweinefüttern üppig an unsern Diskussionsabenden, allerdings nicht in dem, was Hertzog mir anzubieten hat, ich will schließlich nicht Kabarettkünstler werden, immerhin: es ist mir unsagbar wertvoll, zu beobachten, welche Wirkung das auf unsere Freunde hat und wohin es mutmaßlich führen muß – das war doch ein bedeutsames geistiges Erlebnis, oder?...

Nagel horchte auf: Was meinen Sie genau?

Nun: das Gesellschaftsbildende eben... Zum Beispiel die Entwicklung einer Katakombengemeinde zur Kirche –

Wie bitte?

Die Metamorphose von Gottes Finger angerührter Armen im Geiste zu stramm ausgerichteten geistigen Buchhaltern –

Nagel bezähmte sich mit übermännlicher Willenskraft. Darunter aber brodelte und grollte es bedenklich, sein Armstumpf führte unwillkürlich heftige Bewegungen aus, die den leeren Ärmel der eingefärbten Feldbluse flattern ließen, doch er hörte zu –

Und das war wieder ganz wundervoll. Nagel zum Zuhören gebracht zu haben, kam mir vor wie ein Geschenk, ein Geschenk des Gottes der Freundschaft, ich selbst wurde dabei ernsthaft, verzichtete aufs billige Vergnügen, ihn zu reizen, Rache für Hertzog an ihm zu nehmen, ich versuchte sogar, redlich meine Galle gegen Hertzog zu unterdrücken, diese bitterböse Ablehnung aus intellektuellen – nein: aus physischen, also aus physiochemischen Gründen, denen auch ganz einfach knabenhafte Eifersucht beigemengt war, ich liebte ja meinen Freund Nagel, aber der Mann, der sich so bramsig Hertzog mit TeZet nannte, hatte etwas an sich, was allen meinen Haß zusammenbündelte, allen Haß gegen das, was diesem Land, diesem Volk zum Fluch auferlegt war und was nun bald wieder kommen sollte, unbarmherzig Schritt vor Schritt und was dann mit einem Tag der jähen Weltveränderung endgültig geschehen war.

Manchmal befiel mich dabei die Mutlosigkeit so sehr, daß alles in mir zugrunde ging – buchstäblich: mein Lebenswille, mein zäher wolfszahniger Überlebenswille, das Steppentier mit den vor Hunger eingezogenen Flanken, das mich durch den Höllenwahnsinn des Dritten Reichs und seines Untergangs gerettet hatte und gewillt war, sich auch durch die Eiszeit danach zu beißen, es sank ohnmächtig nieder auf meinen schicksalergebenen Wesensgrund und kam dort zur scheinheiligen Ruh –

es war ein merkwürdiges Glücksgefühl der Auflösung – sich treiben lassen, dem Zeitfluß hingeben...

Was ich hier wollte? Nichts. Es hatte mich hierhergeschwemmt. Onkel Helmuth würde sagen: mein Karma – und er, Nagel, kehrte zornig in sein Gartenhaus zurück und schrieb, schrieb mit der linken Hand Seite um Seite an seinem ersten Buch – wie war ich neidisch hinter meiner Ironie! Wie war ich ungeduldig, daß es auch mich ergreifen würde, auf irgendeine Weise, dieses Hingegebensein an ein Tun, dieses Erlöstsein in einer Leidenschaft...

(In meiner Erinnerung verbindet sich das alles mit dem Blick ins öde Eisland jenseits der zugefrorenen Elbe hinaus: ein abendrötlicher Dunststreif im Gletscherrauchblau bezeichnet einen hoffnungslosen Horizont, im Vordergrund schneidet schwarz das dichte Filigran des Astwerks der entlaubten Fliederbäume am Hang nach Övelgönne die Grenze des Trümmergrundstücks aus der frostumklammerten Welt, drüber ragt die Silhouette der Villa in den Eisenhimmel auf: ein neoklassizistischer Bau, halb Schinkel, halb Palladio in massiger Gründerbramsigkeit, aber der weggerissene linke Flügel gibt ihm den romantischen Zauber der Ruine – fremde Welt, wildfremde eiszapfenbehangene Welt wie dereinst im winterlichen Bessarabien – und darin ich, der Fremde, fremd Gewordene ... Ist es nicht unheimlich, daß ich mich damals zurücksehnen sollte, daß ich Heimweh verspüre, wenn ich daran denke?...)

* * *

Teutonisch riesenhaft im eingefärbten Soldatenmantel, der ihm lotrecht zu den Füßen niederfällt, die Hände tief in den Taschen, das angegraut blondumwirrte Lutherhaupt hochmütig in den aufgestellten Mantelkragen zurückgeworfen, den Blick aus dicken Brillengläsern stumpf voraus ins Nichts gerichtet, die sensiblen Lippen bitterlich fest geschlossen – so schreitet er durch das Möwengeschrei der Mädchen, das ihn höhnisch empfängt: Verächtliches zieht mit ihm ein: der Bürger in seiner doppelbödigen Moral: gußeisern, korrupt und morsch: Die Rechte soll nicht wissen, was die Linke tut. Ist er gekommen, um einer von ihnen die Beute zu entreißen? Wie einen Gefangenen hat er das letzte Mal den Gast davongeführt, der drei Tage und Nächte von Gisela behandelt worden war. In der gleichen gnomenhaften Starre war er neben dem immer noch glückserschüttert Schluchzenden hergegangen, gefolgt von Flüchen und Drohungen. Und alle hatten gewußt, daß es ein scheinheiliges Protestgeschrei war, niemand mehr wollte noch was wissen von dem abgefackten Kerl, den er mitnahm, der war bis auf den allerletzten Pfennig blankgeräumt, seine Uhr und selbst sein goldener Brillenrahmen waren hin, das Hemd hing ihm zerfetzt aus den Jackenärmeln, weil irgendwer – der angebliche Zuhälter wahrscheinlich, der engagiert worden war, um ihn zu vermöbeln – ihm die Manschettenknöpfe herausgerissen hatte. Aber es stand niemandem zu, ihn hier herauszuholen, als müßte er ihn von irgendwas erretten, er waren freiwillig gekommen und freiwillig geblieben, bis die Behandlung durchgeführt war, Gisela hätte ihn auch nicht früher entlassen, selbst wenn ihr Gewalt angedroht worden wäre, sie ist ein seriöses Mädchen, das den Kundendienst ernst nimmt.

Und schon gar nicht diesem Spätheimkehrer mit der Professorenbrille steht's zu, sich hier einzumischen. Was will der wirklich? Jetzt ist kein Gast bei Gisela, es ist heller Mittag, Kundenflaute, die Mädchen keifen ihm nach aus ranzig gewordener Langeweile, manche klopfen zornig mit den Schlüsseln gegen die Schaufensterscheiben, hinter denen sie müßig lungern – nicht, um ihn zu locken, sondern um ihn aufmerksam zu machen: Sieh her, wir sind Huren, und wir verachten dich! Warum bist du nicht zu Hause bei Mutti zum Labskaus oder in deiner Amtsstube? Oder willst du eine rasche Nummer schieben?...

Ist er vielleicht gekommen, weil er selbst von Gisela behandelt werden will? Er schaut danach aus. Er trägt das Erleiden seines Daseins ins Gesicht geschrieben. Man sieht ihm an, daß er trinkt; also muß er dazu Anlaß haben. Dieses hier ist ein Ort der Trösterinnen, ein Hort der Verlorenen. Nur muß die Verzweiflung bodenlos sein, die einen am hellichten Tag hierher treibt, jenseits der wüsten, wohltätig stumpfen Ich-Entrücktheit, die auf dem Grund von Flaschen zu finden ist.

Abends ist das anders. Wenn die Lichter angehen, abends, rings um die Knusperhäuschen, die der Bombenhagel verschont hat in den feuerspeienden Nächten der Eiszeit, als wäre ein magischer Bann gelegt gewesen über die Hurengasse der Bürgerstadt, die glühend einsank in ihre aufgerissenen Keller; wenn zwischen Zementwürfeln, die jetzt immer dichter aus den Trümmerhalden wachsen, ihre niedrigen, aber aufrechtgebliebenen altväterlichen Giebel in den rauchblauen Himmel zacken, der bald zur Tinte wird und sie verschlucken würde, stünden nicht in ihnen schon gelb wie Dotterblumen die Fenster der Mädchenkammern; wenn die Glaskästen erstrahlen, in denen die halbnackten, ironisch aufgeputzten Mädchen in winzigen teppichbelegten guten Stuben auf Plüschmöbeln sitzen, und mit ihren schwarzseidenen Miedern und feuerroten Federboas, ihren Netzstrümpfen und weißen Schenkeln. Bajaderenhosen und prallen Titten in den offenen Matrosenblusen und spanischen Boleros kunterbunt das wundervolle Als-ob des Eros vor Augen stellen im Goldlicht, das die enge Gasse füllt –: dann ist die Stunde derer gekommen, die aus einem letzten Bodensatz von Illusionen die Hoffnung auf ein paar Augenblicke des Erlöschens pressen: den Treber des Weins der Selbsttäuschung. Wer aber am hellichten Tag kommt, der hat begriffen, worin die Erlösung liegt. Der geht schnurstracks seiner Selbstvernichtung entgegen.

Die Mädchen täuschen sich. Sie kennen ihn noch nicht, er ist erst vor kurzem aus der Kriegsgefangenschaft zurück. In einer Stadt, in der in guten Zeiten jeder jeden kennt, jeder von jedem alles weiß – einer wahrhaft demokratischen Stadt: der Bürgermeister ist der Vetter des Kellners, der ihm beim Ratsherrenessen die Suppe serviert – in dieser Stadt ist auch er, wiewohl ein ehemals Alteingesessener, ein hier Geborener, aber vom Völkermorden fremd Gewordener, nur einer von den Ungezählten, die's herverschlagen hat: Flüchtlinge, Verschleppte, Heimatlose...

Die Mädchen können nicht ahnen, daß einer von ihm schreiben wird:

> Weil ihn die Aura eines schweren Geschicks umwittert – oder jedenfalls die einer außerordentlichen Empfindsamkeit: einer bitterlich bewußten Ohnmacht gegenüber der Termitenkraft der allzu vielen Niedrigen, Böswilligen und Dummen auf dieser Erde, die ihn lähmt und ihm das pathetisch Schwerfällige eines gefällten Riesen gibt, eines Titanen mit zerschnittenen Sehnen – so faßt man unwillkürlich alle seine Regungen viel zu wuchtig, viel zu weit ausholend und tragisch auf, jede seiner Äußerungen grandios und brüchig: eine efeuumsponnene Ruine – und übersieht darüber die Wachsamkeit des feinnervig Verletzlichen ebenso wie die durchaus handfesten Kunstgriffe, mit denen er das Alltagspensum seiner Existenz bewältigt: seinen gesunden Verstand fürs Praktische und erbarmungslosen Blick fürs Lächerliche, die gescheite, oft sogar abgebrühte Taktik seiner Menschenbehandlung – kurzum: all die Lebensroutine, die ihm die Paradoxie eines Emotionshaushalts ermöglicht, der ihn in Distanz zum Hassenswerten seiner Umwelt setzt und ihm gleichzeitig erlaubt, nur um so ausschweifender in seiner Schwermut zu waten –
>
> hoheitsvoll freilich hinter einem entschiedenen »Nein!« zu allem Mittelmäßigen, Banalen und sentimentalen (eine selbstmörderische Grenzziehung hier und heutzutage) – und hoheitsvoll unbekümmert um den Schaden, den er sich damit und mit harten Flüssigkeiten und Pillen zufügt –

Was er in der Hurengasse sucht, ist ein Manuskript. Ein anderer von Giselas Gästen hat es bei ihr vergessen. Er kennt ihn nicht, kennt auch das Manuskript nicht, weiß nur davon aus der Schilderung des Mannes, den er hier herausgeholt hat, nachdem er vermeiden konnte, daß nach dessen dreitägiger Abwesenheit von

Haus und Firma eine polizeiliche Suchaktion einsetzte. Das Manuskript soll der Entwurf zu einem Film-Drehbuch sein, anscheinend außergewöhnlich phantasievoll und brillant. Es ist sein Beruf, sich mit Manuskripten zu beschäftigen, er ist Lektor in einem Verlag, und der Mann, den er hier herausgeholt und der das Manuskript entdeckt hat, ist ein Verleger. Wie es dem gelungen war, in einem zweiundsiebzigstündigen Taumel von Qual und Lust und einer Orgelpfeifensymphonie von Alkoholika und Drogen Einblick in den Fund zu tun, ist nur mit einer abgründigen *déformation professionelle* zu erklären.

Giselas »Behandlung« ist symphonisch aufgebaut. Sie beginnt damit, daß der Freier entkleidet wird. Er wird nackt in ein Gitterbett gelegt, als wäre er kaum dem Säuglingsalter entwachsen. Gisela als gute Mutti küßt und herzt ihn, spielt mit seinem Glied, straft ihn aber, noch lachend und scherzend, wenn es steif wird: das ist zwar herzig, aber noch verboten. Dann aber wird's strenger: er hat Pipi ins Bett gemacht. Böser Bubi! Er kriegt's – pitsch, pitsch – auf den nackten Hintern. Danach wieder Zärtlichkeit und ein Bonbon – man frage nicht, welcher pharmakologischen Zusammensetzung. Bubi ist jetzt hellwach. Er kommt ins schulpflichtige Alter, trägt kurze Hosen, Söckchen, Schülerbluse und eine große getupfte Schleife am Kragen. Er wird an ein kleines Schreibpult gesetzt, kriegt Aufgaben. Aber der böse Bubi hat einen Tintenklecks gemacht. Dafür kostet er den Stock. In seinem Alter gibt es eine Fülle von geringeren und schwereren Vergehen, die er sich zuschulden kommen läßt. Der Tag geht hin mit Strafen und Belobigungen. Mutti Gisela ist streng, gerecht, aber streng. Die Strafen sind ausgeklügelter als die Belohnungen; aber auch die sind lustvoll schmerzlich. Er kommt jetzt in die Pubertät. Gisela wechselt vorübergehend die Rolle. Als Mitschülerin weist sie ihn in die anatomischen Unterschiede zwischen Knaben und Mädchen ein. Aber wehe! Er ist bei der Inspektion zu weit gegangen. Die Spielkameradin zeigt sich beleidigt, böse und ungemein erfindungsreich im halb neckischen, halb böswilligen Schmerzzufügen, sie zwickt und stößt und kratzt und beißt. Dann entdeckt die wieder zur Gouvernante gewordene Gisela ihn beim Laster der Selbstbefleckung. Der Masturbant wird öffentlich bloßgestellt. Sie läßt eine Gruppe von Freundinnen ein und stellt ihn vor ihnen bloß. Die Mädchen verhöhnen und beschimpfen ihn entsprechend, spotten grausam über sein kleines Glied. Man versucht es ihm langzuziehen. Es gibt wieder Schläge, weil die Erektion ausbleibt; andere, wenn sie endlich eintritt. Sein Rücken ist gestreift von blutigen Striemen. Nachts über darf er mit Gisela plaudern und ein wenig schlafen.

Der nächste Tag: Es folgt die Phase des Mannesalters. Er muß seine Virilität erproben. Gisela findet Anlaß, ihn für sein Versagen grausam zu bestrafen. Sie kopulieren ohne Unterlaß. Ihre Fähigkeit, ihn zu immer neuer Leistung anzuspornen, ist stupend. Ebenso die, immer neue Begründungen für Mißhandlungen zu erfinden. Es fehlt auch nicht an Überraschung durch einen angeblichen Zuhälter, der eindringt, während das Paar im Bett liegt. Er vermöbelt den Überrumpelten nach Strich und Faden und plündert ihn bis auf den letzten Heller aus. Gisela schaut böse lachend zu und feuert den Luden an. Die Grenzen zwischen Spiel und Ernst verschwimmen. Gisela verzichtet auf neue Rollen, gibt sich unumwunden als das, was sie ist, eine herzlose Dirne. Das Als-ob wird beklemmende Wirklichkeit. Alle Augenblicke stellt sie Forderungen, äußert kostspielige Wünsche. Er ist in einem Zustand totaler Willenlosigkeit, physisch und psychisch bis zum äußersten erschöpft. Der Schädel siedet ihm von Drogen und Alkoholien. Er schreibt Schecks aus, die ihn in sehr reale Angstzustände versetzen. Er will fliehen, findet sich aber ohnmächtig ausgeliefert – und genießt selbst diesen Zustand.

Der dritte Tag: Jetzt wird er angekettet. Es geschieht so kunstvoll, daß er keinen Finger rühren kann, ohne sich Höllenschmerzen zu bereiten. Er hängt in seinen Ketten, die Arme ausgespreizt: ein Gekreuzigter. Gisela verhöhnt ihn, peitscht ihn aus und läßt ihn allein. Es vergehen Stunden. Er beginnt um Hilfe zu rufen. Niemand erlöst ihn. Am Ende kommt die Scheuerfrau, aber sie tut, als wäre er nicht vorhanden. Sie beginnt aufzuräumen, beständig über die Unordnung und den Unrat im Zimmer schimpfend. Sie ist im Begriff, seine Kleider zum Müll zu werfen und kümmert sich nicht um sein Geschrei. Nachdem sie den Boden blank gescheuert hat, geht sie. Erst nach einer Ewigkeit wird er befreit. Man sagt ihm, daß unten im Salon einer seiner Angestellten auf ihn warte. Der ist gekommen, ihn auszulösen. Das Lösegeld ist deftig, es geht in die Tausende. (Gisela soll später einen Wink von der Polizei bekommen, nicht zu übertreiben. Der gute Ruf der Hansestadt steht auf dem Spiel.)

Und dabei war die Neugier des so Behandelten auf alles noch Ungedruckte so groß, daß er in einer der Verschnaufpausen einen Blick in ein Bündel schreibmaschinebeschriebenes Papier tun konnte, das ein Vorgänger bei Gisela vergessen hatte, und das zwischen die illustrierten Zeitschriften auf ihren Nachttisch geraten war.

* * *

– und ich trage seine Kleider, seine Hemden, seine Hosen, Westen und Jacken – Tweedjacken und Flanellhosen, die dunklen Anzüge muß er für sein offizielles Auftreten behalten – ich bin von ihm eingekleidet, wie ich's dereinst vor einem Dutzend Eiszeitjahren von seiner Gattin worden war, ein jugendlicher Pflastertreter, der unter den Händen einer Frau von Welt zum Stutzer wird – nein, keineswegs ein Gigolo, kein kaltschnäuziger Eintänzer und

Sparbuchmarder, dazu war ich zu naiv und sentimental. Ich liebte Stella, ich hätte sie nicht gegen die Garbo, und schon gar nicht gegen die Dietrich tauschen mögen, andere Frauen von Welt kannte ich ja nicht, meine Erinnerungen an die Côte d'Azur waren verschüttet unter zwölf Bildungsjahren im Schoß der Familie Onkel Helmuths, Tante Herthas, Tante Selmas und Vetter Wolfgangs, selbst Tante Selmas heimlich gekaufte Modeblätter regten meine Tagträume nicht so an wie das Kino: die »große Welt«, das war die auf der Filmleinwand, Adolphe Menjou im Seidenanzug und Panamahut überbringt Marlene Dietrich am Rand der marokkanischen Sandwüste einen frischbetauten Rosenstrauß, aber sie wird nicht bei ihm bleiben, sie wird mir, dem Fremdenlegionär Gary Cooper ins Ungewisse folgen, auch Stella kümmert sich nicht einen Deut um das, was John denkt, was seine Diplomatenkollegen denken und sagen, was die Wiener, die Bukarester Gesellschaft von ihr hält, sie braucht freilich auch nicht ihre Stöckelschuhe fortzuwerfen wie die Dietrich, um besser durch den Sand zu laufen (wie werden bald die zarten Sohlen brennen!), sie muß keine Ziege an den Hörnern packen, um sie im Troß hinter mir herzuschleifen, sie, Stella, nimmt mich bei der Hand und führt mich zu Prix und Knize und läßt mir ein halbes Dutzend Anzüge anmessen, eine Dame der großen Welt gefällt sich darin, ihren Bubi herauszuputzen – und John macht beste Miene zu unserem Spiel, er macht immer beste Miene zu jedem Spiel, auch hier in Nürnberg, und er setzt voraus, er zwingt's mit seiner entschlossenen guten Miene auf, daß auch die anderen besten Miene zu seinem Spiel machen, zum Beispiel zur Absurdität, daß er mich hierhergeholt hat, um als Zeuge für den Mord an Stella aufzutreten, man stelle sich vor: Zeuge für den Mord an einer einzigen Person, wo's doch hier um einige Millionen Gemordete geht – warum tut er das? Es kann nicht meinetwillen sein, an mir kann ihm nichts liegen, ich bin ihm durch reinen Zufall wieder über den Weg gelaufen, in Hamburg vor dem Hotel Atlantik: nichts anderes hat mich daran vorbeigeführt als mein zielloses Flanieren durch Hamburgs Bauplätze und Trümmerfelder, in denen doch immer noch Zeugnisse einer stolzen Vergangenheit stehengeblieben waren, das Rathaus und die

Börse, die Luxushotels, die Villen der reichen Pfeffersäcke auf dem Alsterufer, die Tingeltangel auf der Reeperbahn, einige Gotteshäuser und die Lebkuchenhäuschen der Hurengasse, und ringsum Ruinen, Trümmerhalden, die zu Baugruben ausgeschaufelt wurden, ich durchstreifte dieses Baalbek mit eingezogenen Flanken, so kam ich auch am Atlantik vorbei, er, John, trat in einer Gruppe von überreich messingblinkenden Besatzungsoffizieren aus dem Hotel und erspähte mich und traute seinen Augen nicht, so scharfgesichtig und früh heruntergekommen war der jünglinghafte Geliebte seiner Frau geworden, aber gerührt dürfte ihn das keinesfalls haben, John war alles andere als weichherzig – warum also hatte er mich von der Straße wiederaufgeklaubt, ohne Umschweife mit der gleichen Kaltblütigkeit, mit der 1940 Onkel Ferdinand in Bessarabien mich nach vierzehn Jahren wiederempfangen hatte *(»Ah, te voilà, finalement, il était grand temps qu'on te voie ...«)*, nun sinds wieder sieben Jahre, daß mich John zum letzten Mal in Bukarest gesehen hat, damals war auch ich in Uniform gewesen, mit weitaus weniger Messing an den Aufschlägen als seine Begleiter vor dem Atlantik, er auch damals wie diesmal in einem seiner Saville-Row-Anzügen, sie passen mir jetzt wie angegossen, ich gehöre wieder zur zivilisierten Welt der Sieger, vor dem Atlantik aber in meinem Zustand als abgelumpter Heimatvertriebener in Flüchtlingsklamotten bedurfte es der exorbitanten Selbstsicherheit Johns, um mich den Brigadiers und Wing-Commanders seiner Suite vorzustellen, als wären wir gestern erst gemeinsam zum Wochenende beim Herzog von Westminster gewesen – warum tat er das? Was hat ihn bewogen, mich unverzüglich im Atlantik einzuquartieren, zu füttern, einzukleiden, neuerdings mit fragwürdigen, aber von Behörden gehorsamst respektierten Papieren auszustatten *(Traveldocument* der Militärregierung, *»Individual of doubtful nationality«)* und schließlich nach Nürnberg zu beordern? Pietät? Das Andenken meiner Mutter, die Edelcocotte, mit der er eine stürmische Beziehung unterhalten hatte, so stürmisch, daß selbst er beinah die gute Miene zu ihrem bösen Spiel verlor, ehe sie in einem Teich in Bessarabien ewige Ruhe fand? ... Stella war sehr viel leidenschaftlicher mit dem Andenken an sie beschäftigt gewesen, ein literarisches Interesse, sie fand die Karriere der Ilse Subicz, die sich mit dem Künstlernamen Maud nannte (Bettkünstlerin?) von beispielhafter Kühnheit: die Offizierstochter aus der k. u. k. Garnisonswelt von Udine über Kecskemet bis Schitomir, die den reichsten, den verwöhntesten, den abgebrühtetsten Männern der Epoche so den Kopf verdrehte, daß sie wie Leierkastenäffchen vor ihr tanzten: eine Leuchte der Emanzipation, Stella sammelte alles, was davon Zeugnis ablegen konnte, manches davon – Fotos, Zeitungsausschnitte – habe ich immer noch in meiner magischen Schachtel aufbewahrt, alles, was ich außer meinen Lumpen, einem Kamm, einer Zahn- und einer Nagelbürste mein eigen nennen konnte, als es mich nach Hamburg an der Elbe – *of all places!* – verschlagen hatte. Alles das diente der Dokumentation der Legende von meiner Mutter, der schönen Maud; also diente es auch der Legende von mir, ihrem erhurten Kind. Was aber geht das John an? Es liegt meilenweit fern von jeglicher Wahrscheinlichkeit, daß auch John das Erdendasein meiner Mutter, seiner einstigen Maitresse, ebenso literarisch auffassen könnte wie Stella und gar ebenso fasziniert sein mochte von der Verdichtung des Wirklichkeitsgehalts einer Legende in die konkrete Existenz eines Bankerts, daß er dieses lebendige Zeugnis davon – mich – unter seine Fittiche nehmen mußte… was also wollte er von mir? Sollte ich auf irgendeine verzwickte Weise dazu herhalten, daß er sein Mütchen an den Amerikanern stillte, er haßt sie so offenkundig, daß es mir oft peinlich wird, mich mit ihm zu zeigen, sie sind die Hausherren hier in Nürnberg, mir ist nicht wohl in meiner Haut, wenn er in meiner Gegenwart heraustrompetet, eine Nation, deren Bestehen auf einem Genozid begründet ist, die Vertilgung der Rothäute, denen das Land gehörte, über dem heute das Sternenbanner weht, dürfe es sich nicht herausnehmen, zu Gericht zu sitzen über eine andere, viel ältere, unvergleichlich viel zivilisiertere, die es lediglich unternommen hatte, einen Fremdkörper aus dem eigenen Organismus zu eliminieren. Die Leute, zu denen er solches sagt, glauben, nicht recht gehört zu haben, unwillkürlich gleiten ihre entsetzten Blicke zu mir ab, was habe ich in der Gesellschaft eines solchen Narren zu suchen, gleich in Hautnähe mit den prominentesten Figuren dieses »Schauprozesses«, wie er's nennt, er kann sich's offenbar leisten, sich so aufzuführen, zwar weiß niemand genau, welche Rolle er hier spielt, aber sie scheint nur um so wichtiger zu sein, je undurchsichtiger sie ist. Ich hingegen, der hergelaufene Niemand an seiner Seite, *individual of doubtful nationality*, immer noch halb verhungert, dabei von Thornbul & Asser und Huntsman eingekleidet, wenn auch zweiter Hand, angeblich Zeuge vor Gericht – von wem gerufen? für oder gegen was zeugend? – ich bin eine äußerst dubiose Erscheinung, man läßt mich's fühlen, wo immer ich auftrete, kriege ich die kalte Schulter gezeigt, ich halte mich also nach Tunlichkeit im Hintergrund, treibe mich im Labyrinth des riesigen Fürther Gerichtsgebäudes herum, esse nicht in der Alliiertenkantine, sondern bei den Tschandalahs, den Deutschen, den Staatenlosen, *displaces persons* wie ich, das Futter ist das gleiche wie dort, aber unsereinem wird's vorgeworfen wie Schweinen am Trog, gleichviel ob vor die beglaubigten Verteidiger der Angeklagten oder vor abgetakelte Generalfeldmarschälle, die dank dem 20. Juli haarscharf an der Anklage hier und am Galgen vorbeigerutscht sind; oder neu eingesetzte Partei- und zukünftige Regierungschefs, sie alle stehen unter der Fuchtel nicht nur des Courtmarshals, der für Ordnung in diesem wimmelnden Termitenbau zu sorgen hat und sie als Prätorianerhauptmann verachtet, sondern auch der eines höchst verdächtigen Individuums namens Gaston Oulman, ebenso undefinierbarer Herkunft wie ich, der sich zum Büttel der deutschen Pressevertreter hochgespielt hat, er rennt in einer selbstgefertigten Uniform von äußerst kampfgerechtem Zuschnitt herum, wird entsprechend respektvoll behandelt, jedermann fürchtet ihn, jedermann tanzt nach seiner Pfeife, nur ich muß das nicht, er weiß genau, unter wessen Schutz ich stehe, und geht mir aus dem Weg, aber auch er trägt nicht dazu bei, daß ich mich hier heimisch fühle – heimisch, jawohl, der Ausdruck ist gut gewählt, die historische Bedeutsamkeit dieses Prozesses, die Polarität von Gut und Böse, von glorios Siegreichen und bluttriefenden Verlierern, dies Hin und Her und kreuz und quer der Spannungen zwischen Recht und Unrecht, moralischer Empörung und Heuchelei, herzstockenden Entsetzens vor dem Unfaßbaren der begangenen Verbrechen und forensischer Rabulistik, Erschütterung und Teilnahmslosigkeit, das tägliche Wechselbad der Seelen unter dem Schauer ungeheuerlicher aufgedeckter Schandtaten und der quälenden Zähigkeit und bürokratischen Verbohrtheit des prozessualen Vorgehens, die Alltäglichkeit des Hypermonströsen, die Gewohnheit des Umgangs mit dem Unmenschlichen –: all das zusammengedrängt in den Wabenbau von Fürth, in dessen Königinnenzelle, den kleinen Verhandlungssaal in seinem Innersten; all das scharf bewacht, mit Schotten abgesichert, von hochnotpeinlichen Kontrollen festungsartig isoliert, von Panzern und Geschützen umstellt im pockennarbig gebombten Gelände – all das, sage ich, bildet ein Biotop, eine enge Lebenswelt, deren Bann keiner sich entziehen kann, jeder ist davon gezeichnet wie die Teilnehmer an einer Schlacht, Verdun oder Stalingrad, selbst eine gewisse Kameraderie ist hergestellt, ich spüre, daß man sich hier eingemeindet, heimisch und zu Hause fühlen kann, ich sehe es denen an, die hier arbeiten, Presseberichte verfassen, in Akten wühlen, *affidavits* ausschreiben, Anklägern oder Verteidigern assistieren, ich aber flaniere auch hier, bin auch hier verdächtig müßig, ein Außenseiter, mit nichts wirklich verbunden, zu nichts verpflichtet, dabei scharfäugig, ein stummer Beobachter, also wahrscheinlich ein Spitzel, mein Unbehagen sieht man mir nicht an, ich verrate mit keiner Silbe, keiner Miene, keinem Blick, wie die Konflikte, die Widersprüche, die Absurditäten hier an mir zehren, John nimmt kein Blatt vor den Mund, wenn die Rede von der welthistorischen Bedeutung dieses Prozesses ist – »welthistorische Bedeutung!« sagt er höhnisch. »Eine Schande ist das, eine Farce, die uns durch das nächste Jahrhundert erlauben wird, Weltgericht zu spielen und dabei immer nur die Richter, niemals selbst die Angeklagten zu sein... Wer hat dieses Kasperletheater hier aufgebaut? Was stellt der Nürnberger Gerichtshof dar? Oh, nein, gewiß nicht ein Galgengericht der Sieger, um die Besiegten zu demütigen, dazu sind wir zu rein und edel, zu rechtgläubig: hat nicht schon die Haager Konvention von 1926 den Krieg als Verbrechen gebrandmarkt? Schön, aber noch keineswegs die rechtliche Handhabe geliefert, die Verantwortlichen dafür zu verurteilen und zu strafen. Das soll nun hier errungen werden. Eine Verurteilung der Absicht, Krieg zu führen, wenn Krieg geführt werden muß? Eine nachträgliche moralische Analyse der Gründe dafür: Womit will man das erreichen? Mit dem windigen Anklagepunkt der *Conspiracy* – der Verschwörung? Wird irgendwer die Stirn haben, beim Ausbruch des nächsten Konflikts die Staatsoberhäupter und die Regierungschefs der darin verwickelten Nationen der Verschwörung anzuklagen – ich meine: ohne sich bis auf die Knochen lächerlich zu machen? Und wie sollte dabei vorgegangen werden? Nach welchen Rechtsprinzipien? Für Deutschland und die meisten anderen europäischen Staaten gilt das *nulla poena sine lege* des römischen Rechts; demgegenüber steht die angelsächsische Auffassung, daß ein in einem ordentlichen Gerichtsverfahren gewonnenes und gefälltes Urteil rechtsgründend sei, also gesetzgebenden Charakter hat, man kann sich in Hinkunft darauf berufen. Also ist's hier in Nürnberg doch ein angelsächsisches Gericht, das über die Deutschen urteilt – das heißt: ein aufgezwungenes, ein Gericht der Sieger. Aber nein: das wäre doch unmoralisch gewesen; das hätte nicht unseren hohen ethischen Prinzipien entsprochen. Der Nürnberger Gerichtshof, heißt es, ist von den Deutschen selbst eingesetzt. Allerdings gab es keine deutsche Staatsgewalt, die ihn hätte einsetzen können, die Alliierten mußten einspringen: Auf Grund der bedingungslosen Kapitulation stellen die vier Siegermächte die gegenwärtige deutsche Regierung dar. Und diese Regierung hat das Nürnberger Gericht eingesetzt. Und darum also wird nicht nach deutschem Recht geurteilt, sondern nach angelsächsischem. Was man dabei übersehen haben dürfte: wer von den Deutschen die bedingungslose Kapitulation unterzeichnet hat und vielleicht an den Galgen geknüpft werden wird, der General Jodl zum Beispiel oder Admiral Reeder, hat demnach sein eigenes Todesurteil unterschrieben...« John kümmert sich nicht um das Geschnatter, das seinen Worten folgt, er spielt kaltschnäuzig seine Rolle als Hecht im Karpfenteich, es ist ihm gleichgültig, wenn man ihn öffentlich als Sympathisanten der Deutschen bezichtigt, er weiß nur zu genau, daß die zynischsten seiner Äußerungen, besonders die antisemitischsten, von den meisten hier gebilligt werden, überdies ist er unangreifbar, alle seine Begegnungen und Kontakte stehen jeglicher Einsicht offen, er ist niemals mit irgend jemandem allein, immer in Begleitung von Vertretern zuständiger hoher Dienststellen, aber ich, sein Schützling, treibe mich im Unterwuchs dieses Lianendickichts herum, bei den Kriechtieren, was trage ich ihm von ihnen zu, was bringe ich von ihm zu ihnen?... dabei weiß ich, daß ihn mein Treiben überhaupt nicht kümmert, es übersteigt – oder vielmehr: unterläuft seinen Interessenhorizont, liegt zu fern ab von seiner Gedankenwelt, um sich damit abzugeben, wenn er mich tatsächlich für irgend etwas brauchen sollte, wird er sich meiner bedienen, auch mit dem Stiefelknecht in seinem Ankleidezimmer beschäftigt er sich gedanklich nie, und sollte ich ihm abhanden kommen, wie das der Fall war, als Maud im Teich von Bessarabien ertrank, so wird er ebenso wenig Anstalt machen, mich wieder aufzufinden, wie er das in den vierzehn Jahren nach Mauds Tod und den letzten sieben Jahren seit unserer Trennung in Bukarest getan hat, unsere Begegnungen sind gestirnig, ein jeder zieht seine eigene Bahn, es vergehen Weltzeitalter, ohne daß die Bahnen sich überschneiden, und es bringt keine zum Abweichen, wenn Sie's tun – Onkel Helmuth hätte dafür sicherlich eine Erklärung aus der indischen Kosmologie...

* * *

*Nächtlicher Einfall (ich schlafe miserabel, liege stundenlang wach bis in den grauen Morgen).*

*Gertrude Steins* »people are not interested in stories, people are interested in existence« *Scherping unter die Nase halten: nicht mehr der kunstvoll dramaturgisch durchgeführte Ablauf von Begebenheiten, bei denen die auftretenden Charaktere »Akteure« sind, die handelnd und erleidend den Zeitfluß der Erzählung bestimmen, sondern das Zusammenweben von Existenzen im stillstehenden Zeitraum der Erzählung –: Existenz ist schiere Gegenwart, hat keine chronologische Entwicklung, ist da in der Gleichzeitigkeit von Vergangenheit, Gegenwart und Zukunft –*

*es wird kein Garn gesponnen, sondern ein feststehendes Stück fiktive Wirklichkeit gewoben; die darin vorkommenden Begebenheiten sind subjektiviert, stehen nicht mehr objektiv als allgemein Erfahrbares da, sondern stehen für sich als Muster, als* pattern *der Webstoffs der jeweiligen Existenz*

*(Unterschied zwischen Tolstoi und Joyce – Scherping kennt bestenfalls die Inhaltsangaben.)*

*Zentrifugale und zentripetale Erzählungsweise. –*

*Also auch mancherlei nicht zur Handlung Gehörendes aufgreifen, um Schattierungen zu erzielen, Glanzlichter aufzusetzen etc. –*

*(Kaum vorstellbar Scherpings Verwunderung, daß solcherlei Gedanken mich auch nachts, also entschieden außerhalb der Bürozeit befallen: wie als interessierten sie mich persönlich und nicht nur den Gehaltsempfänger; in der Tat lenken sie mich wohltätig ab von den Nachtmaren, von denen es in der Breughel-Landschaft der Schlaflosigkeit wimmelt [mein Mord!] –*

*also selbst in dieser Weise Literatur als Flucht –)*

# SCHWAB

Zur Biographie:
Er kann sich kaum an seine Knabenjahre erinnern (an seine Kindheit überhaupt nicht). Er hat sie verträumt. Wird er darauf angesprochen, so gerät er in Verlegenheit. Er drückt sich ums Tatsächliche herum, als wär's ihm peinlich. In Wahrheit fällt's ihm schwer, es zu rekonstruieren. Es liegt vernebelt im diffusen Licht der eingewobenen Tagträume. Immer hat das »wie es hätte sein können« das tatsächlich sich Vollziehende verdrängt.

So ist er kaum imstande, seine Lebensgeschichte so herzuerzählen, wie sie sich in den Augen der ihm Nahestehenden abgespielt hat. Man versucht, ihn an dies oder jenes Stattgefundene zu erinnern. Er nimmt's hin als Möglichkeit. Er selbst kann Ähnliches nur wiederaufrufen, wenn ein gleichzeitiges Traummotiv damit verflochten ist. An dessen emotionale Färbung erkennt er die Epoche. Die Tönung, die Schattierung in der Spanne von Dur und Moll läßt Rückschlüsse auf den Charakter tatsächlicher Geschehnisse zu: Zum Beispiel das Unbehagen der Übersiedlung aus einem großen, lichten und bequemen Haus nach dem Tod seines Vaters in ein dürftiges, beengtes; oder seine nervenaufreibende und augenschädigende Anstrengung beim Studieren, um dieser Enge möglichst bald zu entkommen. Die nebenherlaufenden Traumerlebnisse nehmen dem die Wirklichkeit. Sie spielen sich unvergleichlich viel intensiver erlebt davor ab, wie vor einer blassen Folie von Trivialgeschehnissen, und er vermag nicht, die Motive und Elemente des Geträumten in den tatsächlichen Vorgängen zu erkennen. Die Wirklichkeit hat sich vollzogen (merkwürdige Weise, es auszudrücken, aber es trifft das Wirkende der Wirklichkeit), ohne dem Erlebnis der Vergangenheit eine feste Struktur, eine Art Knochenbau zu geben. Also ist er selbst im Rückblick zusammengesetzt aus Empfindungen, ohne Skelett, eine Art Molluskel. Es steht ihm frei, dem seinerzeit Erträumten ein Gestell und damit Wahrscheinlichkeit zu geben. Er hat in sich die Möglichkeit zu ungezählten Biographien. (Vergleiche Aristides: Dessen Erinnerungen eine Folge ganz konkreter Geschehnisse, nachträglich erst in die Beleuchtung des Emotionalen gestellt.)

Der Wirklichkeitsverlust im Bereich des Tatsächlichen bestimmt auch Schwabs Verhältnis zu den Personen, die ihm als Nahestehende zugeteilt waren. Um sie sich herzustellen, rückt er sie ins Soziologische. Seine Mutter: die typische Deklassierte: die unterdrückte Empörung im langgliedrig Knochigen der Dame, die »einst bessere Tage gesehen« hatte; die »höhere Tochter« als schicksalsgeschlagene Haussklavin (zum Unterschied von Aristides' Tante Selma zwar ebenso »im Haushalt abgerackert«, aber ohne Vorwurf und die Zeugenschaft von Onkel Helmuth und Tante Hertha; auch ohne Traum). Ihre Liebe zum Sohn streng und ambitiös. Nicht gewillt, ihn spüren zu lassen, daß Mittellosigkeit auch gesellschaftlichen Abstieg zur Folge hat. Arm, aber stolz. Emphasis aufs Geistige, kulturell Höherstehende. Idolfigur Vater: bratenrocktragender Professor wilhelminischer Prägung: unverbesserlicher Epochenverschlepper. Der Horizont verstellt durch Bücherrücken. Hochachtbar in seiner noblen Philologenhaltung. Seines Wissens zu sicher, um didaktisch zu werden. Der Sohn empfindet das schmerzlich als offene Verachtung. (Zum Unterschied von A.'s Onkel Helmuth: Der plattfüßige Techniker leistet sich gelegentlichen Überschwang an guter Laune. Erzählt Witze. Fühlt sich verwandt mit den Poltergeistern, die den Seelenleim der spiritistischen Séancen flüssiger machen. Auch sein Stammtischpolitisieren.)

Schwab, zeitlebens ohne Koseform streng biblisch Johannes gerufen, ist heimgesucht worden von der Freudlosigkeit der häuslichen Atmosphäre. Mit ihr ist dem verstorbenen Vater gewissermaßen ein Denkmal errichtet, aufgestellt auch gegen die Schmach des Verarmtseins. Die Verwandten väterlicherseits, sowohl wie mütterlicherseits sind damit in die Schranken verwiesen: Viel wohlhabender im vorstädtischen Ackerbürgertum verwurzelte, in den Kaufmanns- und Beamtenstand aufgerückte ursprüngliche Marschsiedler, Heidebauern, allesamt vor dem Akademiker respektvoll einen Schritt zurückgetreten, wiewohl keineswegs gewillt, sich von der mittellosen Witwe ins Bockshorn jagen zu lassen. Immerhin zollt man dem Verstorbenen eine Achtung, die der ganzen Sippe Glanz gibt. Man erwähnt seine wissenschaftlichen Publikationen mit ehrfürchtiger Miene. Von ihm herausgegebene Bücher werden in verglasten Bücherschränken zu Schiller, Gustav Freytag und Treitschke gestellt. Sein Begräbnis – der Sohn ist sechzehnjährig, weist seine Herkunft durch Brillen von erschrekkender Dioptrinzahl aus – geht nicht ohne politische Peinlichkeit vor sich: Einer der Redner, offenbar betrunken, Parteiabzeichen im Knopfloch, versteigt sich in die Feststellung, der überragende Intellektuelle habe seine nationalsozialistische Haltung am besten damit bewiesen, daß er den Röhm-Putsch nicht als Liquidierung von päderastischen Verrätern, sondern als Entmachtung der treuherzig-tölpeligen alten Braunhemd-Kämpfer aufgefaßt habe. (Wird vom Friedhof weg verhaftet.) Der Sohn, ogerhaft riesig, bebend hochneurotisch, lächerlich in den ausgewaschenen Klamotten der Hitlerjugend – hört das haßerfüllt, ist aber damit beschäftigt, sich wegzuträumen aus dem Geschehenden, aus dem effektiv Gegebenen: Die Massigkeit seines Körpers, das Kurzatmige des Brustschwachen, die rachitischen Knie des Weltkriegskindes, die turmschädelig hohe Stirn (siehe Vetter Wolfgang) – alles das soll wenige Jahre später feldgrau eingekleidet sein. Seine Kriegserlebnisse sind furchtbar. Sie wecken ihn heute noch schreiend aus dem Schlaf. Das ist eine Wirklichkeit, aus der sich's nicht heraussträumen läßt. Seine Fähigkeit, dem Jetzt und Hier in ein Spielfeld der Phantasie zu entkommen, ist getilgt. Daher seine Schwermütigkeit.

P. S.: Die beiden Nahverwandten: die »Tante«, die das Bild der Bourgeoisie mit großbürgerlichem Prestige-Anspruch und kleinbürgerlichem Lebenszuschnitt durch ihre Zugehörigkeit zur Bohème der Kneipenhocker vervollständigt. Dazu eine nymphomanische Nichte: Beides Verkörperungen seines schlechten Gewissens: Unvermeidlicherweise hat er mit beiden geschlafen und gäbe sein Leben dafür, es ungeschehen machen zu können.

* * *

*Anekdotisch schildern:*
*Die Währungsreform 1948: Parallele zum 12. März 1938 in Wien (Einmarsch der Nazis). Zeitenwende. (Siehe Onkel Ferdinands Theorien: Gott atmet ein und aus; jedesmal beginnt eine neue Weltzeit.)*

*Auswirkung auf Christa: Die endgültige Ent-Heroisierung des ehemaligen (abgetakelten) Mess-Alliierten aus der Nürnberger Kantine und Spinners bei Nagels Urgemeinde zum ganz und gar Lebensuntüchtigen, der sich nicht in die Wiederaufbaumöglichkeiten einreiht.*

*Schwab trifft Nagel.*

* * *

Mein Verhältnis zu Nagel (Freundschaft? Blutsbrüderschaft? Bruderschaft – ja, die Kains und Abels) wird immer schwieriger. Seit er die Schächer (Hertzog und Konsorten) aus dem Tempel unserer Urgemeinde gejagt und damit gleich den Tempel mitzerstört hat, durchläuft er mit dem Zeitenwandel die Entwicklungsstadien der Nacheiszeit: Anfangs noch wütend schreibender Chronist des jüngst durchlebten Geschehens (sein erster Roman »Kraterland« ist in der dritten Auflage), davon bald fortgerissen im Sog der Marktlücken: Funkhörspiele, ein Theaterstück (findet aber noch keine Bühne), neuerdings Drehbücher für Stoffel – vielmehr für Astrid von Bürger, in die er bis über beide Ohren verliebt ist. Unvorsichtigerweise hat er mich zu den beiden mitgenommen. Ich lerne also Horst-Herbert Stoffel kennen, Grundsteinleger des deutschen Nachkriegsfilms, erster Lizenzträger einer Produktion in der britischen Zone, mit seiner Gattin Astrid von Bürger (von der nicht nur Nagel schwärmt), beides Inhaber der STELLA LICHTSPIELKUNST:

Was Herrn Stoffel zum Filmproduzenten qualifiziert, ist nicht auf den ersten Blick ersichtlich, obwohl das Äußere dem nicht widerspricht: deutscher Unternehmertyp des Wiederaufbaus aus den Kadern der in Kriegszeiten aus wirtschaftlichen Gründen Freigestellten (Sohn und Nachfolger eines Holzveredelungsunternehmens aus Winsen an der Luhe; Hauptartikel: Gewehrschäfte). Frühdreißiger in offensichtlich auch in Verknappungszeiten reichhaltiger Ernährungslage, also solider Speck bei einsachtundachtzig lichter Höhe, semmelblond, großgestig, stimmdröhnend. Bildungsgrad: Schulabgang vor der Reife. Dafür schlau: flinker Blick, rasches Erfassen der Situation, ohne Zweifel rücksichtslos. Vom Film versteht er offenbar so viel wie ein Karpfen, blufft aber mit kritischen Kommentaren eines aufgeweckten Kinobesuchers. (»Also, was mich aufbringt, ist, daß im Film niemand von einem Taxifahrer sich den Rest aufs Fahrgeld herausgeben läßt. Oder haben Sie gemerkt, daß Männer beim Wiederanziehen sich das Hemd zerknittert in die festgegürtete Hose stecken?«) Die Lizenz hat er dank der Beziehung seiner Gattin Astrid von Bürger zu einem bei der Militärregierung tätigen, dereinst emigrierten und als Kulturoffizier nach Deutschland zurückgekehrten Filmkritikers erhalten. (Der gute Mann, ein Mister Fletcher, ehemals Fleischer, bewundert Astrid »Niefellandschönheit« und verteidigt sie eifrig gegen die Anschuldigung, mit ihrem Filmruhm in den Kriegsjahren bei den Anstrengungen des NS-Regimes zum Endsieg mitgeholfen zu haben – wenn nicht gleich Schlimmeres.) Indes hatte Stoffel neben ihr noch den Trumpf einer Million (Gott weiß wie erworbenen) R-Mark in der Hand, ganz zu schweigen von ausgezeichneten Beziehungen zu holsteinischen Selbstversorgern, die den Überhang ihrer Schinken- und Buttervorräte bereitwillig gegen schottischen Whisky eintauschten. Mithin konnte die Gründung der STELLA LICHTSPIELKUNST noch vor der Währungsreform erfolgen. Danach stürzten sich D-Mark-starke Banken auf die riskante Investierungsmöglichkeit wie Brummer auf den Mist.

Nagel weiß das alles und ist davon entsprechend intellektuell-moralisch abgestoßen, jedoch nicht heftig genug, um darüber gleich auf seine Chance als Filmautor zu verzichten – gar erst auf die Möglichkeit, täglich einige Stunden in Astrid von Bürgers Nähe verbringen zu dürfen. Allerdings muß er dafür büßen. Sie nimmt an allen Drehbuchbesprechungen lebhaft teil und äußert dabei sehr dezidierte Ansichten. Dem guten Nagel ist immerhin das Glück beschieden, mit einer der Wichsvorlagen aus seiner Landserzeit in Fleisch und Bein und Haut und Haar und Schlafzimmerblick und mit Einsicht in den Tittenspalt und gelegentlich sogar, beim freimütigen Beineüberschlagen, in den Schritt, kollegial und herzlich freundschaftlich, wenngleich nicht immer in der künstlerischen Ansicht gleichgestimmt beisammenzusitzen.

Ich werde von ihr liebenswürdig aufgenommen. Sie ist unleugbar schön, prachtvoll gewachsen, dunkelhaarig (Brünhildenmähne), die Stimme ein wenig metallisch, aber klingend, sie weiß sie gut zu modulieren und gehört zu dem deutschen Frauentyp, der mit jedem Neuankömmling das geheime Einverständnis eines seelisch Verbündeten herzustellen sucht – eine Art wahlverwandtschaftlicher Kontaktaufnahme, die zwar die anderen nicht ausschließt, aber dem damit Bedachten die Illusion der Auszeichnung beschert. Ähnlich auch Stoffel, der offenbar mit mir zunächst nichts anzufangen weiß und auf der Hut ist, sich aber doch mit einer gelegentlichen Bemerkung gleichsam über die anderen Anwesenden (also auch über Nagel) hinweg an mich wendet, wie als bestehe schon eine intensivere Beziehung zwischen mir und ihm. Nicht nur das Gefühl der ungebührlichen Aufmerksamkeit, die mir damit zuteil wird, macht mir die Begegnung unbehaglich. (Ich weiß nicht, mit welcher Empfehlung Nagel mich hier eingeführt hat; überdies macht mich das Homoerotische verlegen, das in jeglicher Begegnung zwischen deutschen Männern lauert.) Was mich mehr noch irritiert, ist der mit diesem Spinnen von abstrakten Beziehungsfäden fortwährend an allen andern (und vermutlich mit jedem auch an mir wie allen andern) begangene potentielle Verrat. Verrat gärt in der Atmosphäre. Die Beziehungen sind glitschig.

Mitgenommen hatte Nagel mich in seiner Not schnurstracks zu einer Drehbuchbesprechung: Er braucht Assistenz bei der Verteidigung seiner künstlerischen Ideen. Die Besprechung spielt sich im neubezogenen Haus der Stoffels am Alsterufer ab. Einrichtung hanseatisch altdeutsch. (Hansekogge als Beleuchtungskörper.) Anwesend waren – außer Astrid, Stoffel, Nagel und mir – der Dramaturg der STELLA LICHTSPIELKUNST, ein pickeliger Jungmann, der gut in Nagels Urgemeinde im Gartenhaus gepaßt haben würde, wäre er nicht zu spät dazu aus der Ostzone eingewandert; sodann der Filmsachverständige der geldgebenden Bank und deren Prokurist, zwei graugesichtige Angestellten-Stereotypen. Das lauerte auf die abwegigen Ideen geistig Schaffender wie Kater vor einem Mauseloch. Nagel hatte ein wunderschönes Thema vorgeschlagen, es liest sich im Exposé wie der ideale Stoff zur deutschen Vergangenheitsbewältigung, poetisch weit genug ins Symbolische und allgemein Menschliche entrückt, um nicht peinlich allegorisch zu wirken. Dabei spannend dramatisch:

> Ein Eingeborenenstamm in Zentralamerika (eine Saga, die Nagel von seiner Weltumwandererzeit heimgebracht hat) lebt im Glauben, daß alle dreiundfünfzig Jahre die Welt untergehe und sich über Nacht erneuere. Dem Stichtag ist eine Notzeit vorangegangen, dem Stamm drohte Hunger, wer sich an den kargen Vorräten vergriff, würde zum Tod verurteilt. Eine Frau ist davon betroffen. Sie hat aus dem Vorratslager des Dorfes einige Maiskolben gestohlen, um ihre Kinder vor dem Verhungern zu bewahren. Der Stamm hat autonome Gerichtsbarkeit, darf zwar ein Todesurteil aussprechen, aber nicht vollstrecken. Nun erwartet man den Henker aus der Stadt des Regierungssitzes. Er kommt in der Nacht des erwarteten Weltuntergangs an. Der Stamm bereitet sich aufs Ende der alten Welt und die Geburt einer neuen vor. Alle Feuer werden gelöscht, alles Bisherige und Alte vernichtet. Man erwartet den Morgen, mit dem eine neue Weltzeit ausbricht. Der Henker findet sich vor der Frage, ob er am Morgen der erneuerten Welt an einer Verurteilten der untergegangenen alten seine Pflicht tun soll oder darf.

Nagel hat schon im Exposé einige Szenen (Feuerlöschen, Untergangsstimmung etc.) sehr anschaulich dargestellt – eindringlich genug, um selbst den Bankleuten eine bildhafte, also für sie verständliche Vorstellung zu vermitteln. Trotzdem wird der Stoff vor allem von ihnen in allen Einzelheiten zerpflückt – offenbar aus dem Pflichtgefühl ihren Brötchengebern gegenüber, den Film so idiotensicher zu machen, daß selbst ein Abteilungsleiter keinen Vorwand gegen die Finanzierung vorzubringen hat. Die Argumente sind entsprechend: Wird es gelingen, den Kinobesucher zu überzeugen, daß jemand im Glauben lebe, die Welt könne alle heiligen oder unheiligen Zeiten mal untergehen und am nächsten Morgen wiederauferstehen? (Ich wage den Einwurf, das Mirakel der Währungsreform hätte doch einen Großteil der deutschen Bevölkerung von einer solchen Möglichkeit überzeugen müssen, stoße aber teils auf blankes Unverständnis – »Was meinen Sie eigentlich?« – teils auf kaum unterdrückte Empörung, wie als hätte ich die Unantastbarkeit des Geldwesens und damit der Banken in Zweifel gezogen.)

Ein anderer Einwand: Warum muß der Henker von weither angereist kommen? (»Können die Leute ihre Verbrecher nicht selber aufknüpfen?«) Nagel erklärt geduldig, der Stamm der Eingeborenen unterstehe immerhin der Gesetzgebung der Landesregierung, wenngleich bei Berücksichtigung ethnischer Herkömmlichkeiten eine Urteilsfällung innerhalb der Gruppe dieser selbst überlassen ist. Die Urteilsvollstreckung sei allerdings den Organen der Zentralregierung vorbehalten. Astrid von Bürger, die neben Stoffel zwar nur stellvertretend, aber mit viel persönlicher Autorität die Konferenzleitung übernommen hat, fragt etwas spöttisch (und mit dem Blick mein Einverständnis suchend), wie man den Kinobesucher von dieser verzwickten juristischen Lage in Kenntnis setzen wolle – durch einen vorangestellten Schriftsatz vielleicht? Nach Paragraphen geordnet? (Das Einverständnis mit den Bankleuten hat sie bereits hergestellt: als Konferenzleiterin hat sie jedermann gerecht zu unterstützen.) Nagel krümmt sich wie bei einem seelischen Bauchschuß. Nein, sagt er mit etwas aufgerauhter Stimme, das könnte der Henker selbst mit einigen mageren Worten erklären – es sei ja ohnehin schon im Exposé vorgesehen, daß der Film mit der Begegnung zweier Fremder beginnt, die auf der Reise zu den Eingeborenen vor der Ankunft gemeinsam in der Landschaft biwakieren –: der Henker und ein Weltumwanderer, der die Begebenheit erzählt. »Erzählt?« dröhnt Stoffel. »Also ich hasse Filme, zu denen ein Kommentar gesprochen werden muß. Film ist ein optisches Kunstmittel, das hat ja die Niveauabnahme durch den Tonfilm erwiesen ...« Nagel unterbricht ihn cholerisch: »Also, das ist erstens Unsinn, zweitens wird nicht zu den Vorgängen auf der Leinwand gesprochen, niemand erklärt sie, der zugewanderte Fremde erlebt sie und wir durch ihn, wir sehen das Geschehen durch seine Augen.«

Stoffel ist mißmutig, er liebt es nicht, zurechtgewiesen zu werden. »Also, ganz unsinnig ist meine Ansicht vom Niveauabrutsch des Films ja doch wieder nicht ...« Wieder unterbricht Nagel ihn rüde: »Wollen Sie denn wieder Stummfilme machen?« Stoffel entgegnet überlegen: »Nein, aber Filme, deren Handlung so einleuchtend ist, daß die Dialoge allenfalls dazu dienen, die seelische Reaktion der darin Agierenden ohne die übertriebene Mimik der Stummfilmakteure auszudrücken – natürlich möglichst eindeutig, klar und sparsam. Dem Wort diene die Schaubühne, das Theater. Film ist Film!« Das geht so haarscharf an allen Binsenwahrheiten vorbei, daß es selbst Nagel das Wort verschlägt. Vollends niedergewalzt wird er von Stoffels Zusatz: »Übrigens sehe ich in Ihrer Geschichte keine Rolle für Astrid. Als zum Tode verurteilte Eingeborene kann sie doch bestenfalls gefesselt in einer Hütte hocken und auf den Henker warten.« Astrid lenkt ein, sie müsse ja nicht in jedem Fall der STELLA LICHTSPIELKUNST auftreten, auch lägen ihr exotische Rollen nicht – mit Ausnahme der Carmen, die sie als Kind vergöttert hatte, aber sie sei ja keine Opernsängerin, überdies (einverständnisheischender Blick zu mir – ich muß an Christa denken) sei's ja Nagels Aufgabe, neben der potentiell Gehenkten eine andere, attraktivere Frauenrolle in den Film einzubauen. Aber – und damit bringt sie die schwelende Skepsis aller Anwesenden auf einen gemeinsamen Nenner – wie endet die Geschichte eigentlich? Wird die Frau am Ende gehenkt oder nicht?

Hier meldet sich der pickelige Dramaturg und behauptet, eine Geschichte wie diese enthalte die Elemente der griechischen Tragödie, nämlich einen unlösbaren ethisch-moralischen Konflikt, an dem die darin Verwickelten, furcht- und mitleiderweckend, allesamt zerbrechen müßten. Stürmischer Protest der Bankleute, die eine so pessimistische Wendung nicht akzeptieren können. Stoffel schließt sich ihnen an. (»Da laufen uns die Kinobesucher gleich nach der ersten Vorführung davon.«) Astrid wendet ein, sie wolle wissen, wie – gleichviel welche Lösung der Konflikt fände – das Ende des Films »bildlich zu gestalten« wäre. Nagel murrt, das sei doch sehr einfach: Entweder man sieht, wie der Frau die Fesseln abgenommen werden, oder sie baumelt von einem Ast. Er ist total verbiestert. Ich will meinem Freund zu Hilfe kommen und sage, man müsse es dem Zuschauer überlassen, sich mit dem Aufeinanderprall von zwei verschiedenen ethnischen Prinzipien auseinanderzusetzen, möge er's doch nach dem Kinobesuch am Stammtisch ausdiskutieren, nichts Besseres dürfe man von einem Film erwarten. Wieder treffe ich auf blanke Mienen. »Wie meinen Sie das? Was'n für ein Aufeinanderprall?«

Ich sage: »Versetzen Sie sich mal in folgende Lage. Sie haben doch alle moralisch eine hochentwickelte erzieherische Ader und gleichzeitig ein reges Verantwortungsgefühl für korrekte Haltung im Kriegsgeschehen. Also nehmen wir mal an, Sie wären Missionar – sagen wir: in Borneo – und haben in mühsamer Kleinarbeit einen Dajakerstamm dazu gebracht, feierlich auf die Kopfjagd zu verzichten. Es wird ein großes Fest gerüstet, um diesem Gelübde den historisch angemessenen Rahmen zu geben. Wie es im schönsten Gange ist, erscheint ein Kommissär der Kolonialverwaltung und verspricht den Dajakern fünf Pfund für jeden abgeschnittenen Japanerkopf. Man ist im Krieg mit Japan und fürchtet eine Invasion. Wie verhalten Sie sich?«

Was ich damit auslöse, ist ein Paroxismus von Begeisterung. Niemand will wahrhaben, daß meine Geschichte doch nur sozusagen die Umkehrung der Nagelschen mit dem gleichen dramaturgisch unlösbaren Ausgang ist: kein Ausgang vermag den daran Anteilnehmenden gänzlich zu befriedigen. Stoffel ruft höchst unlogisch aus: »Das ist überhaupt die Lösung!« Und selbst die Bankleute nicken pflichteifrig bei. »Welche Lösung?« frage ich verwirrt. Stoffel drischt mir seine Pranke auf die Schulter. »Für den Film, Mann! Wir haben Ihnen die Realisierungsmöglichkeit zu verdanken. Abgesehen davon, daß Ihre Fassung die peinliche Parallele mit dem deutschen Schicksal weiter aus der Sicht abrückt: Sollen wir für unsere Vergangenheit verurteilt werden, auch nachdem die Welt sich doch gänzlich anders zu Frieden und Demokratie entwickelt hat? – ich sage »abgesehen davon ist doch die Verwirklichung in konkret greifbare Nähe gerückt«. Er wird visionär, baut sich groß vor den Bankleuten auf: »Borneo klingt weitab, ist aber in britischer Verwaltung, unsere Besatzer wenden ihm bestimmt lebhafteres Interesse zu als dem Matto Grosso oder irgendwo anders in Südamerika. Ich könnte mir denken, daß wir eine englische Firma zur Co-Produktion heranziehen, Astrid hat über ihren alten Freund Billy Fletcher gute Verbindung zur Rank-Film, ich denke auch an Zonenaustausch, ich meine: wir filmen in den Ateliers von München-Geiselgasteig, die Amis haben gegen einen solchen Film bestimmt nichts einzuwenden, Hamburg ist ateliermäßig dafür zu klein und in München können wir den amerikanischen Verleih interessieren. Borneo ist überdies ein spektakulärer Schauplatz, Dschungel, das Safari-Erlebnis und so...« – ich sehe ihn im Geiste schon zum Schneider laufen, um sich Buschhemden anmessen zu lassen – »Allerdings ist Borneo leider wettermäßig unzuverlässig, wehe, wenn die Regenzeit zu früh einsetzt, ich sehe, ich werde selbst hinfahren müssen...« – um was zu tun? Den Wolken am Himmel deutsche Pünktlichkeit beizubringen?

Er großplant weiter. Ich habe es aufgegeben, das Mißverständnis aufzuklären, das wie eine Krake sich in jede Betrachtungsseite des Gegenstandes festgesetzt hat; ich nicke achselzuckend zustimmend, wie er mir sagt: »Sind Sie bereit, mir ein Exposé von Ihrer Geschichte zu schreiben? Der Stoff ist doch vermutlich frei, eine wahre Begebenheit, nicht wahr? Die Rechte brauchen wir also nicht zu kaufen?«

– ich sage bloß zu Astrid: »Tut mir leid, daß auch mein Schauplatz exotisch ist. Es gibt aber sicherlich eine schöne Rolle, in der Sie mit einer Blume hinterm Ohr und oben ohne auftreten können« und ernte dafür einen Blick, der von einer Dame der Jahrhundertwende von einem Schlag mit dem geschlossenen Fächer begleitet gewesen wäre –

und über alledem habe ich nicht wahrgenommen, daß Nagel den Raum verlassen hat, wutschnaubend, vermutlich. Ihm nachzulaufen ist's zu spät. Auch zu Hause in seinem Gartenhaus treffe ich ihn nicht an, er bleibt unsichtbar für die nächsten Tage, und ich respektiere seinen Zorn und warte ab, bis er verraucht ist. Müßig, ihm zu erklären, daß es wahrlich nicht meine Absicht war, ihm ins Handwerk zu pfuschen. Er wird mir nicht glauben: was unsere Freundschaft gefestigt hatte, war von vornherein sein ausgesprochenes Mißtrauen gegen mich. Christa steht meiner Rolle als Filmdrehbuchschreiber ähnlich skeptisch gegenüber. »Nichts Solides.« Was soll ich anderes tun? Was könnte ich tun? Werbemann bei Witte? Verschleiert hat er's mir angeboten.

* * *

*Handschriftliche Anmerkung:*

*Fürs Spätere:*
*Entstehungsgeschichte von Film-Projekten der Aufbauzeit:*

*Entweder der Produzent hat die »Idee« zum Stoff –: einen Titel – gleichviel, woher bezogen. Als erster sichert er sich dazu alle Rechte. Ihm gehört also auch, was der Drehbuchautor unter diesem Titel erfindet und schreibt. Bezahlt wird bestenfalls das Treatment, das aufgrund eines kurzen, niemals bezahlten Exposés entsteht.*

*Oder aber der Drehbuchautor schlägt einen eigenen Stoff vor. Wieder ist der erste Schritt ein Exposé, das bestenfalls zu einem Treatment entwickelt wird. Dieses wird unter der einsetzenden Mitarbeit von anderen Autoren und des Produzenten selbst, gewöhnlich auch der dramaturgischen Delegierten der geldgebenden Bank, der eingeplanten Hauptdarsteller, nicht zuletzt auch des präsumptiven Regisseurs, in Stoffels Fall überdies der Produzentengattin, so zerredet und verändert, daß der Urheber keinerlei Rechte darauf anmelden kann.*

*Das Endprodukt – der Film – ist zunächst gänzlich nebensächlich. Wichtig ist das »Projekt«. Es hat spätestens mit dem Treatment Gehalt gewonnen – das heißt: die Verhandlungen mit der geldgebenden Bank haben begonnen. Je nach ihrem positiven oder negativen Verlauf wird das Treatment verändert, nämlich den Geldgebern – Banken und Verleihern – schmackhaft gemacht. Auch wenn es endlich zum Verfassen des Drehbuchs kommt, dient dieses nur als Verhandlungsgrundlage, um Geld zu ziehen. Der Autor wird erst nach endgültiger Abnahme bezahlt, nämlich kaum jemals, weil in den meisten Fällen das »Projekt« nicht ausgeführt wird – auch nicht ausgeführt werden muß: denn der Produzent hat inzwischen genügend Geld gezogen, um sich und seine Firma über Wasser zu halten. Zur Abdeckung der bezogenen und nicht für dieses Projekt verwendeten Gelder wird ein neues aufgestellt.*

*Kommt es zufällig doch zur tatsächlichen Herstellung eines Films, so werden die Geldgeber durch die lawinenartig anschwellenden Herstellungskosten überfahren. Der Autor ist längst ausgebootet, aber die Produktionsfirma blüht. Scheitert das Projekt vorher, so können die Urheberrechte an eine andere Produktionsfirma weiterverkauft werden.*

*Wohlfahrt: »Junge! Hauptsache, der Rubel rollt!«*

* * *

Denn wer ein Geschehen wiederauferstehen läßt, um es in bezug zu setzen mit Vergangenheit und Zukunft, und am Ende noch mit der Ewigkeit! –, der vollzieht einen moralischen Akt – was sage ich? –: der vollzieht den sittlichen Akt schlechthin. Denn verfährt nicht unser Gewissen auf die gleiche Weise, indem es unsere Taten und Versäumnisse mißt an vorangegangenen guten oder schlimmen Akten im Hinblick auf zukünftige, allesamt bezogen auf das zeitlos Absolute, also auf die Ewigkeit? Also ist die Geschichte die Mutter der Moral, und das Geschichtenerzählen ausgeübte Moral. Und also werden wir mit unserer Moralausübung am Kreuz enden – wir allesamt, denen es ernst ist mit den Geschichten, die wir erzählen.

* * *

Traum:
Christa, S. und ich stehen auf einer Brücke, die hoch über einem Strom von Stahltrossen gehalten wird. Ich weiß, daß sie im Begriff sind zu reißen. Ich will die Spannung im Mittelstück einer dieser Trossen prüfen, zupfe daran und höre sie in hohem Ton schwingen wie eine Saite. Ich, der kein Instrument spielen kann, bin entzückt: ich finde mich imstand, virtuos darauf zu spielen. Es klingt wie ein Cembalo-Konzert. S. ist außer sich vor Begeisterung. Auch Christa bewundert mich. Ich werde gewahr, daß die Trosse unter meinen Fingern spleißt. Jedesmal, wenn ich daran zupfe, verdünnt sie sich und ihre Spannung nimmt zu. Ich weiß, daß sie gleich reißen und die Brücke einstürzen wird, spiele aber weiter, ohne S. und Christa zu warnen. Unten wartet Nagel. Er wird keinen von uns auffangen.

* * *

*Handschriftliche Notiz:*
*Seine Figuren so wählen und zuschneiden, daß sie Stereotypen – oder besser: Phänotypen werden.*
*Aber gibt's denn was anderes?*

* * *

Mich dabei entdeckt, daß ich versuche, mich zu bewegen, wie ich mir vorstelle, daß er sich bewege: leicht, elegant, graziös, ohne manieriert zu wirken. Aus Beschämung darüber tief in Alkohol gefallen: (Auch von Träumen heimgesucht: Mein Mord!) In der Kneipe auf Schelmchen und die Tante gerannt. Die Intimität von beiden (auf meine Kosten) ist mir höchst suspekt. Gegen meine Absicht sehr rüde geworden; peinlicherweise Schelmchen gegenüber den Chef der kleinen Angestellten ausgespielt. Noch mehr Scham. Zu Hause ein Autodafé: Alles in der letzten Woche Geschriebene vernichtet. Vorstellung verloren, zu was es dienen sollte.

# GISELA

Sie ist das lebende Zeugnis für die Binsenwahrheit, daß eine Frau niemals erniedrigt wird durch das, was sie tut, sondern nur durch das, was ihr widerfährt. Von ihrer Herkunft schweigt sie. Indes, sie verschweigt sie nicht. Sie findet's unbedeutend und nicht der Erwähnung wert, ob sie aus gutbürgerlichem, kleinbürgerlichem oder ganz und gar unklassifizierbarem Hause kommt. Ihre Existenz beginnt mit ihren Entschluß, Hure zu werden. Sie ist nicht hineingeschlittert in den Beruf. Sie hat ihn gewählt. Als beste Chance, zu überleben – und zwar zu überleben, ohne sich dem auszusetzen, was ihr hätte widerfahren können. (Jedenfalls aufgegriffen zu werden, einem Mann, mehreren Männern gefügig sein zu müssen: das unausweichliche Los eines alleinstehenden, mittellosen, sehr schönen Mädchens.) Die Zeit war hart. Schon beginnt man zu vergessen, daß es damals möglich war, unbeachtet zu verhungern. Zwei Jahre nur: der Tag, der die Welten trennte, liegt davon nur eines zurück.

Sie schildert die verdutzten Mienen der Männer auf der Sittenpolizei, bei der sie sich als Insassin eines der Hurenhäuser bei der Reeperbahn anmelden ging. Wie einer aufsprang, um ihr einen Stuhl anzubieten. Der Respekt, mit dem ihre Daten aufgezeichnet wurden. Würdevolles Wiederholen von Namen, Geburtsdaten, bisherigen Adressen. Dazu die Blicke: Jeder ein potentieller Kunde. Sie schildert die spontane Kameraderie der Mädchen, die sich entschieden zum Hurengewerbe bekennen; den Neid, die Mißgunst der anderen, die aus Not, aus Nachlässigkeit dazu gekommen sind. Sie wählt auch ihre Kunden aus, lehnt aber selten einen ab, weil er ihr nicht gefällt. Berufsethos. Sie hat kein Recht, wählerisch zu sein; trifft ihre Auslese nur nach der Spezialität der Wünsche. So ist sie zur Großmeisterin des sadomasochistischen Ordens geworden. Geht kaum jemals mehr zum Kundenfang ans Fenster. Arbeitet meistens auf Bestellung, Vereinbarung. Mich hat sie angenommen, weil kein anderes Mädchen frei war. Daß wir ins Gespräch gekommen sind, ist ihrem blitzschnellen Erkennen meiner Absicht zu verdanken: erste unwillige Reaktion: Zur Sache! Ich habe nicht vor, meine Zeit zu vertrödeln; sogleich aber die Bereitschaft, nachzugeben, wenn das Finanzielle geregelt war. »Nicht nur meine Physis ist käuflich. Ich werde hoch bezahlt für Phantasie und psychologisch verständnisvolles Eingehen auf die Bedürfnisse meiner Kunden.« Vielleicht hat mein Verständnis für ihr Motiv sie für mich eingenommen: das Spaßprinzip. Unsere kalte Freundschaft ist dadurch eng geworden. Ich brauche sie nicht auszuhorchen. Sie weiß, daß meine Neugier keimfrei ist. Wir amüsieren uns beide.

Wundervoll auch ihre Diskretion. Nie eine persönliche Frage. Was ich ihr von mir erzähle – oder erzählen könnte – wäre kein Ausgleich, kein Austausch von Konfessionen. Unser Gegenstand ist *ihre Erlebniswelt*. Sie betrachtet sie mit mir und durch mich mit dem gleichen Abstand des beobachtenden Interesses. Am meisten amüsieren wir uns, wenn am Nachbartisch des Luxusrestaurants, zu dem ich sie ausgeführt habe, einer ihrer regelmäßigen Kunden – wenn möglich im Familienkreis – speist und auf Nadeln sitzt, weil er fürchtet, daß sie ihn bloßstellen könnte.

In ihrer Haltung Ähnlichkeit mit Christa: das ranke und schlanke Aufgerichtetsein. Bei Christa in voller Wirkung erst auf einem Dressurpferd. Gisela schreitet freier aus. Übrigens besteht immer noch die eiserne Regel, daß ich jedesmal zahlen muß, wenn ich mit ihr schlafen will. Ich glaube, es würde leichter sein, mir von ihr Geld auszuborgen als sie zu einem Gratisfick zu überreden.

* * *

Greise sind die Sterne geworden …

Hamburg 1950: Auf dem Jungfernstieg Herrn von Roennekamp begegnet. Herzliche Begrüßung: Sein Detektivgesicht (Arsène

Lupin, der Rächer der Enterbten) faltet sich zu niederwalzender Liebenswürdigkeit. In sattem baltischen Akzent, dessen verdrückte Umlaute ihm den Spitznamen »Die Tölerin« eingetragen haben, stellt er fest: »Äine Ehwichkäitt nicht jesähn!« Lädt mich zu einem »Plohderminütchen« in die Konditorei der »Vier Jahreszeiten« ein. Unterwegs dahin berichtet er vom tragischen Geschick eines seiner Zunftbrüder: Unglücklich verliebt in den jungen Mann, den er von der Straße aufgeklaubt und als Diener bei sich angestellt hatte, um in jeder Weise betrogen und bestohlen zu werden, war der Verzweifelte entschlossen, sich umzubringen. Im Augenblick, in dem er die Pistole zur Schläfe hebt, tritt der Diener-Lebensgefährte ein. Der überraschte Selbstmörder steckt erschrocken die Pistole in die Hosentasche. Der Schuß geht los und schießt ihm »bäide Äier, ich bitte Sie, schießt ihm bäide Testikeln ab«. *Tableau*. (Aus seinem schmalen Mund klingt »Testikeln« wie ein baltischer Edelsitz: »Säit siebenhundert Jahren sitzen die Roennekamps auf Testikkeln.«) Was mich ergreift, ist nicht die Tragödie des Herrn, der sich »bäide Äier« beziehungsweise »Testikkeln« abgeschossen hat, sondern die Liebesgeschichte dahinter. Das gibt's also doch noch – wenn auch vermutlich nur unter Schwulen. Auch Roennekamp hat mich mit seiner Fähigkeit, zu lieben, für sich gewonnen. Unvergeßliche Momente in seinem Knusperhexenhäuschen in Pöseldorf: Er in der Mitte seiner Lustknaben vom Typ der Halbstarken und Leichtmatrosen aus dem Hafenviertel, muskulöse Jungmannen mit faustgroßen Furunkeln im Nacken unter den gelben Loreleimähnen, gibt auf baltisch-aristokratisch an, Zärtlichkeit sei unmännlich und lächerlich: Unvermittelt erhebt sich ein Chor von Jungbullenstimmen. »Du! Du willst so was sagen? Du!! Für ein Küßchen kniest du nieder!«

*(Handschriftliche Anmerkung: Achtung: Siehe »Abel«!)*

Ich sehe ihn am Fenster stehen, ein Buch in der Hand, das er seinem Liebling Dietlein (Mechanikerlehrling) empfehlen will. (Wer von den Heterosexuellen verliebt sich noch in ein Mädchen aus dem »Volk«? Romantik blüht nur noch in Tennisclubs. Dementsprechend.) Roennes Leiden, während er versucht, dem Stumpfbold die Schönheit Joseph Conrads zu erklären. Liebend lehren. Das Beste von sich geben wollen. Sein messerscharfes Profil geneigt in präraffaelitischer Demut.

In der Konditorei (Kaffee und Kuchen er, Cognac, in Ermangelung eines Whiskys, ich) kommt die Rede auf die Urgemeindezeit in Nagels Gartenhaus, wo wir uns kennengelernt haben. (General Freiherr von Neunteuffel, in dessen Begleitung er damals aufgetaucht war, ist inzwischen in Bonn fleißig mit dem Projekt der Wiederaufrüstung beschäftigt.) Was Roenne gewinnend distanziert ausspricht, ist eine treffliche Analyse der Vorgänge seit 1945. Zunächst Lähmung nach dem Schock der totalen Niederlage. (Nagels »Kraterland«.) Daraus die Geburt der Urgemeinden. Die Zusammenkünfte der fanatisierten Hungerleider, für Schwarzmarktgeschäfte zu untüchtig. Ausflucht ins Geistige, in die Kultur, die Politik. Besonders die letztere ein Spielfeld für die Utopisten; dafür ein um so fruchtbarer Boden für aufmerksame Streber. Alles, was noch grade einmal davongekommen ist: zerfledderte und verlotterte idealistische Lebensfremde, kriegsversehrte Traumwandler, gliederamputierte ewige Studenten, intellektuelle Spätverdauer, Ideologie-Trümmerverwerter gibt sich dem geistigen Wiederaufbau hin. Einbezogen die spinnwebumflorten Weimaraner, die von den alliierten Besatzern der Westzonen als kümmerlicher Nachweis ursprünglich humanitärer Kriegsziele aus aufgelösten Konzentrationslagern, Staatsgefängnissen, Einödhöfen und anderen Unterschlupfen hervorgeklaubt worden waren, um sie notdürftig abgestaubt als Katalysatoren der erwünschten Kristallbildung einer neuen deutschen Demokratie in die apathische Mutterlauge der Futterrübenverbraucher zu setzen. Wiewohl offiziell berufen, wirkten auch sie vorderhand im luftleeren Raum und jenseits des allgemeinen Wahrnehmungshorizonts – bis dann in der Tat eine Art kristalliner Fällung vor sich ging und, ähnlich wie beim berühmten Karlsbader Zweig, um sie herum eine Kruste von professionellen Politikern sich ansetze. Diese neue Rasse bestimmt nun die neue deutsche Wirklichkeit. Ihr erster Coup war die Währungsreform von 1948.

Aber, sagt Roenne, dieser Vorgang wäre nicht möglich gewesen ohne das Ablenkungsmanöver, das bei jedem Zauberkünstlertrick die eigentliche Manipulation der Aufmerksamkeit entzieht. Es wurde hergestellt durch das Interregnum der Intellektuellen. Der Rundfunk beherrscht die Wirklichkeit. Die große Geschwätzkulisse wird aufgerichtet. Augenfälligster Zeuge dafür: Professor Hertzog. Sein Eingriff ins geistige Magma der Urgemeinde, das verwirrende Spiel des angeblichen Ordnungschaffens im Chaotischen. Es wird publizistisch nachgemacht von den Nachtprogrammen, während das eigentlich Politische sich hinter dem Vorhang der fadenscheinigen Meldungen abspielt. (Zum Beispiel General Freiherr von Neunteuffels Berufung nach Bonn.)

Wenn Roennekamp spricht, sacken seine Schneidezähne hinter der Oberlippe nieder und scheinen groß auf: Er trägt ein nicht ganz festsitzendes Gebiß? Sehr irritierend. Ich muß mich zwingen, auf das zu achten, was er sagt, nicht auf die Epiphanie seiner Vorderzähne.

Mit der Währungsreform kann auf die Intellektuellen weitgehend verzichtet werden, meint Herr von Roennekamp. Sie treten aufmupfend in den Hintergrund der Szene. Die neue deutsche Weltzeit, die der Währungsschnitt so wunderbar aus der vorangegangenen geschält hat, daß zwischen Gestern und Heute keinerlei Zusammenhang mehr besteht, gleicht sich der universalen an. Heim ins Reich der Amerikanik. Auch dafür Hertzog ein Musterbeispiel: seine reumütige (Roenne sagt: röimütche) Rückkehr zur Freudschen Psychoanalyse, der er opportunerweise durch 12 NS-Jahre abgeschworen hatte. Von den Überlebenden der Urgemeinde auch deren Gründer (eigentlich bloß Hausherr) Nagel ein Zeuge der Entwicklung: von der Belletristik zum Film. Roenne prophetisiert ein Medienzeitalter.

Alles das steht jedoch im Schlaglicht dessen, was sich in der russisch besetzten Zone abspielt. Dort ist Politik nicht wie bei uns ein moralisch belasteter Begriff, dessen nachträgliche fatale Auswirkung sich in Fragebögen niederschlägt, sondern im Gegenteil das Hauptwort eines neuen Ethos. Während bei uns (frei nach Nietzsche) der Gott, den's nicht mehr gibt, aus seiner Höhle immer noch schrecklichen Schatten wirft, strahlt er in der Ostzone neu eingekleidet im alten Glanz. Sein Leuchten läßt kein Schuldgefühl zu. Mühelos ist sein Joch auf Schultern geladen, die gewohnt waren, es in seinem alten Namen zu tragen.

Wir verabschieden uns erheitert. Roennes Händedruck ist saugend. Ebenso sein Abschiedsblick. Er scheint zu sagen: »Haben Sie sich immer noch nicht erkannt?« Wie alle Schwulen vermutet er einen Zunftbruder in jedem Mann, ebenso wie ein Masochist in jedermann einen Masochisten vermutet (und einen Sadisten erhofft). Bei seinem Abschiedslächeln blinken die langen Vorderzähne, als säßen sie eisern fest.

* * *

Zum Verhältnis Christa–Aristides:
Um ihn daran zu erinnern, daß sie als seine Gattin Anspruch auf einen Teil des Geldes hat, das er angeblich scheffelweise bei Stoffel und Konsorten verdient (in Wahrheit betätigt er sich unbelohnt als Ideenschleuder, hat sich überdies fast ganz zurückgezogen, um Nagel das rechtmäßige Spielfeld zu überlassen), beschließt sie, sich neu einzukleiden. Stellt dabei verwundert fest, wie bewandert er in Fragen weiblicher Ausstattung ist; kann freilich nicht ahnen, daß seine Kenntnisse von den Einkaufsausflügen kommen, bei denen er Gisela begleitet und berät. Mit seinem schlechten Gewissen kann A. die Komik der Situation nur halb genießen.

Auch sein schlechtes Gewissen ist zwiespältig. Einesteils begrüßt er seine Beziehung zu Gisela als Befreiung aus der erotischen Bindung, die ihn an die spröde Christa gefesselt und unglücklich hinterlassen hatte; andernteils tut's ihm leid darum, er sieht, was er zerstört. Auch zwackt es ihn, daß er Gisela für jeden Beischlaf bezahlen muß. Er sagt sich, daß er damit Christa schmälert, er nimmt's sozusagen aus der ohnehin knappen Haushaltskasse. Dann wieder verschafft ihm die Vorstellung einer Art Rache das Gefühl der Befriedigung. Mit seinem Verhältnis zu Gisela straft er Christa für die Kälte, mit der sie sein stürmisches Liebeswerben unerwidert gelassen hatte. Er sieht es jetzt mit schierer Schadenfreude, daß sie Wind gekriegt hat von seinem Fremdgehen; daß sich's dabei um ein Mädchen aus dem Hurengäßchen bei der Reeperbahn handelt, liegt ihrer Vorstellung zu fern, erst recht, daß seine Beziehung zu dieser Art Rivalin intim genug geworden sein könnte, sie bei Einkäufen zu ihrer Garderobe zu begleiten. Alles das kommt seiner Ironie entgegen, hat allerdings den schlechten Beigeschmack spießbürgerlicher Verwicklung –: er kann nicht umhin, es mit Stella oder John *»the fucking problems of the bloody middle class«* zu nennen. Insgeheim sagt er sich, daß das Hamburger Milieu auf ihn abzufärben beginnt. In unbürgerlicher Sicht ist seine Ehe mit Christa ein banales Mißverständnis, an das jegliche Emotion verschwendet ist, dagegen seine tiefgekühlte, dabei feuergeistige Beziehung zu Gisela ein genußreiches Abenteuer. (Die zweierlei Ästhetik. Trübung, wo das Moralische die Stimme hebt.)

Vielleicht überflüssig. Schwerlich mit wichtigeren Fragen in Zusammenhang zu bringen. Freilich psychologisch interessant. Profiliert die Figur A. Aber –: so was muß man wissen, braucht's nicht zu sagen.

* * *

> »Die wohltuenden Tätigkeiten des Geistes entspringen voll entsprechenden Ideen; die leidenden Zustände hingegen stammen von nichtentsprechenden Ideen.«
>
> Spinoza

November 1949

Kulturereignis: Debüt des Filmstars Astrid von Bürger (glorreich entnazifiziert, aber weiterhin heftig umstritten) in ihrer späten ersten Nachkriegsrolle: »Eine Frau spielt falsch«. (Drehbuch Nagel.) Produzent des Streifens: ihr Gatte Horst-Herbert Stoffel (Firmennamen *Stella Lichtspielkunst*). Schauplatz der Veranstaltung: der *Anglo-German Club* an der Alster (nach der Vorführung des Films im Holsten-Kino).

Hingegangen, um Auseinandersetzungen auch darüber mit Scherping auszuweichen. Wirft mir intellektuellen Hochmut vor, wenn ich mich aus dergleichen heraushalte. Im Club nichts Wesentliches verändert seit den tristen Zusammenkünften der Kulturschaffenden in der Vorwährungszeit. Allerdings aufgelockerter Umgangston mit den britischen Besatzern. (Neuerlich Clubkameraden: »Hellou, Heinz-Günther!« – »Hellou, Percy!« Ausgesprochen »Pörsü«. Percy offenbar ein auch in Hamburg häufiger Vorname: Zeugnis der hansischen Vetterschaft mit dem Angelsächsischen: Vetter Percy Fettkötter.) Zu vermerken die modische Wiederaufrüstung: Es beginnt der Siegeszug der deutschen Textile. Überall silberne Selbstbinder (symbolisch für »Weiße Weste«). Axel Springers geschniegelte hamburgisch-pseudoenglische City-Eleganz im Kontrast zu Wittes beinah russischer Klobigkeit (sein apoplektisch roter Charakterkopf mit dem seeblauen Blick des »Torhüters zur Welt« umloht von der weißen Löwenmähne: eine bürgerliche Kokarde). Gleichfalls um die Sichtbarmachung von wiedergewonnener Weltläufigkeit bemüht (allerdings mit einem Stich Winsen an der Luhe) Filmproduzent Stoffel: in die Pelle eines Kreidestreifen-Doppelreihers gepreßt wie ein Gangster aus der Filmblüte der zwanziger Jahre. Auch Scherping hamburgisch eingeangeltsächselt (irgendwer hat ihm eingeredet, daß man karierte Jacken nicht nur zu grauen Flanellhosen trägt, sondern modischer noch zu Beinkleidern im selben Stoffmuster). Überhaupt wieder peinlich spaßig bemüht, den Großkulturträger zu unterspielen: witzelt über das Buchgewerbe, macht sich zum Clown; man erwartet, er werde im nächsten Augenblick Purzelbaum schlagen. Zu mir scherzend: »Na, soll ich zu Ihnen Cheflektor sagen oder überhaupt gleich Boss? Lektor klingt wie 'n Hundename: Schön bei Fuß, Lektor!... das heißt, wenn Sie schon nicht mein Boss sein wollen! Nur zu! Sie halten mich doch ohnehin für einen Analphabeten!« Er wünscht sich sein tägliches Portiönchen Mißhandlung und Erniedrigung. Ich muß an mich halten, nicht zu speien.

Beim Abwandern der Physiognomien: Ich werde das Bild der Geiselerschießung in Kreta nicht los: Vater und Sohn nebeneinander vor dem Exekutions-Kommando: Zwei nobelgeschnittene hagere Bauerngesichter, der Sohn mit geschlossenen Augen, der Vater beinah verdrießlich vorausblickend, eine Sekunde, bevor die Salve kracht: Das ganz und gar In-sich-Hineingenommene der guten Haltung, nichts Demonstratives, keinerlei Heldentum: ein stolzes Sich-abgefunden-Haben mit einem absurden Schicksal – und darin eine weltraumtiefe Verachtung für die blindwütigen Schicksalshandlanger…

dagegen die aufgeschwemmten Fressen hier: Herr Senator Meier-Müller oder wie sonst er heißt: ich kann sein Gesicht nicht ertragen, ich ziehe seinen Arsch vor, er steckt für mich in einem feldgrauen Hosenboden, Generalstabsbiesen an den Seitennähten, er torkelt herum, besoffen, der Stab ist in den Resten einer Villa einquartiert, auf einem zerschlissenen Sofa liegt ein Hündchen, das die Landser als Maskottchen aufgeklaubt haben, noch Welpe, aufgeregt wedelnd jedermann begrüßend, der in seine Nähe kommt – und der Arsch kommt in seine Nähe und kracht auf ihn nieder, der Major ist zu besoffen, um wahrzunehmen, was da unter seinem Hosenboden mit gebrochenen Beinen und zerquetschtem Brustkasten wimmert…

Mit jedem Glas des großzügig ausgeschenkten (gastritisfördernden) Geschäftsunkosten-Sekts vermehrt heftiges Herzklopfen. Professor Hertzogs Pillen offenbar von zwiespältiger Wirkung. Hält mich dabei ohnehin kurz: wenn ich mehr verlange, faselt er von Thanatos. (Als ob der Wunsch, nicht mehr von dieser Welt zu sein, lediglich zu den unterbewußten Urelementen der Psyche gehörte und uns nicht auf Schritt und Tritt von unserer Umwelt aufgezwungen würde.) Habe ihm gar nicht erst gestanden, daß ich zwischendurch fresse, was ich auch ohne seine Rezepte kriege. Harmlose Sachen, allerdings: Pervitin, Alional, Valium und dergleichen. Aber vielleicht in der Kombination mit seinen Pharmazeutika nicht ganz so harmlos.

Übrigens zum Deutsch-Neumodischen: Noch getreulich bei der alten Kluft geblieben ist unsereins: Künstler und Intellektuelle. Pludernde Cordhosen, Anoraks und Baretts. (Zu Rinaldo Rinaldinis Zeiten hatten auch Räuber ihre weithin erkennbare Tracht.) Aber selbst die Mannen des Rundfunks zeigen schon die Tendenz zur Wiederverbürgerlichung ins Managerhafte. Verloren der piratenhafte Freimut. Das Währungswunder hat sich schockartig ausgewirkt. Der Schnitt, der das Heute vom abenteuerlichen Gestern in der Trümmerlandschaft trennt, geht durchs Charakterliche. Die Unbedenklichkeit derer, die nichts mehr zu verlieren hatten in der Armenhaus-Großzügigkeit der Hungerjahre in Kellerhöhlen und Nissenhütten gehört einer anderen Menschengattung an. Ich frage mich: War der Weg durchs Fegefeuer ein Läuterungsprozeß? Von ehemaligen Parteigenossen zu nihilistischen Existentialisten und nun zu erzdemokratischen Staatsbürgern macht man ja einiges durch. Werde dabei den Eindruck nicht los, das habe sich fast ohne – oder jedenfalls: mit unserer weitgehend unbewußten Mitwirkung, sozusagen über unsere Köpfe hinweg mit uns vollzogen. Kollektivschicksal. Die Zeit geht damit trächtig. (Ich fürchte die Begegnung mit mir selbst in einem Spiegel: Gestern noch hager wie ein Belgrader Droschkenklepper, indes mit hellem Blick [hell vor Entsetzen!]; heute die Säuferaugen wie alte Austern hinter den dicken Brillengläsern, eingepolstert in den Feist des diätetisch allzu ruckartigen Wiederaufbauwunders. Spezifisch deutsch in Haltung und Gebärde: eine routiniert ausgespielte dröhnende Gediegenheit. »Üb' immer Treu und Redlichkeit!« als weltweit in den Profit ausholendes Programm. Übrigens: der Nachwährungsreformgeist ist wassersüchtig: die Hungerödeme von gestern scheinen durch, Fingereindrücke bleiben minutenlang stehen.)

Zu all dem behalten die Besatzungsbriten in ihren dysenteriegelben Feldblusen *stiff upperlip*. Sie sind nicht mehr Hausherren in ihrem ehemaligen Offiziersclub. Bewegen sich verlegen ungezwungen in der brötchenfressenden, sektglasbalancierenden deutschen Kulturmanagermenge, als hätten sie keine Erinnerung an die zigarettenstummelaufklaubenden Lumpenträger von gestern. (»Eckskjusmi sör, ai want to ax juh for äo pörmit to goh to Buxtehude tu fetch mai sister, schie is äi werri pritti görl.«) Vorbei die Kolonialherrlichkeit, als die Eiszeitdeutschen die Kulis der britischen Labour-Sahibs waren. Das völkische Prestige mißt sich an der Härte der Währung.

Für eine Weile bleibe ich bei einer Gruppe stehen, die sich über die jüngste Vergangenheit unterhält. Welche Schmach das Benehmen so vieler Volksgenossen nach der Niederlage und unter der alliierten Besetzung doch gewesen sei: Denunziationen, Selbsterniedrigung vor den Siegern, Gebettel um Zigaretten und Schokolade, erhurte Nylonstrümpfe und so fort. Ein Besatzungsoffizier, jetzt Kulturberater, steht dabei und hört zu. Er ist sehr jung und geradezu ein Musterbrite: Lehmfarbene Feldbluse, mandarinenfarbenes Haar und bananenfarbener Schnurrbart, blitzblaue Unschuldsaugen, umrahmt von dottergelben Wimpern, Hasenzähne und ein langes, spitzes Kinn wie König Drosselbart. Jemand wendet sich an ihn. »Sagen Sie mal, John, ob das nicht eine Schande war. Wenn zum Beispiel wir in England eingefallen wären – war ja nah dran, mit dem Schlamassel von Dünkirchen, müssen Sie ja zugeben – wenn also wir Ihre Insel besetzt hätten, können Sie sich vorstellen, daß bei Ihnen irgendwas von dem passiert sein könnte, was bei uns in Deutschland so passiert ist?«

König Drosselbart errötet, zwinkert mit den dottergelben Wimpern, sein Kinn wird noch länger und spitzer. Nachdem er seine offenbar genetisch bedingte angelsächsische Verlegenheit überwunden hat, bringt er hervor. »Ich kann mir vorstellen, daß in einem solchen Fall alles, was Sie erwähnen, auch bei uns ziemlich genauso passiert sein könnte, wie hier bei Ihnen – nur eines nicht: dieses Gespräch.«

Von der Peinlichkeit des vorgeführten Filmkunstwerks scheint niemand sichtbarlich berührt zu sein. Außer selbstverständlich Nagel, der brodelt über dem, was der *brains trust* von Regisseur, Hauptdarstellerin und deren produzierendem Gatten sowie dem Verleiher und dem Filmfachmann der geldgebenden Bank aus dem ursprünglichen Drehbuch zusammengebraut hat. Er will sein Werk nicht wiedererkennen. Aber selbst Nagel geht der Sinn ab für die Schmach des windschiefen Versuchs der Vergangenheitsbewältigung in diesem Machwerk, zumal ja nichts anderes bewältigt werden soll als die hyperbanale Vergangenheit der Karriere des ehemaligen Nazi-Filmsterns und heutigen Hauptdarstellerin Astrid von Bürger. Der brave Nagel ist zu verliebt in sie, um zu sehen, wie deren Biographie beschönigt ist in der Filmlegende, die man ihm eingetrichtert hat: Aufstieg vom sportfreudigen Filmsternchen dank der Protektion von Reichspropagandaminister Dr. Josef Goebbels zur beliebten Darstellerin jungdeutschen Frauentums während der letzten Zuckungen der UFA; vor intimeren Annäherungsversuchen des mächtigen Mannes bewahrt durch eine vorgeschützte, anfangs scheinheilig simulierte, bald aber aufrichtige Freundschaft zu dessen Gattin, Frau Goebbels, die sie, Astrid (im Film heißt sie Helge), dann auch in den heiklen Stunden vor dem Selbstmord der Gesamtfamilie nicht verrät – und eben dafür im nachhinein der Mitarbeit an den Verbrechen des Dritten Reiches bezichtigt wird.

(Wenn's doch so zugegangen wäre! Aber der Doppelsinn im Titel. »Eine Frau spielt falsch«! Ironie als Tiefsinn angewandt. Nagel ist ehrlich stolz darauf. Ich habe Mühe, ihm auszureden, daß er die Geschichte auch als Roman schreibt. Höchst unliebsame Auseinandersetzungen darüber auch mit Scherping, der in hellen Flammen dafür steht und schon aus Widerspruch zu mir bereit ist, das Projekt zu fördern.)

Unerträgliche Ansprache des Filmproduzenten und Hauptdarstellerinnengatten Stoffel (»... bin ich besonders stolz, daß gerade du, meine liebe Astrid, einen so wichtigen Beitrag zur Berichtigung des Bildes von der Kollektivschuld ...«). Betroffene Mienen allerseits.

Mit Nagel übrigens ein Freund, der angeblich mit ihm die angebombte Villa Wittes auf der Elbchaussee bewohnt. Fremdartige Erscheinung (hier?). Sympathisch mit sacht anrüchiger Note. Elegant in Kleidern, die nicht ihm zu gehören scheinen. Fashionable abgetragen, vorgestrig. Jedenfalls aus dem Rahmen fallend. Dabei einer von den Menschen, deren Züge man leichter vergißt als den persönlichen Eindruck. Entzieht sich also der präzisen Schilderung im nachhinein, wenngleich der Eindruck der Person nachhaltig ist. Physisch nur in Umrissen zu beschreiben: Gut gewachsen, angenehmes Äußeres ohne besondere Merkmale – außer vielleicht den sehr intensiven hellen Augen; wohlklingende Stimme, kultivierte Sprechweise mit unverkennbar österreichischen Anklängen, aber ein Deutsch in sachter Verfremdung, als sei's eine perfekt eingelernte, nicht die Muttersprache. Soll aus Rumänien stammen. Fiel mir auf, als ich am Fenster stand und auf die vernebelte Außenalster hinausschaute. Das Clubhaus, ursprünglich nur für Offiziere der britischen Besatzer requiriert, heute der deutsch-englischen Verständigung dienend, liegt der Wohnung Wittes auf dem anderen Ufer ziemlich genau gegenüber. (Stadtresidenz Wittes; die Villa auf der Elbchaussee ist angebombt als vorläufig unberührt gelassene Halbruine kaum zur Not von Nagel und dem Fremden bewohnbar.) Eingefügte Korrektur: Nagel wohnt in einem Gartenhaus. Nur sein Freund und dessen Frau in der Villa.

Vom anderen Alsterufer war jedenfalls nichts zu sehen. Ein dicker, gelber Nebel hatte es aufgeschluckt, die Welt lag im Dunst, auch die Wasserfläche nur zu erahnen. Zwei Enten, die langsam vorüberschwammen, glitten laut- und gewichtlos durch erbsgelbes Grau: ein Zen-Bild. Unvermittelt an mich herantretend, ohne vorher ein Wort mit mir gewechselt zu haben oder mir vorgestellt zu sein, sagte der Fremde: »Schön, nicht wahr? Ein japanischer Paravent. Das Gold ein wenig eingedickt. Deutsche Mehlschwitze. Was mag dahinter liegen? Im Krieg waren angeblich Attrappen ins Wasser vorgebaut, zur Tarnung und Irreführung der anfliegenden Bomber. Ich hab mir immer vorgestellt, es hätten Pagoden sein können. Oder attische Tempel. Oder auch Indianer-Tipis und Eskimo-Iglus. Warum nicht? Wenn schon, denn schon. Nichts ist ja für Kunst ein Hindernis. Oder sehen Sie das anders?« Für den Augenblick fesselte mich die Vision: eine Kunststadt in die Stadt eingebaut, grell herausgeholt aus der Dunkelheit vom Licht der langsam niedersinkenden Leuchtraketen. Er fährt fort, als sähe er genau das gleiche: »Dahinter liegt doch immer Hamburg, das Tor zur Welt. Oder?« Eine Überrumpelungsfrage, der ich mich nicht gewachsen zeige: ich bleibe stumm. Muß ihm also ziemlich stumpf (und betrunken) vorgekommen sein. Während er weiter in den Nebel hinausschaut, bringe ich plump hervor, ich sei allergisch gegen alles, was mir den Krieg in Erinnerung ruft. Das Bewußtsein, der Weltbrand sei umsonst gewesen, lasse mich nicht los. Der beständige Gedanke, wir stünden auf Leichenfeldern und bauten darauf wieder auf, was sie dazu gemacht hat...

Er streift mich mit einem ironischen Seitenblick, wendet sich dann ab, nickt mir kurz und, wie mir scheinen will, verblüffend herzlich zu und geht.

Unmittelbar danach springt mich Scherping an: »Haben Sie mit ihm gesprochen?« Aufgeregt: »Ich glaube, er ist der Verfasser des Skripts, das ich bei unserer Freundin Gisela« (krampfhaft mekkerndes Lachen) »gefunden und vergessen habe. Scheint für Nagel das zu sein, was Merck für Goethe war.« (Unterbricht sich, schickt mir einen Schakalblick von unten auf zu.) – »Na ja, ich weiß schon, daß ich mich nicht mit meiner soliden Halbbildung brüsten soll, aber wenn Sie gefälligst ein bißchen weniger saufen und die Verlagsinteressen wahrnehmen wollten, sollten Sie sich um den Mann kümmern. Interessante Erscheinung. Wie anders käme sonst sein Manuskript zu Gisela? Bruder Puffbesucher.« Wieder das meckernde Lachen.

Ich wende mich um und gehe in den Nebel hinaus.

*Sentimentaler Einfall:* Le grand Meaulne. *Heftig angereizt, mich zu erbrechen.*

* * *

> Aus deinen Worten wirst du
> gerechtfertigt werden, und aus
> deinen Worten wirst du verdammt
> werden –

Seit S. ins Haus kommt, scheint in Christa wieder ein gewisses Interesse für mich erwacht zu sein. »Wie bei der Entdeckung«, sage ich zu ihr, »daß ein alter bemalter Nachttopf auch als Blumenvase verwendet werden kann.« Sie bleibt stumm. Ihr hochmütiger kleiner Mund ist schnöde geschlossen. Sie findet meine Bemerkung geschmacklos. Zu Recht, muß ich zugeben. Eine Vulgarität, die mir von meinen Wiener Bildungsjahren anhaftet. Ein Zynismus, geboren aus der Abwehr gegen das Milieu von Onkel Helmuth, Tante Hertha, Vetter Wolfgang und auch Tante Selma. Ein gelegentlicher Furz zur Klärung der Atmosphäre.

Ob auch im Eheleben solche Mittel sich probat erweisen, mag dahinstehen. Jedenfalls gehören sie zur chemischen Zusammensetzung der Stimmungsmiasmen, die darin ihr Wesen treiben. Man greift nach allem, was die Atemluft anreichern könnte. Auch nach der Prise Ärger, die verhindert, daß sich aus der schieren Gewohnheit der laue Zustand der Schicksalsergebenheit fälle. Unser täglich Tröpfchen Galle gib uns heute! Es läßt uns schmecken, wie tief der geringste Fehler in der Gattenwahl ins Leben schneidet. Und gar der unseren!

Arme Christa! Daß ich auf die Verwunschenheit dieser jungen Reiterin (mädchenhafte Ausgabe von Rolkes »Kornett«? Welche Täuschung!) in der Schwemme des Fürther Gerichtsgebäudes hereingefallen bin, ist nur allzu begreiflich. Wie hätte ich mich dem entziehen können? Die urmenschliche Not, mit der dies schöne junge Mädchen ihren Kantinenfraß in sich hineinschlang, ihn schrecklich augenfällig sich einverleibte: Kauend und schluckend, kauend und schluckend in totaler Geistesabwesenheit, ganz und gar zur Nahrungsaufnahme verinnerlicht, so daß ihr gesamtes Wesen in diesen Vorgang gerinselt war und nur noch ihr starr ins Körperinnere gerichteter Saphirblick von einer verwunschenen höheren Seinsform zeugte... Das hätte doch einen Stein erweichen müssen. Aber sie? Welchem Trugbild ist sie aufgesessen? Opfer einer sehr viel banaleren Täuschung: Wenn's nicht der Prinz aus dem Märchenland des alliierten Pressecamps war, der sie aus der Schmach der deutschen Niederlage und der Hungerexistenz erlösen kam, mochte es immerhin der mess-alliierte Staatenlose unter britischer Protektion sein. Jedenfalls einer mit Zugang zu den Herrlichkeiten des PX (Nylonstrümpfe, Hershey's Chocolates!) und der Bargetränke und *floorshows* im Grand-Palasthotel Excelsior (oder wie's geheißen haben mag).

Jedenfalls: »Mal was anderes«, wie man in ihren Kreisen zu sagen pflegt. Fataler Fehlgriff!

Ich las diesen Lapsus in den Augen ihrer zahllosen engeren und weiteren Verwandten und Bekannten, Elternfreunde, Jugendfreunde, Busenfreunde, Freundesfreunde, die uns in einem stetigen Ameisengeriesel in Wittes halbzerstörter Villa auf der Elbchaussee besuchen kamen. Hamburg ist immer noch Auffangort und Durchgangslager für den noch einmal teilweise davongekommenen, vorsichtshalber geflüchteten ostelbischen Adel; auch heute habe ich Gelegenheit, meinen existentiellen Fehler aus Junkeraugen herauszulesen. Die jüngeren Männer meist leicht lädiert – aber das bin ich ja von Nagel her gewöhnt, auch er hat einen Arm im Rußland gelassen, ich muß mich nicht für jeden Verstümmelten schuldig fühlen. Allesamt natürlich (wie ja auch Nagel) dafür hochdekoriert; allerhand Ritterkreuze mit oder ohne Eichenlaub, allerhand Eiserne Kreuze und Deutsche Kreuze in Gold, allerlei Nahkampfspangen und was nicht sonst – aber nicht nur das haben sie mir voraus: ich bin unter einen *homo novus*. Nicht nur Nicht-Kriegsteilnehmer, sondern überhaupt fragwürdiger Art und Herkunft. Werde entsprechend abgefragt. Christa kommt mir nicht zur Hilfe, im Gegenteil, sie hört wortlos in hämischer Erwartung zu. Regelmäßig entsteht dabei zwischen den Fragenden und ihr ein bedeutsamer Blickaustausch. Ich ersehe daraus, was die meisten ihresgleichen – und damit auch sie – an meiner Person als »aus der Reihe getanzt« empfinden. Die Kastenkameraden Christas fühlen sich geradezu herausgefordert durch das, was an meiner exotischen Erscheinung als Flunkerei anzusehen ist; oder was von dem, was ich erzähle, verdächtig klingt. Sie sind versucht, das als puren Schwindel abzutun, vermutlich in hochstaplerischer Absicht unternommen, der ungeschickte Versuch, mich einer höheren Kaste anzuranken, noch dazu in einem historischen Moment, in dem diese Kaste im Zeitgeschehen am Ertrinken ist – typisch für den Traditionslosen, den Namenlosen, Hergelaufenen: Gegenteil von *fair play: Never beat a lying body.* Aber wer sollte das von meinesgleichen erwarten? Das kennt man eben nur unter Standesgenossen. Jedenfalls, mich kennt man nicht, weiß nichts von mir, findet mich aber in einem unbewachten Augenblick mit einer Standesgenossin verehelicht, also sozusagen in die Zitadelle des ehemaligen Junkertums eingedrungen, eingenistet, ohne etwas vorweisen zu können, was mich dazu berechtigen würde. Demnach von vornherein des Glücksrittertums, wenn nicht Schlimmeren verdächtig.

»Als Rumäne müssen Sie doch in Stalingrad gewesen sein. Waren doch unsere Waffenbrüder. Oder?«

»Ich war nicht mehr Rumäne zur Zeit von Stalingrad.«

»Sondern?«

»Russe, wenn Sie so wollen.« (Rascher Blickaustausch zwischen Frager und Christa.)

»Russe? Wieso?«

»Bessarabien, woher ich stamme, war 1940 zu Rußland gekommen.« (Pakt zwischen euren Freunden Ribbentrop und Molotow.)

»Aber Sie lebten doch in Bukarest?«

»Zu jener Zeit, ja. Kurz danach in Deutschland.« (Blickaustausch.)

»Wieso waren Sie da nicht interniert?«

»Wir waren ja Waffenbrüder!«

(Verstörter Blick zu Christa. Ironie ist Heimtücke.)

»Und Ihre Landsleute, die Rumänen, haben Sie einfach so laufen lassen?«

»Ich habe eine österreichische Mutter. Zählte also zu den sogenannten Volksdeutschen.«

»Und wurden trotzdem nicht zu den Waffen eingezogen?«

»Nein. Ich war nicht mit anderen Volksdeutschen heim ins Reich gesiedelt worden, hatte also einen Staatenlosenpaß.« (Und vielerlei andere ebenso anzweifelbare Papiere.)

Christa und des Fragers Blicke tauchen ineinander. »Hätten Sie ja gegen einen deutschen Paß eintauschen können.«

»Nein. Man konnte in Kriegszeiten nicht deutscher Staatsangehöriger werden, ohne deutscher Soldat zu sein. Umgekehrt aber auch nicht deutscher Soldat, ohne die deutsche Staatsangehörigkeit zu besitzen.« (Ich hätte hinzufügen können, daß ich Hurenkind auch keinen Vater nachweisen konnte. Ich hätte ja, Gott behüte, nicht Vollarier sein können, wenn nicht gleich Halbjude, so zumindest halber Zigeuner, ohnehin kam die Familie meiner Mutter aus Bosnien. Aus Schonung für Christa sprach ich's nicht aus.)

»Also?«

»Also war ich ein Staatenloser im kriegführenden Deutschland. Durfte darum nicht aus Deutschland heraus.« (Ich hätte auch sagen können, daß ich dank Onkel Ferdinand im diplomatischen Dienst der rumänischen Botschaft gestanden war, vielsprachiger Dolmetscher, ausgestattet mit Dokumenten, die mehr als durchsichtig, aber mit genügend Stempeln und Freimarken bekleistert waren, um deutsche Behörden ehrfürchtig zu stimmen. Ich verschwieg auch, daß in einem kritischen Moment, als alles am Auffliegen war, mein ganzes schönes Camouflage-System, ich mich sozusagen freiwillig zu den deutschen Waffen gemeldet hatte – zynisch: wohlwissend, daß ich niemals eingezogen werden konnte, die Gestapo schickte sich an, einen tieferen Blick in meine Situation zu tun. Mit meiner Freiwilligen-Meldung jedenfalls war ich Held der Heimatfront.)

»Und Sie haben einfach so zugeschaut, wie die anderen ihre Knochen hingehalten haben?«

»Wofür?«

»Na, also wirklich! Also natürlich für Deutschland. Ich meine: jeder für seine Ideale, versteht sich. Volk und Vaterland. Für seine Traditionen.«

»Ich habe weder das eine, noch das andere.«

»Ja. Eben. Immerhin merkwürdig.« (Längerer, zutiefst einverständlicher Blickaustausch mit Christa.)

»Und wie sind Sie nach Nürnberg gekommen?«

»Als Zeuge.«

»Zeuge für was?«

»Mord.«

»Mord *tout court*?«

»Mord *tout court*.« (Ich gebe zu, etwas dürftig für Nürnberg.

Wenn man dort nicht gleich für den Mord an einigen Zehntausenden zeugen konnte, durfte man erst gar nicht mit einem Löffel für die Kantine rechnen.)

Der Frager, Blick und Visage nun voll Christa zugewandt: »Und du, Christa, wie bist du nach Nürnberg gekommen?«

»Ich habe Omama begleitet.« Kreisrundes Augenblinkeln. »Sie mußte über die Hinrichtung von Opapa wegen dem 20. Juli aussagen.«

Teilnahmsvolles Nicken. »Wußte deine Frau Großmutter etwas vom heldenhaften Widerstand deines Herrn Großvaters?«

»Nicht viel. Sie war ja immer mit dem Haushalt auf dem Gut beschäftigt. Einkochen und so. Wir waren ja Selbstversorger.« (Eine Herrlichkeit, aus der sie dann die Russen vertrieben haben, wie jedermann wußte. Bitteres Schicksal. Ich hätte ergänzen können: Überdies, nachdem die deutschen Waffenbrüder Christas Eltern umgebracht hatten.)

Der Frager, wieder mir zugewendet: »Ein interessantes Leben, das Ihre. Und darüber sollen Sie jetzt ein Buch schreiben?«

»Ich glaube nicht, daß man ein Buch über mein Leben erwartet. Eher irgendwas anderes. Ich weiß selbst nicht was.«

(Um genau zu sein, Stoffel erwartet eine Filmgeschichte. Was S. erwartet, weiß nur er allein. Immerhin hat sein Interesse Christas Interesse an mir wiedererweckt. Sollte auch ich vielleicht vom profanen Drehbuchschreiben loskommen und ein ernsthafter Schriftsteller werden wie Nagel?)

»Na ja, unsereins hätte ja auch einiges zu erzählen. Wie's früher so gewesen war; und dann das Kriegsgeschehen, die Flucht aus der alten Heimat und so weiter…«

Für den folgenden Erlebnisaustausch zähle ich nicht mit. Ich darf zuhören und erfahren, wer von den entfernt und nah Verwandten, Bekannten, Elternfreunde, Jugendfreunden, Busenfreunden, Freundesfreunden aus der verlorenen alten Heimat wenige Meilen jenseits der Elbe übrig geblieben und wer wohin geflüchtet und untergekommen beziehungsweise noch auf Wanderschaft und Unterkunftssuche ist. Noch sind knapp viereinhalb Jahre seit dem Kriegsende vergangen und die Flüchtlingsnot ist nicht zu Ende. (»Man sollte meinen, unter Standesgenossen sei man *eo ipso* solidarisch. Aber gerade da kann man was an Überraschungen erleben ...«)

Welches Glück, daß wir in Wittes angebombter Villa Unterkunft gefunden haben, meint Christa. Kein Standesgenosse zwar, Witte, und auch nicht dem hamburgischen Patriziat angehörig, stammt aus einfachsten Verhältnissen, Mutter hatte eine kleine Bügelei, aber durch eigene Tüchtigkeit zum königlichen Kaufmann geworden. »Ist ja bekannt, daß die alten Ratsherrenfamilien zu stolz waren, um den Adel anzunehmen ...«

– aber ich habe sie geliebt. Ehrlich. Es war nicht allein die Ergriffenheit durch ihren Anblick in der Nürnberger Kantine, das tiefe Mitleid mit diesem Menschenkind, dessen Ichbewußtsein aus nichts anderem mehr bestand als aus dem langentbehrten Lustgefühl im Nahrungsaufnahme- und Verdauungstrakt –

wie als hätte auf dem Weg durch ihren Schlund der Weltgeist sich erfüllen können –

Es war nicht nur die deutsche Tragödie in ihrem kindhaften Gesicht, was mir das Herz aufriß: die Märchenaugen und darunter der kleine knausrige Mund, den die zerrissene Spannung von Selbstmitleid und Hochmut an einem Winkel steil abfallen ließ wie Hitlers Unterschrift –

es war auch ganz handfest, das schöne Mädchen, mit dem ranken Leib, der glatten Haut, dem hellen, im Licht von Reitermorgen gebleichten Haar –

und wie sagt Schiller? »Wo ich einen Körper entdecke, da sehe ich auch einen Geist.«

Wohlan! An diesem Geist hat der meine sich wundgescheuert; aber das ändert nichts daran, daß ich den Körper liebte, mit einer Liebe, die zu groß ist, um zu enden, also sich in Haß fortsetzt –

Gnomenliebe: *With hungered Flesh, obscurely, he mutely craved to adore*

und ich kann es ihr nicht übelnehmen, daß sie höhere Erwartungen an mich gestellt hatte und bitterlich enttäuscht ist von mir –

denn bis auf meinen Gnomentrieb, nächtlings über sie herzuklettern, ob sie's nun wünschte oder nicht, bin ich ein Versager: Die Herrlichkeit des PX (Nylonstrümpfe! Hershey's Chocolates!) war brüsk zu Ende, nachdem ich John gestanden hatte, daß ich sie zu heiraten gedachte (*»Oh, well – my congratulations!«* und kein Wort mehr), und dann die folgenden Jahre der hart ausklingenden Eiszeit in Hamburg ließ ich sie darben, wie als wäre ich der eigentliche Kriegsverlierer, persönlich verantwortlich am eisstarrenden Zustand der Welt –

der Welt ringsumher, die in Schweigen lag. Wir aber – die Schwätzer in Nagels Gartenhaus – redeten uns die Zunge trocken und die Lippen wund an unserem Zukunftstraum, diese Welt endlich zum Guten, Schönen und Wahren umzugestalten

und die bitterste Enttäuschung ist nun die, daß ich diesen Traum nicht wiederaufblühen lasse, während alle Welt rings um uns her ein Traumland des unbeschränkten Konsums aufblühen läßt.

und ich hatte doch aus der Filmwelt so viel Interessantes zu bieten (die Freundschaft mit Astrid von Bürger zum Beispiel. »Eine Frau spielt falsch«). Wenn ich schon nicht zum ernstzunehmenden Romanschriftsteller mich mausern wollte, so war doch beim Film wenigstens viel Geld zu verdienen –

Und wie kann ich's Christa erklären, daß das Filmgeld, daß ich (versprochen, vorderhand) erst verdienen muß, bevor ich's kriege (und von dem ich dank der Rechenkunst meiner Ferkel vermutlich immer nur einen Bruchteil kriegen werde – wenn ich ihn kriege) – daß dieses Geld eine noch viel windigere Währung ist als es die alte R-Mark war: Wiewohl gelegentlich in harten D-Mark ausbezahlt, rieselt's mir durch die Finger, bevor ich eine Handvoll festhalten kann –

und nun ist S. einziger Träger all ihrer Hoffnungen – S. und das Buch, das ich schreiben soll (Nagel hat schon Vorschuß für sein drittes bekommen; es heißt, er habe bereits einige Goldbarren unterm Bett in Wittes Gartenhaus versteckt) –

Ich sehe auch Schwab mit Christa Blicke austauschen. Auch er kommt uns jetzt oft besuchen – das heißt: er »schaut bei uns herein«, wenn er Nagel in dessen Gartenhaus besucht hat. Nagel kommt nicht mit. Die Zusammenkünfte der Urgemeinde unter Professor Hertzogs Leitung (Hertzog mit TZ, bitte) gehören ja schon der Legende an. Nagel lebt jetzt voll und ganz der Literatur: Kurzgeschichten, Novellen, Buch, Bühne, Funk und Film, mit mir spricht er nicht mehr, seit ich ihn vor Astrid von Bürger an Stoffel verraten habe. Wütend darüber hat er mir jetzt das Feld bei Stoffels überlassen. Auch seine Liebe zu A. v. B. ist erloschen. Nagel, der Super-Choleriker. Hätte er noch seinen rechten Arm, er würde versuchen, mir »die Fresse einzuschlagen«.

Auch S. und Christa tauschen Blicke, wenn von meiner Vergangenheit die Rede ist. Aber sie betreffen weniger die Anrüchigkeit des »vaterlandlosen Gesellen undurchsichtiger Herkunft« als vielmehr meine Phantastereien, die Lügengespinste, die mich doppelt anrüchig machen. Dabei sind sie eben das, was ich fürderhin tun soll: Lügengeschichten von mir erzählen. In Buchform. S. wartet darauf. Er feuert mich an, zu erzählen, gleichviel was, ein neuer Münchhausen. Gleichviel, ob's Christa dazu verleitet, mich insgeheim doch für einen Hochstapler zu halten.

S. hingegen bewundert meine Geschichten. Eine Morgengabe dichterischer Eingebung. (Beneidet er sie gar?)

»Zeigen Sie uns doch etwas aus Ihrer magischen Schachtel«, sagt er und bohrt einen halbblind gelesenen Germanistenblick durch zolldicke Brillengläser in Christas Saphiraugen. Sie sind immerzu kreisrund aufgetan, diese blitzblauen Augen: Wenn Christa zwinkert, blinkt ihr leuchtender Azur auf und zu wie das Blaulicht eines Polizeifahrzeugs; wenn aber ihr Blick in ein anderes Augenpaar taucht, um Einverständnis zu heischen und zu finden, verlöscht ihn kein Lidschlag auch nur für Sekundenbruchteile, er bleibt strahlend offen, bietet sich kristallklar an, durch ihn hindurch ins bessere Wissen um die Wahrheit einzuschauen. Kein Augurenblick – nein: Druidenfeuer aus der Wellentiefe...

(Und ich davor als Lumpenscheherazade. Flunkerndes Kasperle. Wie gut ich S. verstehe, daß auch er Christa verfallen ist!)

Die »magische Schachtel« ist mein einziger Besitz. Meine Morgengabe an Christa, die sich wohl hütet, so was anzunehmen. Ich habe diese Schachtel durch alle Fährnisse der letzten Dezennien gerettet, Vorkriegs-, Kriegs- und Nachkriegsjahre, durch alle meine Wanderungen und Fluchten vor unangemessenen Milieus und allzu hautnah heranrückenden historischen Ereignissen... Mehr durch Zufall als mit meiner Absicht ist sie an mir hängengeblieben. Was immer sonst ich unterwegs durch Wüsten und Wüstigkeiten, Blütezeiten und Eiszeiten verludert, verloren, fortgeschmissen habe, sie ist mir erhalten geblieben. Daß Tante Selma sie gehütet hat als eine Kostbarkeit, war begreiflich: Es war die Reiseschmuckkassette ihrer geliebten Schwester Ilse, die auf die (beneidenswert) schiefe Bahn gekommen war. Die legendäre »Maud«. Die Edelcocotte. Geliebt und verwöhnt von den frivolsten Reichen und Mächtigen ihrer Zeit. Zur Schande der Familie Subicz. (Zu Tante Selmas wunschgeträumtem Nacherleben.)

> Tante Selma, der Karrengaul, der sich abrackert, um den notbeladenen Wiener Haushalt der Subicz-Nachfahren durch den Alltag zu schleppen: sie, Tante Hertha, Onkel Helmuth, Vetter Wolfgang und mich, das Hurenkind. Für eine – ach! – nur allzu kurze Weile hat sie die Hände in den Schoß gelegt. Onkel Helmuth und Tante Hertha sind bei

der »Arbeit«, er in irgendwelchen Werkhallen bei gigantischen Maschinen, sie in ihrem mottenzerfressenen Musikverlag. (Er, Akademiker, also wenngleich unterbezahlter Angestellter, so doch mit dem Anspruch auf berufliche Achtung; sie als geborene Subicz, mütterlicherseits eine von Jaentsch mit verdoppelter Prätension. »Xtiant, gnä Frau!« Konkursmasse der k. u. k. Monarchie widerstandslos im unteren Mittelbürgertum aufgegangen.) Vetter Wolfgang, der Musterknabe, ist brav in der Schule; ich schwänze (oder bin erkältet, habe mir den Magen verdorben oder leide an ähnlich von der Fron der bürgerlichen Bildungsanstalt Erlösendem). Zwischen Tante Selmas Händen in ihrem Schoß, auf dem groben Leinen der Arbeitsschürze, liegt die magische Schachtel. Krokodilleder, schon damals ziemlich abgegriffen. Sie enthält keine Kleinodien mehr. Nicht mehr Mamis dicke Perlenketten, ihre Diamantcolliers, Stirnreifen, Armbänder, Brillantagraffen, ihre Ringe mit den Solitären, den Smaragden und Rubinen. Jetzt ist die Schachtel voll mit Photos, die allmählich vergilben, Tante Selma und ich haben ihren Inhalt zum aberaberaberdutzendmal durchgeschaut: Glanz und Glorie der toten Ilse Subicz, meiner Mutter, die sich den Künstlernamen *(nom de plumeau?)* Maud gegeben hatte. Wie Spielkarten, die wir zu einer Patience auslegen, haben wir die Fotos vor uns aufgeblättert: Aufnahmen von gesellschaftlichen Ereignissen, Galadiners, Bällen, Routs, Empfängen, Porträts meiner Mutter, Porträts ihrer Galane, Schnappschüsse aus dem Tageslauf hedonistischer Müßiggänger (Strandleben, Tennis, Polo, Schneeschuhlauf, Spielkasinobesuch, Maskenbälle). Es sind die optischen Stichworte einer Legende, die sich groschenromanhaft hinerzählt: Ein schönes Mädchen kommt auf die schiefe Bahn, verlebt ihr Leben in Saus und Braus, stirbt jung und hinterläßt einen Bankert. Ihm steht Großes bevor. Er wird ihr Erbe geistig antreten: als Künstler. Alle Künstler sind Hurenkinder. Tante Selma webt an der Folie, der diese Saga aufliegt. Es ist immer noch etwas zu ergänzen, zu klären, in richtige Zusammenhänge zu rücken:

»Sie war eben schon als Kind etwas ganz Besonderes...« Maßlos verwöhnt vom gemeinsamen Vater, dem Oberst Subicz, meinem Großvater (auch er legendär, gefallen schon in den ersten Tagen des Ersten Weltkriegs), verzogen auch von der Mutter, der geborenen von Jaentsch. (»Xtian, Frau Baronin!«) Ein Tornisterkind, dessen Ruf der Schönheit und Leichtlebigkeit vorauslief in die Garnisonen zwischen Přzemisl und Laibach, zu denen der geduldig darbend vom Rittmeister zum Major, vom Major zum Oberstleutnant und schließlich durch die Jahrzehnte vom Oberstleutnant zum Oberst aufgediente Subicz hin- und herversetzt worden war, während seine drei Töchter immer schöner heranwuchsen, am schönsten die jüngste. »– und unser Vater hat ihr wiederholt gesagt: Du bist etwas Besonderes; nicht gemacht, um anderen gefügig zu sein. Du wirst immer dominieren, befehlen, deinen Willen haben...«

Und dann der Sturz ins Elend: Der Heldentod des Familienvaters, die Not der Kriegsjahre, die Niederlage, der Zusammenbruch der Welt der Subicz und von Jaentsch, die Hungerjahre, die Inflation, die Unausweichlichkeit einer miserablen Existenz. »Das hat sie nicht ausgehalten, da ist sie ausgebrochen...« (So die Legende. In der Tat hat das böse Mädchen ihrem Freiheitsdrang schon vorher nachgegeben. Ich bin 1919 geboren, also muß sie schon 1918 davongelaufen sein. John war damals in einer internationalen Kommission. Ausgebrochen ist sie jedenfalls...)

Ausgebrochen ins »große Leben«. Nicht etwa als *grande dame*. Maud, die Edelcocotte: Vermutlich von den *grandes dames* der Epoche geschnitten. Aber nicht gedemütigt. (Tante Selma erzählt, daß schon zu Ilse-Mauds Mädchenzeit ihre Mutter, die geborene von Jaentsch, die in stetiger Wahrung des gesellschaftlichen Ranges mit ihren Töchtern französisch sprach, zu ihr gesagt hatte: *»Si tu continueras comme ça, tu finiras dans un bordel.«* Und Ilse-Maud habe geantwortet: *»Peut-être. Mais cela sera toujours un bordel de premier ordre.«* (Anmerkung am Seitenrand: Achtung! Siehe »Abel«.)

Wir weben am Mythos der schönen Ilse/Maud wie später, im Winter 1940, Onkel Ferdinand am Mythos seines »Reichs der Mitte« weben wird...

– und so auferstehe denn auch ich aus den Bildern der magischen Schachtel: ich, das prinzliche Hurenkind, bald jedoch der Waisenknabe in der Misere der Wiener Stehkragenbourgeoisie, der Gigolo Stellas, endlich der zu den Lotosessern Verschlagene, der nie ein rechtes Vaterland gehabt hat, aber ein Prinz gewesen ist, im Kinderreich, ein Gottesgeschenk, von jedermann geherzt, geküßt – und eines Tages vergessen, überlassen der Welt der Niederen und Enterbten

S. zeigt auf ein Foto im Kodak-Format: »Wer ist das?«

»Meine Mutter an der Côte d'Azur.«

»Und der Riesengockel an ihrer Seite?«

»Onkel Ferdinand. Ein rumänischer Fürst.« (Möglicherweise mein Vater. Ich sage es nicht; Christa sagt es mit einem blitzblauen Blick in Schwabs dicke Brillengläser.)

Unverdrossen! Seit Jahrzehnten dokumentiere ich mich selbst aus dieser Schachtel! Die fotografische Linse lügt bekanntlich nicht. Man will, daß ich meinen Mythos vorführe – man soll ihn haben:

»Hier, das ist ein richtiges Porträt meiner Mutter – schön, nicht wahr? Jawohl: entzückend schön – der Augenschnitt vor allem: so wohltuend ungermanisch, so gar nicht zielscheibenrund aggressiv: das Oberlid, ein mondscheinsanfter Bogen über dem gerade bewimperten unteren – es ist, als gingen mit jedem Lidschlag die

Leuchten der Augen auf. Damit hat später Max Factor in Hollywood eine ganze Generation gestirnäugiger *beauties* hervorgebracht. Aber bei Ilschen Subicz war's eine Gabe der Natur, ererbt von bosnischen Bergbäuerinnen, aus Zeiten, als das Morgenland noch nah der Schwelle Europas war. Daher auch der verschlagene Witz im Blick, die Ironie ... Na ja, und der Lockenkopf auf ihrem Schoß: das bin natürlich ich – da war ich wohl kaum mehr als ein Jahr als – pfiffiges Baby, was?«

(Blickaustausch zwischen S. und Christa: Es kann jedes beliebige Baby sein, schaun doch alle gleich aus in dem Alter ...)

»Die Bäuerin, die mich im Arm hält? Eine rumänische Amme, vermutlich. Es muß bei Onkel Ferdinands in Bessarabien im heutigen Rußland gewesen sein – oder vielmehr: im damaligen Rumänien ... Ehrlich gesagt: es ist zu langweilig, wenn man jedesmal zur Angabe seines Geburtsorts einen ganzen Abriß osteuropäischer Geographie und Geschichte mitliefern muß – jedenfalls war's räumlich irgendwo zwischen den Karpaten und der Kirgisensteppe, zeitlich zwischen Haßorgien und Kataklysmen, Weltkrieg eins und Weltkrieg zwo. Zwischen Welten und Zeiten, wie man so sagt. Aber als Kleinkind merkt man mir, wie Sie sehen, davon nichts an. Ich war sehr glücklich die ersten sieben Jahre meines Lebens, sehr wohlgeboren und wohlgeborgen, sehr verwöhnt, sehr heiter und unbefangen ...«

> – erste Eindrücke? Das Licht: Es fällt schräg durch ein großes Fenster, quer durch den lichten Raum, lichter noch als das Sonnenlicht draußen, gebündelt zum Begriff »Sommerglück«: Es malt das in vier Quadrate geteilte Rechteck des Fensters golden aufs spiegelnde Parkett, das nach Bohnerwachs duftet, und funkelt auf dem Silber des Teetisches in hundert Lichtern –
>
> Auf einer Konsole ein großes Blumenarrangement in eine Porzellanvase –
>
> und draußen ein Gewoge von Flieder an der Parkmauer –

der Duft von frischgemähten Wiesen –

und Mami lacht und hebt mich zu sich und küßt mich –

an mir der Duft von Seife. *Pears Soap*, dunkel wie altes Bienenwachs; meine Haut ist rot von Miss Ferns unnachsichtiger Wurzelbürste –

Ausfahrt: die auf und ab wippenden, wie Pfirsiche gekerbten Hintern der Kutschpferde. Die Parabeln ihrer knirschhaarigen Schwänze heben sich; aus den sich aufschraubenden Rosetten ihrer After darunter quellen apfelrunde gelbe Knollen und fallen zwischen ihren schweißwetzenden Schenkeln nieder, während die malvenfarbenen Rosetten sich wieder schön und sauber in sich zusammenschrauben –

– meine Mutter, die sich vor Lachen biegt, wie sie Onkel Ferdinand imitiert: Er winkt grandios im Vorüberfahren den respektvoll in den Graben getretenen Hofleuten zu. *»Bonjour, popor!«* (*popor* heißt Volk ...)

– in meinem Gemüt die Bärenfellmützen der Bojaren auf Onkel Ferdinands Ahnenbildern: Ich habe sie zu meinen Vorfahren erklärt, ich bin aus fürstlichem Hause –

Miss Ferns hassenswerter Zeigefinger, der die Hutkrempe, die ich mir flott heruntergebogen habe, wieder zum Rund des Kinderhuts zurückschnappen läßt –

– das dickflüssig dunkelblaue Meer vor unserem Gartengitter an der Côte d'Azur, fortgesetzt in den Purpurwellen der Lavendelbeete, darüber die klare Kontur der Küste, die sepiabraunen und olivsilbern schraffierten Hügel, die wolkenblauen Berge –

das Mastenschwanken der leicht gewiegten Boote an der Hafenmole: Sie kreuzen sich in einem symbolisch angedeuteten Fechten: japanisches Theater. Himmel, Meer und Küste brutale Farbflecke: Impressionistenland –

der Küstenwind schüttelt die Palmenwipfel an der Esplanade –

– weiße Sonnenschirme, Panamahüte und goldbeknopfte Blazer. Wir sind an Deck von Onkel Agops Yacht. Onkel Agop läßt mich durch sein Fernglas zu einem fernen Fischkutter schauen. Ich sehe den roten Bommel an der Mütze des Schiffers …

»Aber sehn Sie mal die Bäume da im Hintergrund – nein, nicht die, das sind Zypressen: die gibt's im nördlichen Bessarabien nicht, die standen so dicht in Saint Jean Cap Ferrat, wo wir den Winter verbrachten, bei Onkel Agop, dem Ölmagnaten. *Wir* will heißen: meine Mutter, Onkel Ferdinand, meine Nanny Miss Fern und ich. Zu Hause in Bessarabien waren wir sehr nah an der damaligen russischen Grenze, nur der Djnestr trennte uns von den bösen Bolschewiken, nachts knallten oft Schüsse herüber, man hat sich damals nicht viel daraus gemacht. Aber den Winter haben wir an der Côte hingebracht, und was ich Ihnen zeigen wollte, sind nicht die Bäume dort, sondern die in unserem Park zu Hause, wie ich Onkel Ferdinands Schloß in Bessarabien nannte. Hier, sehn Sie: die riesigen Buchen – nein, das wiederum sind Platanen, auch die standen in Saint Jean – oder vielmehr: in Antibes, im Garten der Villa Onkel Bully Oliveras, des bolivianischen Zinnbarons, auch ein Verehrer meiner Mutter. Sie würde das leicht verwechseln, besonders wenn Sie die Löwen am Gartentor sehen könnten, die hat's nämlich hier wie dort gegeben – ich meine: in Antibes sowohl wie auch in Saint Jean und zu Hause in Bessarabien … Ich bedaure, daß ich Ihnen das alles so ungeordnet vorlege, aber es ist ja auch die Weise, wie unsere Erinnerung funktioniert – wenn sie funktioniert. Die Auswahl der Bilder aus den tausenderlei Eindrücken unseres Erlebens ist ja so zufällig – oder jedenfalls rätselhaft wie das, was meine Hand lenkt, wenn ich Ihnen aus der Schachtel ein Foto hervorhole. Mit einemmal kriegt irgendeins von den zahllosen gespeicherten Schnappschüssen unserer Sensorien, Gott allein mag wissen, durch was und wie hervorgerufen, eine profunde Bedeutung – wie zum Beispiel die Löwen auf den Toren aller Häuser, die meine Mutter in meiner Lebenszeit mit mir bezogen hat. Mami hatte eine wahre Leidenschaft für diese beinahe spießbürgerlichen Torhüter, Onkel Ferdinand nannte es einen ihrer »Spleens«; sie ließ Kopien von Onkel Ferdinands Parklöwen machen und schenkte sie Onkel Agop und Onkel Bully für deren Villen an der Corniche, wundervolle Exemplare von Villenkitsch, kann ich Ihnen sagen, freilich nicht so banal gelockte aus Gips, wie man sie an den Gartentorten von Kleinstadtvillen antrifft, sondern mittelalterlich böse, erträumt von einem lokalen Steinmetz, der nie einen richtigen Löwen gesehen hatte, eine Kreuzung von Hund und Riesenkatern mit Stallmeisterperücken und kokett aufgezwirbelten Schnurrbärten über den fangzahnbleckenden Rachen. Zu schade, daß ich kein Foto von ihnen habe, aber sie waren ja so selbstverständlich überall, wo wir Aufenthalt nahmen, man dachte gar nicht daran, daß sie was Besonderes wären, nur Mami hat ihnen Namen von ihren Liebhabern gegeben, immer wieder andere. Wenn Sie hier zwischen den Bäumen durchsehen könnten, würden Sie sehen, wo sie gestanden sind: in Bessarabien auf den Pfeilern des schmiedeeisernen Tors hinter der Brücke über einen dunkel hinfließenden, tiefen Wasserlauf, durchsichtiges Wasser, goldblinkend unter Sonnenstrahlen und beschattet von wundergroßen Huflattichblättern, Wasser, das in stetem starken Strömen das vergilbende Sumpfgras auf dem Grund kämmte, es war, als sei auch dieser Wassergrund goldgefüttert, das Schlafgemach der schönen Melusine, ich hab oft zugeschaut, wie die Krebse aus der Uferböschung darüber hinkrochen, in ihren Panzerungen kamen sie mir vor wie heraldische Verwandte der Löwen, irgendwie verschwistert mit deren leidenschaftlichem Zorn, mit der starren Wut, mit welcher die Raubkatzen die Greifenklauen in die blinden Wappenschilde vor ihren hornissenhaft geschnürten Leibern schlugen ... Tja, und der Wasserlauf mündete im Teich, in dem meine Mutter – aber das ist eine Geschichte für sich – hier, ein Bild von Onkel Agops Yacht vor Monte Carlo –«

(Übrigens sind das Fotos, die Stella für mich gesammelt hat, höchst amüsiert über die gemeinsamen Bekanntschaften und Freunde, die sie mit meiner Mutter verbanden, ohne daß sie einander kannten... Ob der Hinweis darauf die Glaubwürdigkeit meiner Angaben erhöht? Sicherlich bei S. Ob auch bei Christa?)

Schwabs Hingerissenheit und Christas geduldig ungläubige Miene: Wenn sie wollte, hätte sie einen Mythos entgegenzusetzen, einen weniger exotischen, freilich, dafür nur um so handgreiflicheren, die Bürgen dafür kommen regelmäßig zum Tee, das brauchte nicht Bild für Bild dokumentiert zu werden, es war ja auch fotografisch schon eine andere Generation, sie schoß ihre Momentaufnahmen sozusagen aus der Hüfte, in gewohnheitsmäßiger Routine, das schuf einen etwas weniger pathetischen, nüchternen Bildhintergrund, dabei in ihrem Fall keineswegs weniger grandios, o nein: Ostpreußische Seenplatte, das Licht, die Luft härter, dafür klarer über goldwiegenden Kornfeldern, die Aussicht weiter, frischer hinaus in die hellen Reitermorgen, desgleichen in die Zimmerfluchten des Schlosses, auch dort Ahnenbilder an den Wänden (und verbriefte Ahnen, nicht geahnte!), auch dort Onkel, und zwar echte, auch Tanten, und von derselben Familie, nicht von Hecken und Zäunen zusammengeklaubt wie die meinen; legitime Geschlechterfolgen, auch die Vorkriegszeit weist keine Lücken auf, hochnoble Großeltern, Stammeltern, weißhaarig und gebeugt von Würden und Pflichten... Auch hier ein Park mit riesigen jahrhundertealten Eichen – »und an den dicksten Ast haben sie Opapa aufgeknüpft...«

»– unsereins macht davon nicht viel Federlesens«, würde Christa sagen, wenn sie je davon spräche, es gehört ja der Geschichte an, und nicht irgendeinem Mythenland, interessant war die Flucht von den heranflutenden Russen, man versuchte, mitgeschwemmt zu werden mit der zurückflutenden deutschen Wehrmacht, aber man kam nicht mit, sie flutete schneller als die Flüchtlinge flüchten konnten, die Russen fluteten noch rascher nach... »Natürlich gab's Marodeure in der halbpolakischen Bevölkerung, außerdem mußte man sich vor der Gestapo verstecken, die im Hinterland geblieben war, von wegen Sippenhaft und so, also wurde nur nachtsüber mit dem Krümperwagen gefahren, die Pferde schon halb tot, tagsüber verkrochen wir uns im Heu von irgendwelchen Scheunen, und Onkel Heribert hatte immer so fürchterliche Angst, er war ja schon hoch über achtzig, wir haben ihn spaßeshalber immer erschreckt: ›Onkel Heribert, die Russen!‹ – und da hat er regelmäßig unter sich gelassen! Ham wir da gelacht ...«

Ich gebe zu, das ist glaubwürdiger, lebensechter. Ich erlahme: »Nein, der Herr neben dem Kinderwagen ist nicht mein Vater – finden Sie denn, daß ich ihm ähnlich sehe? Das behaupten nämlich viele ... wahrscheinlich Mimesis, affenartige Nachahmung im Kleinkind. Es handelt sich um meinen Onkel – *sogenannten* Onkel, bitte, mütterlicherseits, sozusagen – Onkel Bully Olivera, Zinnbaron aus Bolivien, wie gesagt – oder warten Sie mal – nein, Irrtum: das ist Onkel Jean Fégonsac – auch die beiden bringe ich bisweilen schon durcheinander, im Polodreß schauen sie ja aus wie Zwillinge ...«

(Blickaustausch zwischen S. und Christa. S. ersichtlich schuldbewußt.)

Und Christa äußert sich plötzlich. Das ist selten. Noch seltener: sie ist ironisch: »Es gab ihrer – ich meine der Onkel – ja eine verwirrende Anzahl.« (S. schaut starr vor sich hin.)

»Allerdings.« Ich lächle Schwab an; auf seiner Oberlippe, die kaum sichtbar bebt, glänzen kleine Schweißtropfen. »Ich habe mindestens ein Dutzend hypothetischer Väter. Hier zum Beispiel: das ist Onkel John – ich habe Ihnen von ihm erzählt. Christa hat ihn ja in Nürnberg kennengelernt, flüchtig. Jedenfalls mein Protektor dort, auch ein Freund meiner Mutter, wenn man das so nennen darf. Der, mit dessen Frau ich später – hier haben Sie sie: Stella – ist das nicht eine Pracht von semitischem Profil? ... im Dirndl, in der Tat: wir lebten damals für eine Weile im Salzkammergut, ehebrecherisch – aber das war schon 1938 ... was ich eigentlich suche ... hier: ich auf meinem Ponywagen zu Hause, ich meine: in Bessarabien. Sehr schlecht zu erkennen allerdings« –

(Christa bohrt ihren Blick in Schwabs Augen. Er blickt nieder wie geprügelt.)

– und ich weide mich an seiner Pein. Was löst sie aus? Christas

Härte, die Unanfechtbarkeit der Unpoetischen? Oder der Neid auf meine Verwegenheit im Selbsterfinden?...

»Die strenge Person neben mir ist Miss Fern, meine Nanny... Handschuhe, ja: man trug sie damals, sogar als Kind, und natürlich erst recht beim Kutschieren – klingt Ihnen lächerlich, aber das wenigstens kann Christa bestätigen... Handschuhe zieht man an, um sich zu distanzieren, und zugleich, wie beim Führen von Kutschleinen, eben durchs Distanzierte, durchs Abgeschirmte, ein feineres Gefühl zur Führung zu haben. – Aber können Sie den Hintergrund auf diesem Bildschirm erkennen? Dort, links hinter den Birken, muß der Teich gewesen sein – wir finden gleich ein ganzes Bild davon, er spielt eine bedeutende Rolle in meiner Kindheitsgeschichte...«

»...und du weißt nicht, ob sie selbst es war...?« Vetter Wolfgangs Flüstern ist fett von Neugier – Kinderneugier: Urneugier aufs Unheimliche, Schauerliche, Grauenhafte, das dir kalt über den Rücken rieselt und das Nackenhaar sträubt... und was weiß er von meiner Not, nicht zu wissen, wie es gewesen ist, kein Bild zu haben von ihrem Tod, nur das Nichts, das ihr Verschwinden hinterlassen hat: das Loch in der Welt, in das ich gestürzt bin...

Es ist stockfinster in unserer Kammer, Dienstbotenkammer in früheren Zeiten, als die Etage des abgewohnten Zinshauses noch nicht in Kleinbürgerwohnungen aufgeteilt war und selbst Mittelstandsbürger nicht wie kleine Leute lebten – Tante Herthas und Tante Selmas ständiges Lamento, Onkel Helmuth nimmt es verbissen hin, er selbst kommt aus einem Pastorenhaushalt in Thüringen, mit neun Geschwistern, hat also keinen Sinn für die Bitternis des Deklassements, er steht sicher im Prestige des Akademikers. Sein Dipl.-Ing. adelt die abgewetzten Jackenärmel. Vetter Wolfgang kennt nichts anderes als diesen Mittelbürgermief, er ist im Allgemeinen Krankenhaus auf die Welt gekommen und kaum abgenabelt hierher gebracht worden, immerhin war er die ersten Lebensjahre in diesem Raum allein, stolzer Inhaber eines Eigenzimmers, bis dann ich ihm zugesellt worden bin: ich, der Bankert, der Findling in Samtanzügen und hochgeknöpfelten Gamaschen, ein Gegenstand des Gespötts, des Hohns der Hinterhofkinder: ich bin der Aura der Ponyritte durch den Park am Herrenhaus, der *Thés dansants* auf den Yachten vor der Côte d'Azur, bei denen meine Mutter, die schönanrüchige Maud, eine der strahlenden Königinnen war ... ich, berstend von märchenhaften Geschichten, die ich meinem spießbürgerlich verängstigten Vetter flüsternd erzähle in der Dunkelheit...

Es ist stockfinster in der engen Stube, nur durch einen schmalen Spalt in den Fensterläden schneidet ein Faden trüben Lichts quer durch die Schwärze und zeichnet eine Gerade ins geschwärzte Blutrot des Linoleumbelags auf dem Fußboden, bevor er am Kackbraun der gestrichenen Kommode hochklettert und an deren weißer Marmorplatte abbricht... Es ist dumpf in unserem gruftigen Schlafgemach, grabmodrig: weil es auf den Lichtschacht geht, kann es nie richtig gelüftet werden, wir haben das letzte Restchen Nachtluft aufgeatmet und liegen unter unordentlich zerrumpelten Steppdecken in unseren Betten, die Augen weit aufgerissen ins schwarze Nichts, alle Sinne bündeln sich im Gehör –

und so kann ich Beschwörung in mein Flüstern legen und Vetter Wolfgang mit allem, was um ihn ist, Onkel Helmuth, Tante Hertha und Tante Selma, ins Unwirkliche bannen, als wären sie nur alpgeträumt, und mich lossprechen von der Not der unbegreiflichen Weltveränderung, die mich aus der Helle, Weite, Frische, der Heiterkeit, der Gückseligkeit meines bisherigen Lebens in diese dumpfe Enge hier verschlagen hat –

kann der trivialen Grausamkeit des Schicksals die Note des überwirklich Gewollten geben –: war's nicht so, daß meine Mutter in den Teich gegangen ist, von einem Fluch getrieben, der von höheren Mächten über sie ausgesprochen war und ein Entsetzen auslöste, vor dem jedermann zurückwich, so daß sogar Miss Fern, die mich bislang gehütet hatte wie ihren Augapfel, mich hierher brachte und verließ, als müßte sie vor mir flüchten...

»Das Bild hier ist von viel später.« (Immer noch ist die Schachtel nicht leer.) »Schon als Adoleszent, in meinen Wiener Bildungsjahren. Die Spießerin zwischen uns – will sagen: zwischen mir Waisenknaben und diesem kerndeutschen Jüngling hier, meinem Vetter Wolfgang, der Ihnen so ähnlich sieht – ist meine Tante Hertha, Wolfgangs Mutter –: was für ein unmöglicher Hut, nicht wahr? Wenn wirklich von einem untrüglichen Status-Symbol gesprochen werden kann, so sind's die Weiberhüte der Mittelklasse... Nein, natürlich ist das nicht Indien – machen Sie keine Witze – es ist das Palmenhaus in Schönbrunn, ich bin da oft herumspaziert, als Einzelgänger schon in jungen Jahren...«

– und hier kann ich meinem Affen Zucker geben und Leben zaubern aus dem banalen Schnappschuß eines Halbwüchsigen, der die Schule schwänzt und im grauen Wien herumstreunt, sich flüchtet in ehemals feudale Gefilde, die Onkel Helmuth »die Schönbrunner Grünanlagen« nennt, für ihn indes die Topographie seines Mythenlandes sind: ein Park! Ein weiter Park! Ein Zuhause der Sehnsucht...

wahres erlebtes Leben – und nicht zusammengestoppelt aus dem Bildmaterial längst verjährter Gesellschaftsblätter, kein Groschenromanland, das kaum wer anderer als Heimat anzugeben sich getraute –

– Wahrheit, greifbare Wirklichkeit: Ein Pavillon in einem volkseigenen und dem Publikum zugänglich gemachten ehemals kaiserlichen Park (dokumentierte und dem Zeitgeist nahgebrachte Historie) und davor besagter Halbwüchsiger, graugesichtig, zu rasch aufgeschossen, mager, in schlechter Kleidung: ein Kind der Gegenwart –

(S. könnte sich selbst darin erkennen, wäre nicht seine Ähnlichkeit mit Vetter Wolfgang aufdringlicher –)

– und der Knabe vor dem Palmenhaus hat etwas Wölfisches im Blick, er ist lebenshungrig nicht auf die landläufige Weise: nicht abzuspeisen mit pfahlbürgerlichen Emanzipations-Erlebnissen –

»Da müssen Sie schon absehen vom lächerlichen ›Steppenwolf‹ Ihres vielbewunderten Kollegen Hermann Hesse – hat man je Komischeres gelesen als die Charakterisierung eines metaphysisch Hungernden in den Zeilen

Ich Steppenwolf trabe und trabe,
die Welt ist weiß von Schnee
vom Birkenbaum flügelt ein Rabe,
und nirgends ein Hase, nirgends ein Reh –

Ist das nicht zum Piepen? Nein, lieber Freund, auch wenn Ihnen solche Not die Tränen über die Wangen strömen läßt – nirgends ein Hase, stellen Sie sich vor, nirgends ein Reh, was bleibt einem da anderes übrig als mit Wolfsgier durch die Spießerwelt zu schweifen und in einer Gruppenvögelei Stillung zu finden? Selbstfindung! Befreiung! Von was, möchte ich Sie bitten? Von Stehkrägen und Ärmelschonern? Fragen Sie Onkel Ferdinand. Oder John. Ob die was Ähnliches geklemmt hätte? Nochmals nein, Verehrtester, dieser Art war meine Wölfischheit nicht. Die Tropenwelt des gezähmten Dschungels im bezaubernd schönen Eisengehäuse des Palmenpavillons von Schönbrunn steht nicht symbolisch für irgendeine Abenteuerwelt, die ich damals vermißt und gesucht hätte wie Freund Nagel, der Weltumsegler, kein buntschillernder Papagei ›flügelt‹ aus den Agaven und weist darauf hin, daß es für *poor hungry Bingo* kein Erdferkel und keine Gazelle gibt und zunächst auch in den Zinshäusern des Wiener zwölften Stadtbezirks keine Gruppenvögelei, die ihn von seinem seelischen Darben erlösen könnte. Nein, nein, das war nicht die treibende Kraft hinter meinem Traben und Traben (ein Rilkescher Kornett auf Schusters Rappen) durch die schöne Stadt Wien. Mein Hunger galt nicht den üblichen Bedürfnissen. Ich war nicht auf der Jagd nach meiner Hinz-und-Kunz- oder Jean-et-Jacques- oder Ivan-Ivanowitsch-Identität, wie Ihr Hessescher Steppenwolf; ich war auch nicht hinter irgendwelchen verlorenen Paradiesen her: Bessarabien und die Côte d'Azur waren unveräußerlicher Besitz. Was ich suchte, war der *Sinn*, verstehen Sie mich? – Damals schon wie heute suchte ich nach dem *Sinn*.«

(Betroffenheit. Ich nehme süße Rache an den Blicketauschern. Ich kühle mein Mütchen an ihrem Unbehagen. Wenn S. jetzt zu Christa hinschaut, sucht er kein Einverständnis mehr, sondern will sich überzeugen, daß sie nichts von seiner Verwirrung merkt. Natürlich merkt sie's. Und es ist mir eine Wonne, auch sie die Steigbügel verlieren zu lassen, wie sie's reiterlich ausgedrückt haben würde. Der gierige junge Mensch, den ich ihnen vortrage, ist nicht aus ironisch skeptischer Distanz zu betrachten wie das mythische Prinzlein der Kindheitsjahre. Sein ist die Not einer Lebensphase, die jedermann verdammt ist zu durchleben, unwillkürlich erlebt man sie ihm nach und mit, und S. und Christa bangen davor, wie ich ihnen diesen heiklen Seelenzustand zerhackstücken werde.)

Zunächst metikulöse Milieuschilderung. S. kennt Wien nicht und stellt sich's vermutlich wie ein älplerisches Dresden vor »Altgolden wie eine im grünen Land verlorene Kaiserkrone«, sagt er. (Christas Saphiraugen verraten keinerlei inneres Bild; erst recht nicht ihr knauseriger kleiner Mund. Sie schließt sich jeglichem Klischee an.) Ich verhänge ihnen die schöne Vision mit graugelblich zerschlissenem K.-u.-k.-Billardtuch, das vom Mottenfraß der Inflation zum Filigran zerlöchert ist, und davor baue ich ein novemberliches Brügge der Gründerjahre hin, durch dessen ausgestorbene Staatsbankgotik in Gassenschluchten still wie Grachten anstatt der lautlos hinhuschenden Beguinen spitzbärtige und spitzbäuchige Altsozialisten in Hofratsbratenröcken in Schweigemärschen gegen die Abonnementpreiserhöhung der »Wieder Öffentlichen Küche« demonstrieren, verfolgt aus dunkelspiegelnden Kaffeehausfenstern (wie alte Meerschaumpfeifen angeschmauchter Plüsch als Fütterung) von Blicken, die mit der Langsamkeit von Uhrzeigern über die Ränder vergilbter Zeitungsblätter klettern und nach winterlich flacher Laufbahn ungesättigt wieder in ihre Geniste aus Druckbuchstaben untergehen.

Ich sage: »Glauben Sie doch, bitte, keinem Hörensagen: Es flehen dort keine leisen Lieder, es ist totenstill in Wien. Musik braucht Himmel, um aufzusteigen. Es gibt dort keinen. Es wölbt sich ein Glasdach im Eisengerippe, es wölbt sich ein himmelhohes Bahnhofsdach über die Donaustadt, die gar nicht an der Donau liegt, sondern an einem abwäßrigkanalisierten Seitenarm des Walzerwellenstroms. Zwangsläufig aus dieser geopolitischen Situation ergibt sich der Stadtcharakter. Wien ist der Ostbahnhof der Nibelungen, deren zugewiesene Geleise jetzt schon hinter Fischamend zu Ende sind. Immerhin wohnte und wohnt dem zweiten deutschen Schicksalsstrom eine zähe Zugkraft inne. Während und vor meiner Zeit zog er balkanwärts, demzufolge viel an künstlerischen Ausdruckswerten damals schon dorthin abgedriftet war. Längst hatte Schubert seine Tätigkeit ins Gellertbad von Budapest verlegt, Haydn fiedelte bei den Telekis in Transsylvanien, Mozart, heute als *public-relations*-Agent der Bösendorferschen Klavierfabrik unterwegs zu einer zeitlich unlimitierten Gast-Tournee ins palästinensische Protektorat, verweilte damals noch in den Tälern von Kirtschaly beim rosenzüchtenden Richard Strauss. Inzwischen hatte allerdings der Sog der so nach Osten verlagerten Kulturgemarkung Richard Wagner ins rassisch stubenreine Linz gezogen. Er leitete von dort aus die Operationen. Die Rheintöchter, im Böhmerwald geboren, haben das Bahnhofscafé Vindobona erbaut und unter ihren gußeisernen Schirm genommen, sehr zum Komfort der Durchreisenden zwar, aber leider nicht, wie ursprünglich angenommen worden war, zum Segen der Künste. Musik, die aufsteigt, kondensiert alsbald an den völkisch sanitären Kachelungen, gerinselt und versintert am folkloristischen Bahnhofsmosaik zum Fiakerlied oder zum Radetzkymarsch; oder sie rieselt in Schrammelklängen ab in den Donaukanal. Der verschluckt sie pflichtschuldigst, gemäß seiner Beamtung als Abwasserträger, rülpst nur bisweilen außerdienstlich, nach Amtsstundenschluß, in teichhafter Gelassenheit einige Blasen im Wiener Urlaut wieder aus: im Uaatsch-üüööbb-guuobb-schmooaz des Heurigengesangs, der, stilgerecht nach den Verfügungen der Schrammel-Innung, nur von Wolfsrachen vorgetragen werden darf.«

Ich verbanne aus der Kaiserstadt auch noch den letzten abendlichen Sonnenstrahl, fege ihre Winkel leer von Kastanienblüten und Komtessen und weite die Nacht in ihr, gebe ihr hallenden Raum über den brunnenstillen Wassern, deren steinerne Ufer ich mit den schweren Spangen der Brücken verklammere. Ich webe Nebel über ihre dunklen Tiefen, in denen die bleichen Fünfgestirne der Kai-Laternen schwimmen wie milchig ins Leuchten geratene Seerosenkolonien.

Dorthinein, mitten in sein solcherart empfänglich aufbereitetes Gemüt, setze ich meinem atemlos lauschenden Schwab als ein Schlupfwespenei, das eine mörderische Larve hecken soll, ein verschöntes Abbild meiner (oder seiner?) selbst, rückprojiziert in perspektivischer Verjüngung ins lautere Element der Knabenschaft: der bleichen Seerosenmonde Endymion, dem ewige Jugend, aber nicht Unsterblichkeit verliehen ist… und doch ist die Schwelle zur nächsten, weniger lauteren, von wüsteren Träumen heimgesuchten Lebensphase überschritten, schon ist es nicht mehr der schöne Knabe, sondern ich bin's – ich, wie ich hier nornenhaft über meiner magischen Schachtel sitze, freilich doch reiner, losgesprochen von vierzehn sudeligen Lebensjahren, nicht der Neunundzwanzigjährige des Jetzt und Hier, Hamburg an der Elbe, halbierte Großkaufmannsvilla, sondern *ich* entrückt ins magische Geleuchte des Dazumal, geläutert im Jungbrunnen der Mythe: der Verwaiste von Geblüt, der seinem königlichen Vaterland entrissen worden war und es vergessen hatte, als hätte es ihn zu den Lotosessern verschlagen –: ein Fünfzehnjähriger mit meinen Zügen, indes veredelt und verfeint; ein magerer Adoleszent mit meinem Wesen, indes ohne das Wölfische: verwundert und verträumt, wissend und unschuldig, gläubig und enttäuscht und trauernd von Ur-Anbeginn, maihaft bekränzt mit Zutrauen – und doch schon im Blick die Bestürzung des Welterleidens: ein verzweifelter Bub im dünnen Schülermäntelchen, den die bestialische Rechtschaffenheit pflichtschuldiger Verwandter hinausgetrieben hatte in die Nacht.

Selbstmord? Aber wie denn nicht, ich bitte Sie! Selbstverständlich lockte der, zog der mich hinein in den schwarzen Spiegel des

Kanals. Ich erzählte voll Behagen, wie ich die steil ausgemauerte Uferböschung niedergeklettert war, im desperaten Vorsatz, mich zu ertränken; drolligerweise aber dabei fürchtend, daß ich abgleiten könnte vom naßkalten Stein und ins kalte Wasser stürzen; den Schutzmann fürchtend, dessen plumper Schattenriß (zusamt dem eines Mannes, mit dem er lautlos sprach) oben auf der Brücke, umwittert von einer blutleeren Aureole, sich lichtlos höhlte aus dem dicht mit leuchtendem Nebel angefüllten Lichtraum einer Laterne: doppelt höhlte: mit seinem prallen, lichtlosen Volumen und dessen groß ins Nebellicht gestreuten Lichtreflex. Zum Un-Raum so geworden der Schattenriß: Unraum aus Unlicht und dessen bleichem Echo: lichtlose Hohlform und deren lichtstofflicher Widerhall. Dennoch gewichtig beide; gewichtig der entstoffte Unlichtkern und die lichtstoffauszehrende Hülle: gewichtig ungewichtig in wulstiger, walziger Voluminosität: pralle Unlichtwalzen die dicken Wintermäntel der beiden Männer, gehenkelt von prallen Ärmelwalzen, aufgestockt auf pralle Hosenbeinwülste; Wurstwalze der Dackel an der eisenstarren Leine; Wurstscheibe überm Wurstrad die Schutzmannsmütze; Wurstzipf der Gebirglerhut des Mannes; Wurstblase, fein ins Lichtgeknister eingesponnen, glaszart ins Christnachtgeflimmer des frostträchtigen Nebels gehaucht der Atem von Mann und Schutzmann, vereint zu einer Walze reifigen Ungewölks. (Selbstverständlich hatte ich nichts gegessen den Tag lang, den ich umhergestreunt war entgegen meiner Christnachtssehnsucht im Lichterspiegel des Kanals; selbstverständlich war mir schlecht vor Hunger; selbstverständlich fror ich in meinem dünnen Mäntelchen...)

Und dann: das andere, aus tieferen, formloseren, unheimlicher geballten Dunkelheiten in den Aufsprung des Brückenbogens eingeschwärzte Doppelwesen. Das Unbestimmbare, das schwer und ohne sich zu regen auf dem Sockel lag; und das unbestimmbar mit ihm vereinte Unbestimmte, das sich darüberneigte und daran zu schaffen machte – um es zu ermorden? aufzurütteln? – zu würgen? – zu schänden? – zu begatten? – und kein Fluchtweg jetzt: unmöglich, die glatten Quadern der Uferböschung wieder hochzuklimmen; unmöglich jeder Schritt zurück auf dem schmalen Sims ... (vom Wasser herauf der Grufthauch kalter Fäulnis) –

– und der Schutzmann auf der Brücke wendet sich, die Mantelwalze um die Walzenachse drehend, löst sich ab vom Walzenmann, der seinen Wurstzipf lüftet und an der Eisenstange der Leine fortgezogen wird von der Dackelwurst – wendet sich und schreitet gewichtig sich verkleinernd in sein unendlich anwachsendes Lichtecho hinein –

(– und meine Augenweide am verzückten, verzweifelten Kinderblick von S., der mich – der sich erleidet, den Knaben in seiner Not; sein schmerzlicher Dichterblick, der mich beneidet, den Lügner in seiner Glorie –)

– und ich beim Brückenbogen: frostfiebernd im dünnen Schülermäntelchen, frostgespannt das blasse Bubengesicht, in den Schläfen das Jagen meines Herzens, das mir den Atem auf dem Amboß des Kehlkopfs schmiedet, eingepfählt in meine Spur, eingetrieben in den schmalen Mauersims der Böschung mit faserigen Alraunwurzeln der Angst wie ein Donnerkeil, erbebend mit jedem lautlosen Schritt des Schutzmannes auf der Brücke, der sich entfernt –

– stand und hielt gefangen mit dem ungestüm mir gegen Brust und Augenhöhen anflatternden Vogel meiner Angst *die Schuld* –: die Schuld an allem, was um mich her mit mir geschah: an dem, was dort, im dunklen Aufsprung des Brückenbogens finster vor sich ging; die Schuld an meinem nie gerufenen Ruf, der den Schutzmann nicht zurückrief; die Schuld an meiner Absicht, mich zu ertränken, und daran, daß ich mich nie ertränken würde; die Schuld in mir an allem, womit der ungeheuerliche Leib der Nacht schwanger war an Unkenntlichem, Undeutbarem, Unsagbarem.

Eingetrieben in den Ufersims vom Hammerwerk meines Herzens, zitternd unter jedem seiner Schläge, preßte ich meine Augen an den schwangeren Leib der Nacht, nietete ich meinen Blick in ihre dunkle Frucht, im Wunsch, sie auszuweiden: das Unkenntliche, um es zu erkennen; das Undeutliche, um es zu deuten; das Unsagbare, um daraus das Sagbare zu saugen ... den Sinn, den SINN ...

Und die unwillkürliche Gebärde der Abwehr, der überbeanspruchten Geduld in der Hand von S. …

Weil er sich nicht anders mehr zu helfen weiß, sagt er mit spöttisch hochgetriebener Fistelstimme: »Wahrhaftig so geschehen? – Oder erfinden Sie das alles jetzt in diesem Augenblick?«

Ich frohlocke: »Sie wollen mich doch überreden, ein Buch zu schreiben – oder? Was soll's denn sein? Möglichst etwas nach den Vorstellungen Ihres Verlegerbosses Scherping, nicht wahr? Etwas für die Serie *›Romane, die das Leben schreibt‹*. Vielleicht das Flüchtlingserlebnis eines der zahlreichen Verwandten und Bekannten Christas –: wie's früher war und was daraus geworden ist. Bitte sehr, damit kann ich dienen. Frisch von der Leber weg. Der Dichter singt bekanntlich wie der Vogel singt: Heute – pitsch! – an Euer Hochwohlgeboren geneigtes Ohr, morgen – patsch! – auf den großen Guanohaufen der Weltliteratur. Warum versuchen Sie's nicht selbst? Auch Sie gehen doch mit einem Buchplan schwanger, das seh' ich Ihnen an – umsonst machen Sie sich ja nicht in einer Tour Notizen. Na also. Was hindert Sie? Juvenile Tintenverhaltung aus Ehrfurcht vor dem Götzen Kunst? Weil Gestalten höher im Kurs steht als schlichtes Berichten? Aber wo bleibt denn der von uns einverständlich so hochverehrte Jean Jacques Rousseau? Doch immer noch auf seinem Piedestal? Weil's ja nicht drauf ankommt, was einer zu erzählen hat, sondern wie er's erzählt. Nämlich mit Selbsthingabe. Als Schlachtplatte des Autoren-Ichs, als Eingeweide zur Beschau des Lesers… Na seh'n Sie! Also müssen Sie auch mir einen kleinen Spielraum der Ausschmückung einräumen. Stoff gibt's genug. Wenn's bei Ihnen daran hapern sollte – bitte sich zu bedienen, der meine sei der Ihre. Hauptsache ist, daß der Bericht – ganz wie bei Meister Jean Jacques – den konfessionellen Charakter behält. Nur dir, liebes Tagebuch, vertraue ich's an – und für die Auflagenhöhe sorgt dann Scherping. Ob's authentisch ist oder nicht, stört doch schlimmstenfalls nur die Oberidioten der Literaturhistorie. Was heißt denn das überhaupt: authentisch? Sagen Sie mir nicht, Sie hätten in dem Jungen, der sich im Donaukanal ersäufen will, nicht sich selbst erkannt! Sie, der Endymion der bleichen Seerosenmonde im schwarzen Wasserspiegel, der ihn schreckt und anzieht... ›Aus dem Sternweiher zieht der Fischer einen großen schwarzen Fisch, Antlitz voll Grausamkeit und Irrsinn‹ – nicht wahr? Sie, der Verwaiste von Geblüt, der heim will in den Mutterschoß des Todes, bevor ihn ein Biedermann mit dem Kernwort zurückreißt: ›Das Leben ist schön!‹... Sie fragen mich, ob ich das, was ich Ihnen erzählte, auch wirklich erlebt hätte? Aber gewiß doch: ich hab's erlebt – an Ihren Augen. Sie haben's für mich erlebt, während ich's erzählte. Ist das nicht authentisch? Nehmen Sie mal was Authentisches aus meiner magischen Schachtel: Das Foto vorhin, von dem Sie meinten, es sei von mir – und die fotografische Linse lügt bekanntlich nicht – hier ist es: es stellt in Wahrheit meinen Vetter Wolfgang dar, dem Sie so ähnlich sehen, daß er hätte können Ihr Zwillingsbruder sein. Spielt es eine entscheidende Rolle, ob er damals in Wien war und Sie zur gleichen Stunde hier in Hamburg? Das sind doch – mit Verlaub gesagt – *Sie*: Der stramme Halbwüchsige mit dem blonden Schopf und den fabelhaften Schulerfolgen und mit Brillen so dick, daß dahinter seine Augen nicht aus dem Staunen kommen, und dem jungmännlichen Flaum auf der Oberlippe, Pickelkinn und Waden mit mehr als Flaum und der rindsledernen Schultasche, die dank mitverstauten Käsebroten und feuchten Badehosen einen öden Kasernengeruch angenommen hat, der des Musterknaben Heimkehr von der Penne, vom Sportplatz, vom Orgelspiel in der Pianistenkapelle schon ankündet, wenn er noch auf der Treppe hochkommt, ein wenig atemlos unter zentnerschweren Bücherlasten, alles der schiere reine Geist in dicken muffeligen Schwarten – ist das ein Porträt von mir, von Ihnen, von Vetter Wolfgang oder schlichthin das Bild eines Prototyps? Stereotyp einer sozialen Situation. Ich hatte leider nicht die Ehre, Ihren verehrten Herrn Papa gekannt zu haben – er war Germanist, nicht wahr? Altphilologe, bitte sehr – aber ich frage mich ernstlich, ob er sich im tiefsten Wesensgrund von Onkel Helmuth unterschieden hat. In ihm, in Onkel Helmuth, haben Sie den stereotypen Vater des stereotypischen Sohns –

Schaun Sie sich mal die in aktiven Spiritismus eingelegte Technikervisage an: So was gehört doch in die Naturaliensammlung einer Realschule, hat aber in der meinen im Wiener XIII. Bezirk im Anschauungsunterricht gefehlt – zur Abschreckung, meine ich: eine abendländische Katastrophe: der chiliastisch beseelte Techniker, Rechenschieber in der Westentasche, ›Die Hütte – Handbuch für Ingenieure‹ im Bücherschrank, Anhänger von Madame Blavatzky, Ordensritter unter dem Komtur Jörg Lanz von Liebenfels: glaubte an eine Erneuerung der Welt durch Adolf Hitler… Ihr altphilologischer Herr Papa vermutlich nicht, im Gegenteil: er haßte den Fatzken mit der Künstlerlocke, aber die Kategorie bleibt doch die gleiche: Bürgerväter – John hatte dafür einen häßlichen Namen. *Bloody fucking middleclass…* und hier daneben gehalten, ein anderer meiner sogenannten Onkel, Sir Agop Carabetian, der Ölmilliardär im Tausend-und-eine-Nacht-Prunk auf seiner Yacht vor Cannes: das gibt Ihnen vielleicht einen Begriff von der Gleichzeitigkeit verschiedener Welten und vom Milieuwechsel, dem ich in so zartem Alter ausgesetzt war! Das verwirrt den Geist, Verehrtester. Man trachtet, die so grundsätzlich verschiedenen Realitäten miteinander zu vereinen, das geht nicht ohne Zuhilfenahme der Phantasie, die Authentizität der Vorgänge gerät dabei ins Hintertreffen. – Sehn Sie mal: auch das hier, jawohl, auch das bin ich. Zugegeben: kaum glaubwürdige Metamorphose. Die Verwandlung eines schlampigen Realschülers in einen Bond-Street-Dandy – Stellas Werk – hier sehen Sie uns in Stellas Wagen, mit dem wir im Sommer 1938, also schon nach dem sogenannten Umbruch in Österreich im Salzkammergut und Umgebung herumgegondelt sind – ein offener Hispano-Suiza – jawohl, sie immer im Dirndl, mit dem alttestamentarischen Profil: Sarah, Esther, Rahel… aber den Nazi-Knoten hat's einfach den Atem verschlagen vor dem Wagen: ein Wunder an Eleganz, damals schon mindestens zehn Jahre alt, eben aus der allerbesten Epoche des Autobaus – ein Linie, was? Dabei lief das Ding wie eine Gazelle. Schade, daß wir uns nicht gekannt haben zu jener Zeit: es würde mir ein Fest bereitet haben, mit Ihnen mal über den Großglocknerpaß geflitzt zu sein – wo Sie doch im Volkswagen, wie Sie sagten, schon auf der Geißlinger Steige ins Schwitzen kommen… Vetter Wolfgang, Sohn seines Vaters, hat einen Ausflug im jüdischen Plutokratenfahrzeug freilich abgelehnt ... Und nun seh'n Sie weiter, wie sprunghaft sich entwickelt, was Sie die authentische Wirklichkeit nennen: Das hier ist doch ein ganz miserables Foto. Ich unter meinen Teteristen-Kameraden – kommt von T.T.R.: *Tânar cu termin redus:* die offizielle Bezeichnung der Einjährig-Freiwillig-Diensttuenden in der rumänischen Armee – also ich im Militärdienst, nein, nicht im Krieg, Gott behüte – ich muß Ihnen gestehen: ich habe das Kommando des Zeitgeists an meine Generation falsch verstanden: während meine Kameraden straff voraus in eine wundervoll visionierte Zukunft und die darin offenstehenden Heldengräber marschierten, habe ich auf der Stelle kehrtgemacht, um zurückzuschauen und zu begreifen, was geschehen war, was eigentlich geschah ... den *Sinn* zu begreifen, verstehen Sie? – den Sinn, daß das doch alles so geschah, um *gesagt* zu werden – Sie verstehen mich doch – oder? Den Sinn, daß es nie geschehen wäre, wenn ich's nicht sagte – sieht man mir das schon an auf diesem Bild? Tun Sie mal Ihren Finger weg: ja, richtig: der Dritte rechts in der stehenden Reihe, das bin ich. Der mit dem Wolfsblick, Kollege Hesse in Ehren!, doch und trotzdem ... ich habe Ihnen doch vom Wolf in Bessarabien erzählt? ... Was aus meinen Wiener Verwandten geworden ist? Sie sind alle 1944 bei einem Bombenangriff verschüttet worden, Tante Hertha, Tante Selma und Onkel Helmuth allzumal, Vetter Wolfgang war schon drei Jahre früher den Heldentod für Volk und Vaterland gestorben!«

Verlegenes Schweigen und unkontrolliert fahrige Bewegungen wie nach einem unbehaglichen Theatercoup. S. schnaubt beklommen. Kein Blickaustausch mehr. Christas Blaulichter klimpern solo. Ihr Mündchen ist schnöde geschlossen. Endgültig.

* * *

Nachts noch einmal Nagels »Kraterland« vorgenommen und bis in den grauen Morgen gelesen. Einzelne Schilderungen (die Heimkehr) ausgezeichnet. Kriegsgeschehen höchst lebendig. Grundsätzlich verschieden von meinen Erlebnissen unter dem

Hagel von Fliegerbomben: Die Illusion, etwas gegen's Schicksal unternehmen zu können. (»Der Weise lächelt.«) Darstellung von Menschen schablonenhaft, von menschlichen Beziehungen entwaffnend naiv. Darüber von einer sonderbaren Wut befallen. Ich hatte ihm zugetraut, Besseres herzustellen als das, was ich (auch mit der linken Hand) hätte besser hervorbringen können. In einer meiner häßlichen Launen ein Gedicht auf Astrid von Bürger verfaßt. Grabstein auf unsere Freundschaft. Um so schändlicher, als es schade darum ist.

* * *

Entwurf:
Er wird zum Abendessen bei Witte eingeladen. Grund dafür zweifellos Christa: Sie und ihr ostelbischer Anhang sind höchst geeignet, Witte den Anschluß an den holsteinischen Adel zu verschaffen, möglicherweise sogar zu Friedrichsruh (Bürgerstolz vor Fürstenthronen!). In der Tat, unter den Gästen, neben Roennekamp und ebenso schwul, ein Graf Lentzau-Wilmersbüttel, doppelt interessant, weil er mütterlicherseits einer hamburgischen Patrizierfamilie entstammt. (Timermann mit einem M, zum Unterschied von den proletarischen TimMermann mit zwei.) Alles andere nur Familie. Daraus hervorzuheben eine Nichte, verwitwet (Ehemann bereits in Polen gefallen), mit einem Zwillingspaar von Töchtern, vierzehnjährig. Witte, großmätig die Tafel präsidierend, lobt dröhnend die Mutter für ihren »tapferen Einsatz«, sich und die Kinder ohne männlichen Schutz und Hilfe durch schwere Kriegs- und noch schwerere Nachkriegsjahre gebracht zu haben und dabei den Töchtern eine so perfekte Erziehung angedeihen zu lassen. Mit einem bedeutsamen Blick in die Runde: »Das geschafft zu haben, verdankst du, meine liebe Helga, einzig und allein der eisernen Strenge, mit der meine liebe Schwester Wilma hier« (sie sitzt ihm als Ersatz-Hausfrau am anderen Tafelende gegenüber: bolzensteif, eisgrauer Bubikopf, drahtgefaßte Oberlehrerinnenbrille) »nach der Tradition unserer Familie dich im Geiste unserer unvergessenen Mutter, deiner Omama« (der

Büglerin feiner Herrschaftsunterwäsche), »die auch uns nichts durchgehen lassen hat, dich erzogen hat. Wenn da auch nur das geringste nicht in Ordnung ging, hieß es: Kinder rrraus! –«. Das Wort ist noch nicht voll ausgesprochen, rollt noch hin auf dem verdreifachten R, als schon das Zwillingspaar aufspringt und sich im Gleichschritt anschickt, den Raum zu verlassen Man ruft sie unter allgemeiner Heiterkeit zurück: Aber nein, ihr wart ja (diesmal) nicht gemeint, Onkel Witte hat doch nur vorgemacht, wie's bei ihm zu Hause zugegangen ist. Die Zwillinge setzen sich gehorsam wieder.

Es sind noch andere Kinder am Tisch, die Jüngsten davon geben Anzeichen, daß an ihnen die traditionelle Strenge der Witteschen Erziehung nicht mehr so eisern walten gelassen ward wie zwei Generationen vor ihnen. Ein besonders vorlautes Gör besteht drauf, allen ein Rätsel aufzugeben. Witte – offenbar handelt sich's um eine Lieblingsnichte – gestattet es. Das Kind trompetet: »Was ist für ein Unterschied zwischen ein Eichhörnchen und Herr Oberlehrer Müller?« Man gibt vor, heftig darüber nachzugrübeln; schließlich bittet man um die Lösung. Das Kind kräht fröhlich: »Ein Eichhörnchen hat einen dicken roten Schwanz, und Herr Oberlehrer Müller hat keinen.« Schocksekunde, betretene Wortlosigkeit, nervöses Räuspern; irgendwer (Roennekamp vermutlich mit einem verständnisheischenden Blick zum Grafen Lentzau-Wilmersbüttel): »Wer will das festjestellt haben?« Die Mutter des Kindes fühlt sich bemüßigt, würdevoll zu sagen: »Das Kind meint natürlich hinten.«

Zum Essen gibt's eine Hamburger Spezialität: Aalsuppe. Brüllend heiß und fett, leider nur im Sommer herzustellen. Rheinwein zur Begleitung. Das Tischgespräch schweift von einem Thema zum andern – das heißt: jedes hier oder dort angesponnene wird von Witte aufgegriffen und apodiktisch abgefertigt. Zum Beispiel das Wirtschaftswunder: Roennekamp äußert (zynisch) die Ansicht, es sei der Dummheit der Alliierten zuzuschreiben. »Was wollen Sie: wenn Sie in einem flachgebombten Land die wiederauflebende Industrie mit den neuzeitlichsten (er spricht von »nöhzätlichsten«) Maschinen ausstatten, bleiben die andern mit ihren altväterlichem Hausrat selbstverständlich zurück.« Witte schießt ihm vor den Bug: »Aber ohne unsere deutsche Tüchtigkeit wäre das nicht möglich. Die Maschine ist nicht alles. Was zählt, ist das Menschenmaterial. Hätte ja gern gesehen, wie uns die anderen das nachmachen, wenn wir sie plattgebügelt hätten.« Einmal greift auch Wittes Schwester Wilma ins Geplaudere ein. Es ist die Rede von wiederauflebenden Reitturnieren. Graf Lentzau-Wilmersbüttel beschreibt empört kichernd die Ausstaffierung der Bauernsöhne, die neuerdings anstelle der ehemaligen Herrenreiter den Parcours bestreiten (und zugegebenermaßen reiterliche Wundertaten vollbringen). Um so schwerer wiegend sind Verstöße gegen die Etikette, besonders jetzt beim Wiederaufbau des Gesellschaftslebens: »Anstatt einem *Riding-stock* tragen diese Leute weiße Selbstbinder. Wie zu einer Bauernhochzeit. Und dann, man sieht ja keine ordentlich gemachten Stiefel mehr. Die Leute tragen Gummistiefel zum roten Rock!« Sein auf die Lauer gelegtes Kichern bricht aus in ein höchst indigniertes Prusten. Eine der jüngeren von Wittes Nichten, offenbar emanzipiert, behauptet, Stiefel seien ein Freudsches Symbol. »Stiefel, ein Freudsches Symbol? Wieso?« fragt Roennekamp ungläubig. Streng verweisend läßt sich vom unteren Tafelende Tante Wilma vernehmen: »Bitte, nicht bei Tisch!«

*(Achtung! »Abel«!)*

Auch die Vergangenheitsbewältigung kommt zur Sprache. Jetzt führt Roennekamp das große Wort, mehrfach bekräftigt und bestätigt von Witte. Auch Roenne kann, bei aller manierierten Sherlock-Holmes'schen Kälte, seine Empörung nicht ganz verdecken. Sie gilt der Geschichtsfälschung, die mit einem offenbar universellen Einverständnis »von Krethi bis Plethi« im Gange sei: Es gehe dabei gar nicht darum, ob und daß kein einziger Deutscher jemals ein Nazi gewesen sein will, obwohl die Zahl der ehemaligen Parteimitglieder mit dieser Behauptung in »jeradezu bröllendem Widerspruch« stehe; das, sagt Roenne, sie nur zu durchsichtig ein Akt der Feigheit und Charakterlosigkeit, mit einem Wort, des Opportunismus, daran glaube ohnehin keiner.

Tatsächlich eine historisch irreführende Fälschung; Anlaß dazu gegeben – und wenn man wolle, sogar eine Entschuldigung dafür – habe die Darstellung des Nationalsozialismus als Verkörperung alles Bösen und Unmenschlichen von vornherein. Anfangs habe der Nationalsozialismus sich keineswegs als verbrecherische Bewegung ausgenommen. Im Gegenteil: voll der Verheißung. (Witte: »So ist es!«) Die Gewalttätigkeiten der Anfangszeit lagen in eben der Zeit. Die Epoche habe *a priori* zur Gewalttätigkeit geneigt. Also waren prügelnde und marodierende SA-Banden Ausschweifungen eines Rowdytums, das potentiell in jeder menschlichen Gemeinschaft lauert und damals eben besonders virulent geworden war. Wenn die Gewalttätigkeiten mit dem unverhohlen hämischen Einverständnis vieler stattgefunden haben, so war das einer allgemeinen Verrohung und Verbitterung durch die Nachwirkungen des Ersten Weltkrieges zuzuschreiben, der Zusammenbruch war damals, nach 1918, viel erschütternder als der nach 1945. »Damals, nach dem Schock des ersten Völkermordens, war eine alte Ordnung von Grund auf zerstört.« (Einwurf Wittes. »Sehr wahr! Der Bürger war total disorientiert.«) »Während der Zwischenzeit von 1919 bis 1939« (Anmerkung: John bezeichnet diese Jahre als Waffenruhe in ein und demselben Konflikt) »ist nichts Stabiles hergestellt worden, im Gegenteil: alles noch lädiert Weiterbestehende wurde des letzten Restchens Glaubwürdigkeit beraubt.« (»Glohbwördigkät berohbt«.) Wieder ist Witte einverstanden: »Das deckt sich vollkommen kongruent mit dem, was ich immer sage.« »Daß in einer solchen Epoche der Unsicherheit und der Um- und Entwertung aller Werte«, fährt Roenne fort, »das Versprechen von Ordnung zünden mußte, liegt auf der Hand, gleichviel, wer diese Ordnung herzustellen vorgab. Die Roten taten das freilich nicht, im Gegenteil, die weitere Zerstörung des alten kapitalistischen Systems stand ja auf ihrem Programm. Also blieben doch nur die konservativen Kräfte.« (Witte: »Wie ja auch heute!«) Mit der Diabolik, die jeglicher politischen Manipulation zugrunde liegt, meint Roenne, habe die NSDAP verstanden, selbst die Ausschreitungen ihrer Schlägertrupps als Dienst an dieser Ordnungsherstellung zu präsentieren.

Roenne verwahrt sich schneidend ironisch gegen den Verdacht des ideologischen Mitläufertums: »No, Sie könn' sich wahrscheinlich vorstellen, daß ich känerläh Anlaß hatte, die Nazis zu lieben – obwohl« (koketter Seitenblick zum Grafen Lentzau-Wilmersbüttel, Mutter 'ne Timermann mit einem M) »besonders bei der SS ja ganz prachtvolle Burschen in die schmucksten Uniformen änjähklähdet waren...« (Allgemein taktvoll unterdrücktes verständnisvolles Schmunzeln: wo die Locke den Mann macht, muß man die Wahrheit flöten.) Aber Roennekamp fährt mit einem plötzlichen Umschwung zu intellektuellem Ernst fast leidenschaftlich fort: »Was man heutzutage unterschlägt« (»unterschlehcht« – indes Roennes Engagement läßt auch sein knolligstes Baltisch vergessen) »ist das unwiderstehlich Verführerische, das der Nazismus in seinen Anfangsstadien an sich hatte. Das Zeitgemäße.« Roenne spricht jetzt mit der messerscharfen Klarheit des Meisterdetektivs, der einen Fall analytisch aufdeckt. Gefesselt verfolgen seine Zuhörer das Niederklappen und Zurechtrücken seiner Schneidezähne. »Die Nazis hatten, neben ihrem schwachsinnigen Parteiprogramm, das ohnehin nur aus einem halben Dutzend kaum verständlicher Slogans wie ›Brechung der Zinsherrschaft‹ und dergleichen Unsinn bestand, für jegliche Strömung der damaligen Zeit ein Segelchen aufgespannt. Indes gänzlich unabhängig von ihnen lag die Verheißung einer neuen Welt ohnehin in der Luft. Auch die Bolschewiken versprachen ja eine solche. In diesem allgemeinen Wuchern der Ideologien und Utopien segelten die Nazis voll aufgetakelt für alle Winde: voran dem des Wunsches nach Lebensreform in jeder Hinsicht, von der Gesundheitssandale bis zum Teutonismus, vom Kartenlegen bis zur Phrenologie, von der Autosuggestion nach Methode ›Coué‹ bis zu Sylvio Gesells ›Schrumpfgeld‹. Alles und jedes sollte – und wollte – reformiert, umgedacht, erneuert worden –: das war nicht etwa von oben ins Volk befohlen« (Witte: »Ebent. Niemand hat uns das damals aufdoktriert!!!«), »sondern lebte und weste in jedermanns Gemüt. In jedem einzelnen war die Lebenserwartung und Zukunftshoffnung der Epoche virulent. Und bei allem offenbaren Trend zum Mystischen und Arkanen in dieser Zukunftsbeschwörung war der Glaube an die rationalistisch fortschrittliche Technik unerschüttert. Sie, vor allem, die Technik, würde die Menschheit aus der Fron der bisherigen blinden Arbeitssklaven befreien.« Roenne wird lyrisch. »Es ist heute fast unmöglich, nachzufühlen, wie stark diese Zuversicht auf eine neue Weltzeit damals war. Heute hegen wir ja keinerlei Hoffnung mehr. Im Gegenteil: Wir sehen tiefschwarz in die Zukunft. Besonders das, was uns die Technik verheißt, ist ja bedrohlich. Selbst Optimisten leben heute auf morgen zu wie auf der Fahrt durch einen Tunnel: möglicherweise kommen wir daraus heraus, aber abzusehen ist's nicht. Das war damals in den Jahren nach 1918 gänzlich anders; und das müßte man den armen Spießern, die dem Trommler Adolf Hitler folgten, zugute halten. Die sogenannte Weltanschauung der Nazis, ihre Philosophie und Ideologie war gespickt mit Versprechungen, die allen Bedürfnissen der armen Schlucker entgegenkamen. Weil sie darbten in der Not der Inflationszeit, als Deklassierte, als Ausgeplünderte, als Arbeitslose, als Hungerleider – und zwar als geistig Hungernde, denen die herkömmlichen Ideen nichts mehr sagten – wollten sie teilnehmen an der Herstellung einer neuen Wirklichkeit, aus welcher die ewige Ungerechtigkeit, das ewige Leid der Welt ausgeschlossen war.«

Roenne wendete sich jetzt direkt an mich: »Sie, mein Lieber, und Ihre jungen Freunde, vor allem Ihr brüderlicher Spezi Nagel, habt ja in euren Zusammenkünften im Gartenhaus unseres Gastfreundes hier auch an allerlei utopistischen Modellen herumgebastelt. Und wenn das – verzeihen Sie! – geradezu rührend hinfällig gewesen ist, so kam das nicht allein aus der Hoffnungslosigkeit nach der entsetzlichen Enttäuschung, die jeder Deutsche, ob Nazi-Anhänger oder nicht, mit dem Zusammenbruch der allgemeinen Heilserwartung nach 1945 erleben mußte. Es kam auch das aus dem Zeitgeist. Nicht nur das deutsche Volk, die ganze Welt, die Zeit war weißgeblutet. Um etwas Neues aus der deutschen Trümmerwelt herzustellen, dazu wart ihr zu anämisch. Wie alle Welt rings um euch. Es fehlte euch nicht an nobler Absicht und selbst nicht an Geist, sondern an zeitgeistigem Impuls. Es war der Zeitgeist des noch jungen Jahrhunderts gewesen, der seinerzeit wie eine Bogensehne den Pfeil des Nationalsozialismus abgeschnellt hatte; und ob der Pfeil auch giftig gewesen war und ins Auge des Schützen gegangen ist, die Kühnheit, die Verwegenheit im Kern der Ideologie hatte etwas Mitreißendes. Sie werden sagen: ein mißverstandenes, bis zum Überkippen gesteigerter, zynischer Nietzeismus. Zugegeben. Ein Ideenfeld, zu dem der Zutritt lebensgefährlich ist. Aber aus erzabendländischen Quellen gespeist: aus dem Bedürfnis nach höchster geistiger Ordnung und Läuterung. Ausgedrückt, wenn Sie wollen, schon im damals weitverbreiteten Wunschdenken an ein Wiederaufleben des Ordenswesens – das, was Ernst Jünger und Hermann Hesse gemeinsam haben: der Traum von einer Selektion am höchsten entwickelter Geister, die alle abendländische Geistigkeit alchimistisch zu einem essentiellen Concokt zusammenbraut, aus dem der Stein der Weisen zu fällen wäre. Eine mönchisch lebende Elite von bislang unerreichter geistiger Freiheit« (Einwurf Wittes: »Richtig! Stimme ich hundertprozentig bei!«), »die allerdings« (Roennekamps rasiermesserscharfe Detektivlippen zipfeln sich fein sarkastisch, die Zähne bleiben gehorsam an ihrem Platz) »– und das deckt den Pferdefuß des Nazi-Denkens auf – eine Elite, die auf allen Machtanspruch verzichtet. Das war freilich bei den Nazis nicht der Fall.« (Witte kleinlaut: »Kann man wohl sagen!«) »Doch selbst im unverhohlenen Machtstreben – das heißt: in der Auffassung von Macht als Notwendigkeit im Dienst eines Ethos, steckte eine Lockung, der schwer zu widerstehen war. Der einzelne im Ansturm der Masse: das war die Situation. Sie war zu verteidigen gegen die Auflösung der Individualität im Zerrspiegel des Leninismus. Die Nazis haben etwas Kühnes unternehmen wollen: die Rettung des Individuums im Sozialismus.«

Wittes Schwester räuspert sich wie um anzudeuten, daß der monologistische Vortrag eines einzelnen auf die Stimmung des geselligen Beisammenseins drückt.

»Und das Entscheidende dabei«, fährt Roenne baltisch unbekümmert fort: »Was die Vorläufer der NS-Ideologen von jener plumpen Auffrischung urchristlicher Ideen im Massenzeitalter unterschieden hat, war das Ästhetische. Selbst die Verheißung von

Ordnung, vom höchsten geistigen Rang der letzten Ordensritter bis hinunter zur trivialen Sucht nach dem politischen, moralischen Großreinemachen von Korruption und Perversion, von jeder Art Andersdenkender, Andersartiger, all das hatte mehr ästhetischen als ethischen Charakter. Ästhetizismus war ein Grundzug des Weltempfindens der Epoche. ›Kraft durch Freude‹, ›Freude durch Schönheit‹ und so weiter – das waren von jedermann unterschriebene Leitsprüche – siehe die Choreographie der Massen in Moskau sowohl wie in Nürnberg: keulenschwingende Schönlinge und Maiden –: die neue Menschheit war blond, stark und schön. Dem Unschönen wurde die Lebensberechtigung abgesprochen. Daher auch das stille Einverständnis ziemlich aller mit der Judenvertilgung.« (Wieder Witte, stramm: »Jawohl! So ist es!«) Roenne fährt lächelnd fort: »Aber das sind Feinheiten, auf die der plattfüßig polemische Unverstand der gegenwärtigen Geschichtsausdeuter nicht eingeht. Dabei wird von beiden Seiten auf Fälschung hingearbeitet, von der anklägerischen der ehemaligen Kriegsgegner ebenso wie von der schuldableugnenden der Deutschen selbst: Beide prangern das Übel des Nationalsozialismus als ideologischen Entwurf an und nicht, wie's richtiger wäre, dessen Ausführung durch die schmutzigsten der mitgeschwemmten Geister. Hitler, Göring, Goebbels an der Spitze einer Pyramide von Verbrechern und Lemuren auf der Basis des schlimmsten kleinbürgerlichen Ressentiments – das ist nicht das einzige, was unter Nationalsozialismus zu verstehen ist. Und darum wünschte ich mir eine Korrektur der welt- und landesüblichen Auffassung: Nicht die Nazis waren schuld, sondern der große Feind aller Menschlichkeit: die Dummheit. Das deutsche Volk ist nicht von einer Gruppe verschwörerischer Bösewichter verführt worden wie die Kinder von Hameln vom Rattenfänger; vielmehr hat der deutsche Spießer mit seiner wohlbekannten Musikalität aus den sublimsten, giftigsten und verführerischen Flötenstimmen des Zeitgeists seine Marschmusik vertont und ist nach ihr im strammen Gleichschritt in sein Unheil marschiert. Ein Unheil, nebenbei« (mit einer beredten Handbewegung, die das Üppige der gedeckten Tafel umschreibt), »das sich ironischerweise ins Heil zu wenden scheint.«

Betretenes Schweigen der Tafelrunde: Wittes Schwester Wilma bricht es nach einer Weile mit dem spröden Satz: »Ich glaube nicht, daß man Hermann Göring einen schmutzigen Geist nennen kann.« (Kavaliersdelikt: Kunstdiebstahl. Spricht doch für Feinsinn.)

* * *

Bericht aus Nürnberg:

> Urteilsverkündung. Obwohl jedermann weiß, wie die Urteile ausfallen werden (weitaus wichtiger für die Bedeutung des Verfahrens wird die *Urteilsbegründung* sein), ist die Spannung auf dem Höhepunkt. Alle Sicherheitsmaßnahmen sind verdoppelt. Jeglicher Aus- und Eingang des Fürther Gerichtsgebäudes ist von schwerbewaffneten Einheiten bewacht. Der Fürther Justizpalast ist als Festung für einen Angriff der unbewaffneten Hunderödem-Deutschen gewappnet. Die Kernzelle, der kleine Verhandlungssaal im Mittelpunkt des riesigen Wabenhauses, ist vollbesetzt mit VIPs aus allen Lagern. Die Angeklagten werden von ihren Gefängniszellen einzeln durch den vergitterten Laufgang eingeschleust wie Raubtiere in den Großkäfig einer Zirkusarena. Als erster kommt Göring. Er trägt die Kluft abgetakelter Lagerkapos und Gestapoleute: Ziviljacke zu weitausschweifender Reithose und Schaftstiefeln – der Anzug allerdings in einem festlichen Silbergrau. Das Rot der Generalfeldmarschallbiesen an den Schinkenbögen seiner Hosen ist blutig, die doppelreihige Jacke – wäre sie nicht so prallgefüllt – von Eintänzer-Eleganz; die Stiefel weich wie zum Krakowiak-Tanz. (Gespenstischerweise soll das die Tracht der Schwarzhändler werden, die Vernichtungslager überlebt haben.) Göring tritt so selbstbewußt auf wie nur je; er emaniert ganz unmißverständlich Ironie. Locker in spöttischer Erwartung schaut er zum Richtertisch ihm gegenüber, wo Engländer

und Amerikaner mit lässig übergeworfenen Talaren, die Franzosen in den Fledermausärmeln von Daumierschen Advokaten und die Russen in Feldblusen mit bügelbrettsteifen Achselstücken ihn anstarren wie ein giftiges Insekt. Lord Justic Lawrence erhebt sich, um das Urteil zu verlesen. Göring setzt sich die Kopfhörer auf, die ihn mit dem gläsernen Schnatterkäfig der Simultandolmetscher verbinden. Lord Justic Lawrence liest eine lange Formel, die in den Worten endet: *... condemned to death by hanging of the neck.* Die letzten Worte: *hanging of the neck* peitschen durch den totenstillen Raum. Göring zuckt die Achseln, zeigt auf seine Kopfhörer: Ein Fehler in der Leitung; der Urteilsspruch ist nicht zu ihm durchgedrungen. Einer der spiegelnd behelmten, parademäßig uniformierten Wächter am Angeklagtenstand macht sich mit Prätorianerpranken in weißen Baumwollhandschuhen daran, den Defekt zu beheben. Nach einigem Gefummel fordert er mit einer rüden Geste Göring auf, nun besser in die Hörmuschel zu lauschen. Lord Justic Lawrence wiederholt die Formel. Wieder schnalzen die Wörter *hanging of the neck* durch den dichtbesetzten Raum, in dem jedermann den Atem anhält; und wieder zuckt Göring, jetzt offenbar amüsiert, die Achseln: Er hört noch immer nichts. Grinsend übergibt er dem Prätorianer den Kopfhörer. Der ungeschlachte Bursche kniet mit rotem Kopf nieder und fummelt an den Drähten unter der Bank; übergibt dann dem unbotmäßig tauben zum Tod Verurteilten die Hörer. Ein drittes Mal wiederholt Richter Lawrence die Verurteilung: *»... condemned to death by hanging of the neck.«* Jetzt verzichtet Göring auf Ironie. Die Technik versagt noch immer, und als ehemaliger Flieger interessiert ihn der Fehler; er kniet sich neben den verstörten Prätorianer hin und fummelt seinerseits an den Leitungsdrähten. Während die Nerven aller Anwesenden am Zerreißen sind, verliest Lord Justic Lawrence mit olympischer Geduld noch einmal: *»... condemned to death by hanging of the neck!«* – und siehe:

Görings Eingriff hat geholfen, die Leitung ist hergestellt. Die Nachricht ist durchgedrungen, die Hörmuscheln haben funktioniert: Göring strahlt. Die Nachricht ist durchgedrungen: *Condemned to death by hanging of the neck!* Er reißt sich die Kopfhörer vom Schädel, knallt sie auf die Angeklagtenbank, macht auf der Stelle kehrt und verschwindet im Laufgang. Der nächste, bitte.

* * *

Ich stelle fest, daß ich einen Namen habe: Aristides Subicz. Subicz von der ledigen Mutter her; Aristides von einem der vielen potentiellen Väter. (Aristides Blanc, dem Betreiber der Spielbank von Monte Carlo? Auch ein Liebhaber der Mutter? Möglich. Jedenfalls ein enger Freund von John.)

*Übrigens: Johannes Schwab.* Fits also very well. *Ob ich mich dahinter verstecken kann, steht allerdings dahin.*

* * *

## Zu Hause

Aus einem Reisebericht des Grafen Karaczay aus dem Jahre 1821: Dieser zwischen der eigentlichen Moldau, dem Dnjester, dem Schwarzen Meer, der Donau liegende, zum Theil sanft gebirgige, meistens ebene, äußerst fruchtbare Strich Landes bildete eine Provinz und hieß Bessarabien. Der Hauptort war Kauschen (Kishinev), der Sitz eines Clans (Fürsten), der unter den Befehlen des Pascha von Bender stand. Bessarabien war vor der Invasion der Russen unter dem General Mayendorf im Jahre 1807 von den Buschkischen Tataren, welche im Jahre 1568 von der Wolga hierher kamen, bewohnt. Sie trieben einen einträglichen Ackerbau, besonders starke Viehzucht, und waren durch ihre Redlichkeit, Gutherzigkeit und Tapferkeit bekannt.

Das Land hat in der warmen Jahreszeit Mangel an Wasser, die Thäler sind morastig, und mit Rohr besetzt. Waldungen gibt es keine, nicht einmal Gestrüpp, und ein strauchiges Gras, Burian genannt, wird geschnitten, getrocknet und eingeführt zum Brennen, ebenso das Schilfrohr. Der Winter ist sehr hart.

Russland hat dieses Land unter dem allgemeinen Nahmen Gouvernement von Bessarabien seinem Reiche einverleibt, und die kleine Stadt Kischinev unweit Dübossar, beynahe in der Mitte des Landes gelegen, ist der Sitz der Regierung. Bessarabien grenzt an die valachische Moldau, stellt trotz der Trennung durch den Pruth damit einen rumänischen Landstrich dar und wird von griechischen, von den Türken eingesetzten sogenannten fanariotischen Fürsten verwaltet. Das Landvolk der Moldau ist körperlich wohlgebaut. Die Männer tragen leinene Hemden, lange Beinkleider und einen breiten ledernen Gürtel; im Sommer einen weißen oder schwarzbraunen Überrock von einem Tuche, das ihre Weiber zubereiten; im Winter den Schafspelz. Das Haar wird am Kopfe kurz abgeschnitten, und eine sackartige Lammfellmütze ist die gewöhnliche Kopfbedeckung. Regnet es, so nimmt er die Mütze und steckt sie zwischen sein Hemd und den Magen, wo er oft seine Mahlzeit, die durchgehend aus einer Art Polenta von Maismehl (MAMALIGA genannt) besteht, aufbewahrt, und zieht dann die Kaputze seines Überrocks über den Kopf. Der Anzug der Weiber besteht im Sommer oft in einem bloßen Hemde, einem weißen Tuch auf dem Kopfe, und leichtem Gürtel. Zuweilen vertritt eine um die Lenden befestigte, meistens schwarzwollene gestreifte Schürze die Stelle des Unterrocks. Diese Schürze wird manchmal durch einen bunten, meist hellroten schmalen wollenen Gürtel befestigt. Das Hemd ist lang, denn es geht beynahe bis an die Knöchel herab, sehr eng und von ziemlich feinem, aus gut gedrehtem Garn zu Hause verfertigtem, oft der Zierde wegen streifweise mit baumwollenen oder seidenen Fäden durchschossenem und sehr schön gebleichtem Leinen gemacht, und immer etwas, oft aber sogar reich gestickt. Ein ungesticktes Weiberhemd existiert beim Landvolk nicht. Die Stickerei ist von Seide, zuweilen sind auch gesponnenes Gold und Silber, oder auch Glasperlen eingearbeitet. Die Hauptstickerei ist auf beyden Achseln angebracht und immer wenigstens eine Hand breit. Überdies laufen zwey Streifen rechts und links längs dem ganzen Hemde herab und an den Ärmeln befinden sich oft noch viele gerade und schräge Stickereien, häufig auch rothe und blaue Blumen. Das weiße Tuch auf dem Kopfe ist noch feiner als das Hemd. Es ist das Meisterstück ihrer weiblichen Handarbeit, meistens weiß, öfters auch mit Farben gestickt, oft sehr geschmackvoll mit eingearbeiteten Verziehrungen an den Rändern geschmückt; die Art, wie sie dieses Tuch ohne Spiegel, und sogar ohne Stecknadel auf dem Kopf zu falten wissen, macht ihrem Geschmack wirklich Ehre. Es hüllt den Kopf mehr oder weniger nonnenartig, aber ohne Spannung, ohne Zwang ein, hängt etwas herab, und ist vorne am Hals bis zur halben Brust in einer Menge artiger Falten geschlagen, deren Enden wieder gewöhnlich auf der linken Schulter liegen. So sieht man Weiber und Mädchen zur Kirche und zur Stadt kommen, so sieht man sie auch auf dem Felde arbeiten. Manche tragen, besonders wenn das Wetter kälter ist, eine Art Weste ohne Ärmel von einem hellen Seidenzeuge, gewöhnlich an dem Saume mit schmahlem Pelzwerk verbrämt. Gegen diesen wirklich reizenden Anzug stechen die nackten Füße auffallend ab, vorzüglich wenn es kothig ist. Nur an Festtagen und im Winter ziehen die Weiber Stiefeln von gelbem starken Maroquin an.

Die Tracht der Männer von hohem Range ist äußerst kostbar und durchaus orientalisch.

Das Haupt trägt der Moldauer und Grieche glatt geschoren, und zuvörderst mit dem rothen türkischen Käppchen bedeckt. Sein Unterkleid ist von kostbaren Seidenstoffen, und der weite Talar, mit offenen, nur bis zu den Ellenbogen reichenden Ärmeln, vom feinsten englischen Tuche, oder von kostbaren persischen Wollen- und Seidenzeugen.

Auf dem Unterkleide trägt er einen echten Schawl, von 100 bis 200 Ducaten im Werthe, als Gürtel, und hat ihrer wohl Dutzende zur Abwechslung.

Den Kopf bedeckt eine den türkischen Turban vorstellende

leichte wulstige Mütze von grauen Lämmerfellen, sehr oft aber auch ein ganz turbanähnlich um den Kopf gewundener Schawl, um sich wenigstens in einiger Entfernung für einen Türken halten zu lassen. Scharlachrothe türkische Beinkleider und gelbe Pantoffeln von Maroquin, mit Sohlen von eben demselben Leder, vollenden den Anzug. Die Liebe zur Kleiderpracht scheint groß zu sein, und ein vornehmer Bojar zeigt sich wohl in einem Tage in zwey bis drey verschiedenen Ober- und Unterkleidern, wovon eines das andere an Reichtum übertrifft. Kostbare Pelzwerke, meistens Zobel, werden von den Reichen nur im Winter getragen; dagegen trägt der Mann vom Adel zweyter Klasse das ganze Jahr hindurch meistens ein seidenes, mit Hermelin gefüttertes, und sehr breit ausgeschlagenes orientalisches Oberkleid mit kurzen Ärmeln.

Das weibliche Geschlecht hat ein feuriges lebhaftes Temperament; es ist sehr empfänglich für die Eindrücke der Liebe, und hängt mit der glühenden Leidenschaft an dem geliebten Gegenstande; kein Opfer ist ihm zu theuer, um sich seine Zärtlichkeit zu erhalten. Allein, man würde sich sehr irren, wenn man diese hohe Energie des Gefühls für eine Quelle von Verirrungen der Sinne und Ausschweifungen halten wollte. Diese zärtlichen und leidenschaftlichen Geschöpfe besitzen im Gegentheil einen außerordentlichen Grad von Zurückhaltung. Wenn ihre Seele noch so heftig erschüttert ist, so behält doch ihr Äußeres immer einen Anschein von Ruhe und Würde bey, und die ängstliche Bescheidenheit leitet alle Ihre Handlungen. Befinden sie sich dagegen mit dem Geliebten unter vier Augen, so überlassen sie sich desto heftiger dem Sturm ihrer lang verhaltenen Leidenschaft.

In den höchsten Ständen findet man Personen von den feinsten Sitten. Die französische Sprache ist Männern und Damen geläufig; viele sprechen selbst deutsch, und mancher Bojar besitzt nicht unansehnliche Büchersammlungen.

* * *

Onkel Ferdinand spricht über die letzten Dinge:
»Also aus der Physik ist uns ja das Gesetz der Erhaltung der Materie bekannt. Nun kann man sich fragen, was alles in den Begriff ›Materie‹ zu fassen ist und was nicht. Wasser ist Materie, auch wenn's zu Dampf wird. Jedes Gas ist noch Materie, und selbst wenn's noch so flüchtig ist, quantitativ erfaßbar. Das läßt immerhin die Annahme zu, daß vollkommen entstofflichte Stoffe, um's so zu nennen, auch in begrenzten Mengen bestehen, die erhalten bleiben, gleichviel, ob sie dermaßen unstofflich sind, daß eine Messung mit den uns zur Verfügung stehenden Mitteln nicht vorgenommen werden kann. Ich spreche von der Seele. Das ist ja auch in unserem christlichen Glauben eine Substanz, die dem lebendigen Körper innewohnt und ihn verläßt, wenn er abstirbt. Das kann man nicht nur auf den Fresken in unseren Klosterkirchen sehen, es kommt auch darin zum Ausdruck, daß in ganz frühen Zeiten auf Grabstätten an der Kopfseite der Gräber nicht Kreuze, sondern Pfähle, hohe Holzpfähle und später erst steinerne Stelen aufgestellt worden sind, damit die dem Körper entfliegende Seele sozusagen erst einmal aufbaumen kann – also tatsächlich hat man dahinter auch Bäume gepflanzt, wie als ob die Seelen wie Vögel darin einfallen würden. Man hat den Eindruck, die Seele eines soeben Verstorbenen müsse sich erst ans neue Element der Freiheit gewöhnen, nachdem sie den Käfig des Körpers verlassen hat, ich meine: sie kann sich nicht so mir nichts, dir nichts davon entfernen, viele können das ja wirklich nicht gleich, die flattern noch Jahre und Jahrzehnte und manchmal sogar Jahrhunderte in der Gegend herum, wenn man den Spukgeschichten glauben will, die einem erzählt werden, aber Zeit spielt ja bei denen keine Rolle. Die können so lange spuken, bis wir selbst Spukgestalten geworden sind. Also mir selbst ist noch nie ein Gespenst begegnet, wenn ich von meiner ersten Gattin absehe, aber da war sie jedenfalls noch am Leben, wenn auch wirklich zum Erschrecken. Aber von Putzi Cottolenghi heißt es, daß er tatsächlich noch jahrelang nach seinem Tod umgegangen ist, sie haben das

Haus verkaufen müssen, einen der schönsten Paläste von Ferrara, er soll sich da unerträglich aufgeführt haben, er war ja schon zu Lebzeiten mit der gesamten Familie zerstritten und sie haben eine Stinkwut auf ihn gehabt wegen der Erbschaft – oder vielmehr: wegen keiner Erbschaft, weil er ja alles durchgebracht gehabt hat. Trotzdem aber glaub ich nicht an Spiritismus und solchen Humbug wie du das von deinen Wiener Verwandten erzählst und wie es auch in Wien die Nostitz betrieben hat und weiß Gott wer noch alles aus der Gesellschaft auch anderswo. Die sind alle auf die Blavatzky hereingefallen, und das war eine aufgelegte Hochstaplerin, das ist ja inzwischen erwiesen. Aber was ich sagen wollte, ist dieses: Es kann ja nicht sein, daß alle die Seelen von Verstorbenen sich so einfach aufsummieren, also das muß man sich einmal vorstellen: seit die Menschheit besteht, also seit Jahrmillionen, wie man jetzt wissenschaftlich feststellt, sollen da die Seelen die Körper verlassen und frei in den Raum eingehen, Milliarden und Abermilliarden von Seelen – also bitte sehr, selbst wenn das kein meßbarer Stoff ist, keinerlei Materie, irgendwas ist es doch, was da frei wird und sich dann noch irgendwie akkumuliert. Unsere Kirchen lehren uns, daß die Seelen erst durchs Fegefeuer und dann in den Himmel oder in die Hölle geht, auch das ist ja auf den Fresken unserer Klosterkirchen und überhaupt in der primitiven Kunst sehr anschaulich geschildert; aber selbst wenn man sich das Gottesreich – ich meine das jenseitige, ja? – unendlich denkt, scheint mir da doch ein kaum glaubwürdiges quantitatives Mißverhältnis vorzuliegen. Und irgendwoher muß das Zeug doch kommen, es kann sich doch nicht von Ewigkeit zu Ewigkeit aus sich selbst erneuern – versteh mich recht: denkbar ist das schon, sogar sehr lustig: es wäre ja das wirkliche *perpetuum mobile*: eine Energie, die sich unablässig aus sich selbst gebiert, allem Lebewesen eingehaucht wird und sich daraus befreit. Aber nicht nur, daß ja eben das die Vorstellung von etwas ursprünglich Vorhandenem heraufbeschwört, sozusagen eine Urmaterie des Stofflosen – ich will nicht gleich sagen GOTT, das wäre ja frevelhaft, der Schöpfer steht ja sozusagen außerhalb und schaut sich selber zu – eben das, meine ich, spricht dagegen, daß das geradewegs aus dem Nichts entsteht und immer mehr und mehr und mehr wird, wieder ins Nichts hinaus... also das wäre ja geradezu ein gotteslästerliches Bild vom Schöpfer als kreatives Nichts, das will ich nicht sagen. Im Gegenteil, ich halte Gott für einen außerordentlich ökonomisch vorgehenden Ingenieur, jedenfalls war seine Schöpfung, also die Natur betrifft. Da geht doch alles aufs Minuziöseste ineinandergreifend in einem ständigen Kreislauf vor sich – ja, bitte, bitte, nimm dir noch von dem Cognac, ich muß dich schließlich nicht jedesmal dazu auffordern oder dir gar was einschenken, dazu steht er ja da – oder willst du lieber von dem Calvados, der ist sehr gut, den hab ich von den Fégonsac – nein danke, für mich nicht mehr... Also eben diese Beobachtung – ja? –, daß alles in einem ewigen Zyklus miteinander läuft, nichts verloren geht, alles seinen Sinn erfüllt, also das hat mich auf den Gedanken gebracht, daß das auch mit der Substanz – wenn man so sagen will – unserer sogenannten Seele der Fall ist: Ich meine, die Inder stellen sich das ja so vor, in der Metempsychosis, also der Seelenwanderung, oder Wiedergeburt oder wie du willst. Sie sehen das einfach so: Die mit dem Absterben freiwerdende Seele bleibt eine Weile unbehaust – aber Zeit spielt wie gesagt in jenen Dimensionen keine Rolle – bis sie wieder in irgendeinen anderen Körper schlüpft. Also ich bin der Ansicht, das stimmt. Aber man beachte: natürlich nicht in irgendeiner nachweisbaren Gestalt, also zum Beispiel die von Putzi Cottolenghi, der schließlich, nachdem er ausgespuckt hat, um seine Familie zu ärgern, als Dackel seiner Nichte oder irgendwas dergleichen wiedergeboren wird, oder vielleicht meine erste Frau, Gott hab sie selig! als Operettensoubrette, das hat sie sich nämlich immer gewünscht. Sondern eben als Substanz, als Teil der großen Substanz des Beseelenden, deren Menge so erhalten und in den ewigen Kreislauf eingeschaltet ist. Das erklärt ja vieles, zum Beispiel, daß heute, wo es ja millionenfach mehr Menschen auf der Erde gibt als in den Vorzeiten, auf den einzelnen weitaus weniger von der Substanz zu kommen scheint als früher. Dazu braucht man nur an einen Wüstenpropheten im Vergleich zu – also, sagen wir: meinem Verwalter – denken, der ja ein sehr tüchtiger Mann ist – natürlich stiehlt er, das tun sie ja alle – aber menschlich doch einfach ein Knote, und überhaupt alle miteinander, wo du auch hinschaust, ein jämmerlicher Haufen, heutzutage. Aber das verführt natürlich zu der Fehlannahme, weil's damals nur wenig Menschen auf der Welt gegeben hat, hätte jeder einzelne automatisch mehr menschliche Substanz mitbekommen als unsereiner, also müßte der Neandertaler, zum Beispiel, ein sehr viel wertvollerer Mensch gewesen sein. Da gibt's freilich Unterschiede, es ist ja nicht alles gleichmäßig verteilt – also wenn du schon müde bist, so geh halt schlafen, es ist ja erst – wieviel Uhr ist es? halb vier? – ja, also wenn du schon ins Bett mußt, so geh halt...

Anmerkung:
Über den Verbleib Onkel Ferdinands ist nichts in Erfahrung zu bringen. Fest steht einzig, daß er 1940, als durch den Stalin-Hitler-Pakt Bessarabien an die Russen abgetreten werden mußte – Aristides war damals rumänischer Soldat und hat sich mit seinem Regiment über den Dnjester abgesetzt – der Fürst sich weigerte, sein Haus und seine Besitzungen zu verlassen. Man nimmt an, er sei von den Russen in ein Lager möglichst weit weg, vermutlich nach Sibirien, verschleppt worden. Selbst John gelang es nicht, Bestimmtes über sein Geschick zu erfahren. Aristides für sein Teil macht sich, nach Bukarest zurückgekehrt, die Unklarheit über seine Herkunft zunutze und bleibt, dank Stellas und Johns Beziehungen, vorläufig demobilisiert für eine Weile dort, bis es gelingt – um ihn aus dem Krieg herauszuhalten – ihn nach Berlin abzuschieben. (Stellas Rolle in Bukarest: Rumänische Jüdin, aber mit dem englischen Diplomaten John verheiratet; muß nach Eintritt Rumäniens in den Krieg auf seiten Deutschlands Bukarest verlassen. Bald danach der wahnsinnige Versuch, A. in Berlin zu treffen.)

* * *

Trivia:
A.'s Verhältnis zum Geld: Nach der bitteren Kargheit seiner Wiener Bildungsjahre unter der Obhut seiner Verwandten lernt er von Stella, Geld bedenkenlos auszugeben; widerstandslos verfällt

er der frivolen Verschwendungssucht des Milieus seiner Kindheitstage, schert sich ebensowenig um den relativen Wert des Geldes wie um dessen Herkunft. Er verliert es auch beiläufig, ebenso wie seine Mutter Schmuckstücke verlegt und verloren hatte. (Eine Kindheitserinnerung: John wirft der schönen Maud eine Perlenkette in den Schoß. *»Here's something to lose for you.«*) Anschließend vielleicht eine Betrachtung über Geld als gegenwärtige Gottheit: Die einzig wahre Religion des Abendlands. Bestimmt unser Leben im gleichen Maß wie etwa im 14. Jahrhundert der Glaube. Jedes Vergehen an Geld ein Frevel, der härter bestraft wird als irgendein anderer.

Silvio Gesells »Schrumpfgeld«: Kann darüber in Nagels Gartenhaus gesprochen worden sein?

* * *

Handschriftlich:
...was Scherping aufbringt, ist das landläufige Mißverständnis, bewirkt durch mein unglückselig plumpmächtiges Äußeres. (Aber ist das so gänzlich vom »Eigentlichen« zu trennen? Und was wäre jenes?) Carlotta nennt mich »der Starost«. Das ist fehlgesehen: mir fehlt das Dämonische. Treffender, wenngleich allzu poetisch, sieht das die »Tante«: Der Wasserspiegel eines Moorteichs: nichts verrät, wie tief oder seicht er sei. Allerdings weiß ich, was ich dem schuldig bin: Ohne das geringste zu tun, gelingt's mir, mich zu dramatisieren. Es fehlt ja schließlich nicht an Quälendem, ich brauche die Schleusen bloß anzuheben und es schlägt argmächtig über mich hin. Um halbwegs mit heiler Haut davonzukommen, muß ich die Bestie in mir mobilisieren: die »Wolfsnatur«, die ich A. zuspreche: der schiere tierisch niedrige Überlebenswille. Der zerrt mich am Ende aus der schäumenden Verzweiflung, rettet mich – aber nur allzu zuverlässig. Also lege ich da einen Schwindel an, dem ich selbst auf den Leim gehe: Eine kalt gestillte Verzweiflung, die sich in Szene setzt, um dem Hysteriker in mir ein Spielfeld zu bereiten, auf dem er nicht in unmittelbare Gefahr gerät, in sich selber abzustürzen. (A.'s ironi-

sches Lächeln und Achselzucken als gar nicht so unerfüllbare Wunschvorstellung.) Immerhin ist die Einsicht darein irritierend genug, um mich zur nächsten Theke zu treiben. (Einschneidenstes Fronterlebnis: eine Flasche Cognac unter Stalinorgel-Beschuß.) Von mir selber befreit bin ich paradoxerweise nur dann, wenn ich – wie hier – mich auf dem Papier aus mir herausprojiziere.

* * *

Nagel begegnet Gott (aus seinem Roman »Kraterland«)

...

Sie streichelte meinen leeren Ärmel: »Du spürst aber noch im Armstumpf, daß du eine Hand mit Fingern daran hattest?« Die Genauigkeit, mit der sie sich ausdrückte, paßte zu ihrem slawischen Akzent.

»Ja«, sagte ich. »Ich spüre sie so, als könnte ich sie bewegen, wenn sie noch dran wären.«

»Und wenn du an die Muttergottes denkst, spürst du nicht auch noch etwas von dem, was du als Kind für sie gespürt hast?«

»Ljubenka, ich bin Protestant. Lutheraner. Das heißt. Ich war's. Heute bin ich auch das nicht mehr.«

Ein Schatten ging über ihr Gesicht. Leise fragte sie: »Und Gott? An Gott hast du doch geglaubt, bevor er, wie du sagst, dir abgeschossen wurde?«

»Leider ist er mir abgeschossen worden. In Salven, bei denen nicht nur mein Arm, sondern auch einige hundert SEINES auserlesenen Volkes mit draufgegangen sind.«

»Und Jesus Christus? Glaubst du an seine Liebesbotschaft?« Ihr Haar war rührend blond.

»An Jesus Christus glaube ich als Revolutionär. Führer in einem Armenaufstand. Wie Gandhi.«

»Und sein Leiden für uns alle? Sein Kreuzestod?«

»Auch Gandhi ist ermordet worden.«

»Du glaubst nicht, daß der Heiland durch seinen Tod die Schuld von uns genommen hat?«

»Hat er das? Ist es das, was euch eure Pfaffen erzählen? Sollten sie euch nicht lieber lehren, in seiner Kreuzigung die aller Menschheit innewohnende Bestialität zu sehen, gegen die es kein Mittel gibt –«

»Außer an Gottes Barmherzigkeit zu glauben«, flocht sie still ein.

»Gottes Barmherzigkeit?! Wo kommst du her, Mädchen? Hast du das Massengrab vergessen, in dem deine Eltern und Geschwister lagen? Den Bagger, der es zuschaufelte, und du wußtest nicht, ob sie wirklich tot waren?«

Ich war schonungslos. Ich wollte ihr Schmerz zufügen, weil's mir die Brust zerriß. Ich scherte mich nicht um die Tränen, die ihr über die Wangen liefen. Je blasser ihre Lippen wurden, um so schmerzlicher wollte ich sie verletzen: »Gottes Barmherzigkeit, die zuläßt, daß ein Wahnsinniger Millionen ins unvorstellbare Elend und ins jämmerliche Verrecken treibt. Schau doch einmal um dich! Ist es nicht schon zwei Jahre her, daß der Krieg zu Ende ging und Gott schaut zu, wie sich die Bäuche der Neugeborenen von Hungerödem blähen. War das der Sinn des Opfertodes seines eingeborenen Sohnes? Das Kruzifix also ein Sinnbild für den Zynismus des Allvaters Schöpfer …«

Sie legte mir die Hand auf den Mund, zu sacht, zu zart als daß ich sie hätte wegschieben können.

»Sprich nicht weiter. Komm!«

Sie führte mich zu ihrem Bett. Auf einem Schemel, den sie als Nachttisch benutzte, lagen ein paar Bücher; eine halb niedergebrannte Kerze steckte in einem Trinkglas.

Mein unsinniger Zorn schmolz hin in der Süße ihrer Umarmung… irgendwann war mir's, als flüsterte sie an mein Ohr: »Gott ist barmherzig, glaub's mir!«

* * *

Trivia:
Die Augenbrauen in äußerster Konzentration gerunzelt, den Atem angehalten, mit der Zungenspitze in heikler Sensibilität an die Schneidezähne tastend – feilt er sich die Zehennägel.

Skizze:
Offizielles Diner bei Witte – nicht im Familienkreis, ohne Nichten und Großnichten, nur die Schwester als Hausfrau-Ersatz; dafür Kultursenator mit Gattin und ein Universitätsprofessor (gleichfalls beweibt), den Roennekamp, schwuler denn je im Auftreten (man hat den Eindruck, es müsse zischen, wenn man ihn anrührt), als bedeutenden Kunsthistoriker bezeichnet. A. erkühnt sich zu der Bemerkung, die Kunstgeschichte sei eine Disziplin, die, wenn man nicht gleich Worringer ist, außerordentliche Gelehrsamkeit mit der Bequemlichkeit verbinde, niemals einen eigenen Gedanken haben zu müssen. Er hat nicht damit gerechnet, daß der Betroffene ihn höre – was indes der Fall ist – und erntet einen entsprechend giftigen Blick. Für den weiteren Abend bleibt er, wie's für gewöhnlich seine Art und hier offenbar ratsam ist, einsilbig, bis Christa, die wie stets höchst unerwartet lebhaft wird, wenn sie Wein getrunken hat (Witte, ermunternd: »Nur zu, mein Kind, das ist ein selten guter Tropfen«), bei einem Gespräch über das Problem der Form, an dem ziemlich jedermann sich beteiligt, ihn – A. – auffordert, die Gedanken zu äußern, die er zu Hause an ihr geduldiges Ohr monologisiert. A., der inzwischen mit seinen Gedanken weit abgeschweift war, findet sich nicht gleich zurecht, wird alsbald vom Kunsthistoriker schneidend aufgefordert, doch zum besten zu geben, was er zum Thema »Form« zu sagen habe. A. verwahrt sich: Christa scheine da etwas anderes zu meinen: er habe nie über das Problem der Form in der Kunst gesprochen, von der er nichts verstehe (Einwurf des Professors: »Soso! Ich dachte…«), wahrscheinlich meine Christa das, was er in bezug zur gesellschaftlichen Situation in Deutschland nach 1945 gesagt habe. »Nämlich?« Nämlich einiges über das erstaunliche Trägheitsmoment hergebrachter gesellschaftlicher Formen, Schichtungen und Gruppierungen auch nach deren vermeintlicher totaler Zerstörung.

Er wird um Erläuterung gebeten. Es sei doch verwunderlich, sagt er, daß man heute, 1950, in Deutschland trotz aller Nivellierung, die schon der Erste Weltkrieg und gar der Zweite und die nachfolgende Hungerzeit bis 1948 in der Sozialstruktur bewirkt hatten, im gesellschaftlichen Prestige die gleiche Klassenstufung vorfindet wie um 1914, nämlich einen immer noch devot verehrten, wenngleich in die gesellschaftliche Stratosphäre entrückten Hochadel sowie einen gleichfalls hochgeschätzten hautnäheren Adel, ein desavouiertes und desorientiertes, mit schlechtem Gewissen standesbewußtes Bürgertum, dafür aber die Masse nur um so selbstsicherer Kleinbürger. (Hier wirft Christa, schon ziemlich angesäuselt, spöttisch ein: »Mein Mann versteht ja besonders viel von den höchsten Kreisen, in denen er aufgewachsen ist.« Wird von Witte galant ergänzt: »– und hat auch in sie eingeheiratet. Prost, meine Liebe. *In vino veritas!*«)

Roennekamp bemerkt geschmeidig, auch das Wunder des deutschen Wiederaufbaus überlieferter gesellschaftlicher Strukturen, so anachronistisch sie auch seien, erkläre sich aus der nationalen Tüchtigkeit im Wettbewerb – vor allem im übertreibenden Nachahmen.

Auch das will der Kunsthistoriker, ohne Gehör für Roennes Ironie, erläutert haben, und Roennekamp weist darauf hin, mit welcher Rapidität die Amerikanisierung hierzulande fortschreite, gleichzeitig aber auch der Hang, um jeden Preis Traditionen herzustellen. »Wenn Sie heute in ein Haus von Neureichen kommen, finden Sie an den Wänden jede Menge Familienporträts, wenn möglich angebliche Urgroßeltern aus dem 19. Jahrhundert. Bedauerlicherweise aber fehlt der Anschluß: die Großeltern und Eltern. Die bleiben obskur.« (Wittes Schwester räuspert sich.)

A. beobachtet Christa und spürt den Wunsch, ihr ihre höhnische Bemerkung heimzuzahlen: »Wenn meine verehrungswürdige Frau Gemahlin die Güte hätte, mir gelegentlich aufmerksam zuzuhören, so dürfte ihr das, was ich mit meinem Monolog über die Restauration der gesellschaftlichen Struktur hatte sagen wollen, nicht unbekannt geklungen haben. Ich meinte den ganz bestimmten Charakter dieser Wiederherstellung –«

Er wird unterbrochen von dem streitbaren Kunsthistoriker: »Sie wollen doch nicht im Ernst behaupten, die gegenwärtige Bundesrepublik wäre ein Ständestaat?!«

Nein, sagte A., er würde das auch nicht im Scherz behaupten

wollen, obwohl – wie in ziemlich allem heutzutage – damit paradoxerweise eine bedenkliche Wirklichkeitsnähe gestreift wäre. Interessanter als die Erscheinung selbst sei jedenfalls das, was sie hervorbringt – (wieder unterbricht ihn ein scharfes: »Nämlich?«) »Nämlich«, sagt er, »die Besonderheit, die dem Volkscharakter innewohnt wie einem Mineral dessen spezifische Form der Kristallisierung. Was immer die Deutschen an Struktur ausbilden – nebenbei: eine Binsenwahrheit – hat einen verräterisch eigenen Zug in der Handschrift –«

»Und das wäre?«

»Das Spießbürgerliche«, sagt A.

»Das Spießbürgerliche unserer Dome? Dürers? Riemenschneiders?« triumphiert der Kunsthistoriker höhnisch mit einem beifallheischenden Blick in die Runde, bedeutsam erweitert gegen den Kultursenator –

»Ich spreche von gesellschaftlichen Strukturen«, sagt A. (»Gehört Kunst nicht dazu?«) »Das Spießbürgerliche schießt das Grandiose nicht aus«, behauptet A. »Es kann sich durchaus dazu steigern – wie das bei Riemenschneider der Fall ist.« (Wittes Schwester empört: »Also, man höre doch so etwas!«... Auch sie sucht den Blick des Behördenchefs.) »Überdies«, sagt A., »sprachen wir von der Wiedergeburt – oder besser der Wiedereinrichtung von anachronistischen gesellschaftlichen Wertsetzungen, die, wenn sie auch anderswo noch ähnlich erhalten geblieben sind, in Deutschland nach 1945 besonders absurd erscheinen. Und zwar nicht nur, weil sie die schwachsinnigste, die kurzsichtigste, schädigendste Art der Trümmerverwertung ist.« – (Wittes Schwester: »Das ist ja reiner Kommunismus!«) – »Nein«, sagt A., »aber man muß versuchen, sich vorzustellen, was in einem Bürger der anderen, kommunistisch eingerichteten Hälfte Deutschlands jenseits der Elbe vorgeht, wenn er eins unserer illustrierten Wochenblätter zur Hand nimmt und den drei Seiten ausfüllenden Bericht von der Hochzeit der Prinzessin Ilsebill von Hüblingen-Kreutznach-Hinterstetten mit dem Grafen Wurmfried Wölflingen-Hassenroth überfliegt. Das ist doch in der Tat nicht mehr ernst zu nehmen – ich meine: von jemandem, der so nah in der heutigen Wirklichkeit lebt, daß er sie sehen muß, ob er will oder nicht – nicht wie unsereiner verblendet von den Augenauswischerei der amerikanisierten Medien.«

»Verblendet von anderen Augenauswischern«, korrigiert Roennekamp. »Übrigens darf nicht übersehen werden, daß die Herrschaften aus dem Gotha herhalten müssen, Reklame für eine Sektmarke zu machen.«

»Um so komischer ist es«, gibt A. zu. »Wenn's nicht zum Verzweifeln wäre.«

»Nun ja«, sagt Witte, »die alten Witzfiguren, Serenissimus und die Garde-Leutnants. Die waren ja damals schon degeneriert.«

»Nein!« protestiert A. heftiger als er beabsichtigt. »Das ist und war's nicht, was sie zu Modellfiguren komödienhafter Lebensferne macht. Wenn Törichtsein und gar schiere Dummheit komisch wären, kämen wir aus dem Lachen nicht heraus und dazu bräuchten wir nicht sie. Lächerlicher noch als komisch hat diese Chargen seit jeher das spezifisch Deutsche gemacht –: das Spießbürgerliche. Das Spießige selbst allerhöchster Herrschaften hierzulande: ihre eingefleischte Pompositāt, ihre Borniertheit, Weltfremdheit, ihre absurde Selbstbezogenheit. Und das aus der Eisnebelhölle der Nissenhütten ins Wiederaufbauwunder verschleppt. Nämlich als strukturelles Erbe.« Er wendet sich direkt an seinen Widersacher. »Uns fehlt eine kunsthistorische Epoche, verehrter Herr Professor. In den starren Formen des Barock haben wir uns überschlagen. Was uns abgeht, ist das Rokoko: die graziöse Form, sich darüber lustig zu machen…«

> Was rede ich da! Was kaue ich da für Wortbrei! Ich wollte Christa und ihrem Klüngel eins auswischen und bin wieder mal an ihr ausgerutscht, immer wieder Masturbation mit dem Ehepartner! Was lasse ich mich da in Kulturgeschwätz ein, bitte hören Sie nicht hin, Herr Senator, verfolgen Sie lediglich den Verlauf der Austragung und meine mutmaßliche Niederlage, auch Sie stellen sich der Situation vermutlich sportlich: das Gespräch (eine der Köstlichkeiten des Lebens, sagt Goethe) als Zweikampf-Zack,

zeigen wir's dem Kerl, wie sehr er unterlegen ist! Nicht ein Spiel, bei dem einer den Ball des andern auffängt und ihn wiedergibt, jeder Treffer ein Lohn für alle Spieler – wahrscheinlich ist der einzige, mit dem man reden kann, doch dieser Trunkenbold Schwab... Warum zum Teufel setze ich mich hier einem Examen aus, lasse mich abfragen wie ein renitenter Schüler – die Lehrer sind's ja, die den Spießer in diesem Land hervorbringen, die ingezüchtet eingeborenen Oberlehrer –

Eine Kriegserinnerung: Bombenangriff auf Berlin 1944, eine Straßenseite steht in Flammen, vor dem ersten Haus haben Luftschutzwarte eine Eimerkette zusammenbefohlen, von einem Hydranten an der Straßenkreuzung werden die vollen Eimer bis knapp vor den Brand von Hand zu Hand weitergereicht, die leeren zurückgegeben, um wiederaufgefüllt zu werden, ein klägliches Unternehmen, das ausgeschüttete Wasser verdampft, bevor es die Glut erreicht, aber die verstört aus ihren Kellern in der Nachbarschaft geholten Bürgersleute bemühen sich unverdrossen weiter mit der hinfälligen Löscharbeit, Lumpengestalten, die Augen weiß in den rußgeschwärzten Gesichtern, die Hände wund, während die Luftschutzwarte sinnlose Befehle brüllen und mit ihren Dienstpistolen herumfuchteln und über dem von jedem Windstoß heftiger angefachten Lohen ein beständiges Murmeln und Zischeln zu vernehmen ist: »Bitte sehr, Herr Professor!« – »Danke sehr, Herr Professor!« – »Bitte sehr, Herr Regierungsrat!« – »Danke sehr, Herr Regierungsrat!« – jedesmal, wenn ein Eimer von einer Hand in die andere wandert – »Bitte sehr, Herr Doktor!« – »Danke sehr, Herr Doktor! ...!« – mit gewaltigem Krachen schlägt eine Bombe in der Nähe ein. Eine Frauenstimme kreischt: »Um Gottes willen, die ist ja noch näher wie die vorige!« Eine Männerstimme rügt: »Erstens heißt es näher als, zweitens liegt kein Grund vor, die Eimerkette zu unterbrechen!«

– und dann ja doch wieder der andere Typ: die Kumpels aus der Urgemeinde – jawohl, immer wieder die lächerliche jämmerliche wundervolle Urgemeinde von Nagel-Wittes-Gartenhaus: eine Rotte von Noch-einmal-Davongekommenen, hungerfahl und verlottert in abgetragenen Kleidern und glanzäugig in kindischer Zuversicht, heißwangig vom Rübenschnaps und der Begeisterung für alles Gute, Schöne und Wahre nach der durchlebten Hölle, entflammt vom heiligen Willen zum Neuen, Besseren, Lauteren, gierig nach allem Geistigen... und ihre holden Utopien: Wir bilden eine Kolchose, lassen uns einen aufgelösten Truppenübungsplatz zuteilen, allesamt kratzen wir gemeinschaftlich die Blindgänger aus der Erde und setzen statt ihrer Mohrrüben und Kohl und Futterkartoffeln ein, abends hockt man mit klammen Händen und verkrümmtem Rücken zum Hegel-Kolloquium zusammen, hört Pachelbel und Hindemith aus dem Rundfunk-Programm, während die Weiber aus selbstgezogenem Flachs die Windeln für die kollektive Brut Zusammenweben: Keimzelle einer neuen, naturnahen, kulturverpflichteten Gesellschaft, ein deutsches Modell, gewonnen aus der bittersten Erfahrung der Niederlage, der Demütigung, der Schuldeinsicht und Selbstanklage... (allerdings: die Weiber – was, Freund Niemöller? Die Weiber, die durch den Uterus und für ihn und ihm allein leben...)

(Zitat aus einer Hitler-Rede 1942: A. H. spricht von der Kampfzeit am Anfang der Bewegung: »... und wenn Sie, meine Parteigenossen, vom Argument des Gegners beinah überzeugt, schon schwankend werden wollten, dann war's die deutsche Frau, die aufgesprungen ist und den Gegner einfach niedergeschrien hat...«

Die Weiber, nicht wahr, Willy? Die wollten an die Wurst! (Christa: »Du tätest besser, mir etwas Bratfett zu beschaffen, anstatt mit deinen Spinnern Schnaps zu saufen!«) – bald, ach so bald schon verdankten wir ihnen, den Weibern, die Einsicht, daß die Chance eines so astreinen Neuaufbaus, wie wir ihn uns ausmalten, von vornherein verloren war, hinfällig von allem Anfang an, kindlich die liebtörichten Absichten der Naiven, *a priori* verloren der Kampf gegen die Termitenkraft der Spießer, des Beharrungsvermögens der Myrmidonen aus den Wohnküchen und Schrebergärten, lächerlich anämisch unsere Visionen gegen die Lebenszähigkeit der großbramsigen Kleinbürger und kleinbürgerlich bornierten Groß- und Mittelbürger, gegen die Lebenswucht in den Becken ihrer Weiber –

Zwar allesamt zerlumpt und ohne Habe, aber ausgestattet mit der unüberwindlichen Kraft der ewig aufwärts Strebenden, der unaufhaltsam einander Überkletternden, der Gierigen auf der Hühnerleiter althergebrachter Hierarchien – Bitte sehr, Herr Amtsvorsteher, danke sehr, Frau Amtsvorsteherin, bitte sehr, Herr Assessor, danke sehr, Frau Assessor, bitte sehr, Herr Doktor, danke sehr, Frau Doktor, bitte sehr Herr Professor, meine Verehrung, Herr von Krautjunker, Frau von Hinterstoßer, Xtiant Frau Baronin, habe die Ehre, Herr Graf, Frau Gräfin, halten zu Gnaden, Euer Durchlauchten…

all das der Niederschlag des Geistes der Oberlehrer, die Essenz ihrer Verkündungen, frostkristallhart einschneidend in unsere visionäre Eiszeit, in unsere kindisch naive Weihnacht an der Krippe der Verheißung, der Geist der Oberlehrer eine Gabe aus dem byzantinischen Morgenland, überbracht von Professor Hertzog (»Hertzog mit TeZett, bitte sehr!«), um uns erst einmal zum Bewußtsein zu bringen, wie ungebührlich wir uns da aufführten, wir kaum dem Barras und dem Gefangenenlager entkommenen struwwelhaarigen Hinterwäldler, wir Rauhbeine, wir sozusagen mit bloßen Füßen (wenn auch, wie der liebe beinamputierte Wilhelm Niemöller nur mit einem) in den Salon der feinen Bildung hineingetrampelt waren – wahrhaftig! um dort den Titanen des abendländischen Geistes plump vertraulich auf die Schultern zu dreschen, heißhungrig von ihren goldenen Tellern zu fressen und aus ihren kristallenen Bechern zu trinken und uns mit Herdentreiberstimmen in ihre grandiosen Mono- und Dialoge zu mischen –

mußten nicht unsere Weiber sich dafür bis in die Eileiter schämen? Christa allen voran...

Willi Niemöller: Ja, er: Natürlich zog er stracks die Konsequenzen und haute einfach ab. Für das Problem der angestrebten »neuen« Gesellschaftsbildung freilich kein empfehlenswerter Lösungsvorschlag, immerhin ein schönes Beispiel individualistischer Unabhängigkeit. Seine Klarsicht in die Genealogie der Oberlehrer hat er jedenfalls zu Papier gebracht, wenn auch nicht gleich in Romanform wie Nagel. Jahre später – um 1950 – kam eine Ansichtskarte aus Wien mit dem Bild des wiederhergestellten Stefansdoms. Auf der Rückseite stand zu lesen:

> Frau Wirtin hatte auch ein Schwein
> das ließ mit Sigmund Freud sich ein;
> aus allerlei Gründen –
> anal sowohl wie vaginal –
> erschnüffelt es jetzt Psychen.
>
> Herzliche Grüße W. N.

Ein Dichter von Volkskunst. Ein wahrer Deutscher...

A. ist überrascht, als Witte ihn nach dem Abendessen beiseite nimmt: »Recht interessant, was Sie da über gesellschaftliche Formprobleme zu sagen hatten. Könnte, wie ja Herr von Roennekamp schon angedeutet hat, richtungsweisend für meine Reklameabteilung sein. Was wir brauchen, sind junge Menschen mit Ideen. Sprechen Sie doch übermorgen, Donnerstag, den Neunten – ja? Stimmt doch – oder? – Also sprechen Sie um elf Uhr pünktlich bei mir im Office vor.«

* * *

Es ist in allem und jedem mein Gegenteil: leicht, wo ich schwerfällig bin; elegant, wo ich platt durchschnittlich auftrete; gewandt, wo ich mich ungeschickt gebärde, behend, wo ich plump bin. Er ist in jeglichem Milieu zu Hause und identifiziert sich mit keinem spricht alle Sprachen, macht zu allem gute Miene, läßt sich durch nichts einschüchtern, bleibt stetig gelassen im *nil admirari* des Weltmanns. Wo ich kalt bin, ist er feurig, wo ich aufgeregt bin, bleibt er kühl. Er ist gleichmütig gegen das, was mich sentimental stimmt, gefühlvoll, wo ich stumpfsinnig verharre… Auch ist er stolz, aber aus einer Art von Demut, nicht aus Anmaßung –

mit einem Wort: Er ist mein literarisch erträumtes vollkommenes Ebenbild.

* * *

Peinigende Auseinandersetzung mit Scherping: Er findet mit einemmal unsere Erwartung, in A. eine literarische Entdeckung gemacht zu haben, wenn nicht gleich unbegründet, so doch zumindest übertrieben. »Also, das gewisse Exposé – ja? – das wir da – na, Sie wissen schon …« (anzüglich meckerndes Lachen) »in einer doch etwas ungewöhnlichen – zumindest für normale buchverlegerische Verhältnisse ungewöhnlichen Situation entdeckt haben« (neuerliches kleines Meckern), »– ich will sagen: Es mag wohl sein, daß mir das in jener doch emotiv etwas übersteigerten Lage als etwas ganz Besonderes vorgekommen ist – und Ihnen ja schließlich auch, müssen Sie zugeben – immerhin, beim zweiten und dritten Überlesen scheint mir das für die Annahme, wir hätten da weiß Gott was für ein Genie aufgetan, doch ein wenig dünn zu sein.« Sein Blick wird unruhig wie immer, wenn er die Gelegenheit wittert, seine tatsächlichen oder eingebildeten Schwächen bloßzustellen (merkwürdige Abart des Exhibitionismus; bei Sacher-Masoch noch nicht erwähnt): »Natürlich entpuppe ich mich da wieder als der Banause, den Sie zu Recht in mir sehen, aber ich betone, daß ich denn doch aus einem gewissen höheren Streben Buchverleger geworden bin und nicht gleich im Kartoffelhandel arbeite, und wenn ich auch intellektuell unter dem Pegel liege, so möchte ich immerhin nicht alle meine Motive als die eines lediglich auf Profit hinzielenden Koofmichs erscheinen lassen, wenn ich auch den finanziellen Teil nicht aus den Augen lasse. Bei aller Hochachtung für die schöne Literatur, kommt mir doch vor, wir sollten nicht blindlings in etwas investieren, was doch bestenfalls das Versprechen eines Talents mit ziemlich ungewissem Ausgang ist...«

Mein (zugegebenermaßen mürrisch) vorgebrachter Einwand, ich habe inzwischen bei mehreren Zusammenkünften Gelegenheit gehabt, mich von A.'s hellem Verstand und außerordentlicher Beobachtungsgabe zu überzeugen – überdies: A. selbst sehe das auf so absonderliche Weise in unsere Hände gefallene Exposé keineswegs als gültige Talentprobe an: es sei ein spaßiger Versuch gewesen, dem Filmproduzenten Stoffel etwas vorzulegen, was an die expressionistische Epoche des Films erinnere (»NS-Ufa-Star Astrid von Bürger als Geliebte des Dr. Caligari«), ein Scherz also, um die Reaktion des neugebackenen Leinwandmoguls zu studieren; außerdem liegen noch andere Proben seiner Sprachgewandtheit vor und schließlich sei die Summe, die ich als Vorschuß vorgeschlagen habe, ja nicht gerade weltbewegend – kurz: alles, was ich da (sehr irritiert von deutlichen Sprechschwierigkeiten, die ich einem zu heftigen Sturz von Gin und Tonic auf zuviel Alional verdanke) hervorsprudeln kann zur Verteidigung meiner Absicht, A. zum Verfassen eines Buches zu verlocken, ist nur Wasser auf Scherpings Mühle: nicht ohne hämisch auf meinen Zustand einzugehen (»Halten Sie es für angebracht, Ihre psychischen Schwankungen mit selbstgewählten Mitteln auszugleichen? Oder sollte ich nicht doch ein gutes Wort bei Professor Hertzog für Sie einlegen, der Mann hat auch für Alkoholiker Verständnis«) hält er mir einen Vortrag »über die neue Lage des Verlagswesens – wenn wir nicht alle, die wir noch ans Buch als Mittel der Bildung und Verständigung, aber auch als nobelsten Zeitvertreib glauben, jämmerlich koppheister gehen wollen.«

Diese Lage nämlich hat sich grundlegend verändert. (»Sie sehen, daß selbst ich hier Ihrem Dichter-Kollegen Gottfried Benn folge, indem ich ebendiese Lage erkenne.«) Wir gehen einem neuen Zeitalter des Buchhandels entgegen, »in dem die Belletristik, also was die Angelsachsen *fiction* nennen – ja? – also die Romanliteratur in erster Linie – weitgehend kleingeschrieben werden wird im Verhältnis zu Sachbüchern, Tatsachenberichten, politischen Analysen, Prominenten-Memoiren, ja sogar Literaturkritiken, philosophischen Essays und dergleichen Bockmist, wie Ihnen das aus der Sattelhöhe des Pegasus vorkommen dürfte. (Ich muß mich bemühen, das Zittern meiner Hände zu verbergen; peinlich ist vor allem, daß in einer solchen »Lage« wie der meinen unter seinem Dozieren mein Durst ganz unerträglich wird. Er scheint das zu merken und gerät ins Schäumen:) »Lassen Sie sich nicht vom gegenwärtigen Lesehunger verblenden. Das Nachholbedürfnis an Emotionen – ja? – die liebe Liebe vor allem als Achse der Romanliteratur – die muß schon unterstützt werden von besonderen Umständen – zum Beispiel vom Kriegserleben, wie uns das der Erfolg von Nagels Büchern bestätigt. Aber auf die Dauer dürfte sich auch das als der alte Hut herausstellen, der's ja eigentlich längst schon gewesen ist.« (Er dämpft plötzlich den Ton.) »Vorausgesetzt freilich –« (sein Gesicht nimmt einen fuchshaft hinterlistigen Ausdruck an), »man geht den Gegenstand aus etwas interessanten Blickwinkeln an – ich meine: die Liebe als Ur-Erlebnis des Schmerzes.« (Neuerlicher heftiger Ausbruch des Ziegenbock-Lachens.) »Denn eines müssen Sie mir schon gütigst zugestehen: Wenn ich auch im Logos ein Stümper bin, im Eros habe ich mir meine Sporen verdient.«

(Ich leide jetzt nur noch an seiner Sprache: diese aus allen Winkeln des Sagbaren zusammengefegte, liederlich ungekämmte Ausdrucksweise, die im Beinah und hart Daneben doch eine geradezu nachtwandlerische semantische Treffsicherheit hat – beinah verführerisch, so daß sie sich in mein Denken einnistet und meine Sprache korrumpiert: ich spreche unwillkürlich ihm nach und wüßte gar nicht, mich besser auszudrücken.)

Ich höre längst nicht mehr zu. Zugleich mit einem zornigen, bis zur Wut gesteigerten Bedürfnis nach einem weiteren Long Drink (mich dürstet: es ist elf Uhr vormittags, also noch zwei Stunden hin, bis ich aus dem Laden an die nächste Theke komme), wuchtet die Wahrheit auf mich ein, daß Scherping recht hat und in der

Tat keinerlei Gewähr dafür gegeben ist, daß A. imstande sei, ein ernstzunehmendes Buch zu schreiben – ja, daß er überhaupt die Absicht dazu hege. Mir wird klar, was mich dazu getrieben hat, Scherping vorzuschlagen, er möge ihm einen Vorschuß darauf zahlen – einen unverhältnismäßig hohen überdies. Ich bin ergriffen von Christas Angst. Sie schafft es nicht mehr, ohne die geringste Aussicht auf ein (wenn auch nur minimales) regelmäßiges Einkommen in den Tag hineinzuleben; sie hat die letzten jämmerlichen Reste ihres vor den Russen geretteten Jungmädchenschmucks verkauft, ihre Verwandten sind selbst mittellos, sie wäre auch zu stolz, sie anzubetteln, es fällt ihr ohnehin schwer, das Mißtrauen und die unverhohlene Abneigung gegen A. und ihre Ehe mit ihm zu zerstreuen, sie verteidigt ihn immer weniger selbst überzeugt, ihre Argumente werden immer lahmer. Seine vermeintliche Karriere als Drehbuchschreiber sieht sie – wie ja auch er selbst – als Spielerei an. Abgesehen davon, daß sich's doch immer wieder nur um sogenannte »Projekte« handelt, die nie zur Ausführung gebracht werden, sind die Beträge, die Produzent Stoffel gelegentlich für ein Exposé auszahlt, lächerlich gering und fließen A. durch die Finger, bevor er sich Rechenschaft gibt, daß Christa nicht im gleichen »heiligen Leichtsinn« lebt wie er. Ihm kommt's nicht in den Sinn, an morgen zu denken. (»Man erwarte nicht von mir, daß ich den akrobatischen Akt mitturne, den dieses Volk seit der Währungsreform von 1948 geschlossen ausführt: Gestern noch aufgewühlt bis auf den Seelengrund durch die Schrecken der Apokalypse, folglich barmherzig, verständnisvoll fürs Leid der anderen, opferbereit in der Hoffnung, es könnte aus den Ruinen etwas gänzlich Neues, Vernünftiges, Menschlicheres entstehen, heute von unstillbarer Gier getrieben, rücksichtslos übereinanderkletternd wie Krabben im Korb, zu Mord und Totschlag bereit, wenn die feste Anstellung mit Pensionsberechtigung gefährdet ist...«) Was Christa – und ich mit ihr – befürchten, ist seine Unbestechlichkeit, sein Hang zum Spott: eher früher als später wird Stoffel dahinterkommen, daß er sich mit ihm eine Laus in den Pelz gesetzt hat, die er nicht ohne heftigen Juckreiz loswerden kann.

Vorderhand freilich genießt A. die Eulenspiegelrolle, gewiß zum Teil aus einem knabenhaften Rachegefühl gegen seinen ehemaligen Freund Nagel, der sich von ihm abgewendet hat, weiter – wie A. meint – »nicht gestört werden will bei der Bemühung, literarisch das mitzumachen, was alle machen: auf allen vieren mit Händen und Füßen und gleichviel welchen Mitteln und auf welchen Wegen hinter der Schimäre Erfolg herzujagen.« Will ich seine unverhohlene Kritik an Nagel zum Anlaß nehmen, ihn dazu zu bringen, daß er sich über seine Vorstellungen von Literatur äußere, so greift er mich frontal an (Clausewitz: Die wirksamste Verteidigung.) »Sie beschäftigen sich doch hoffentlich nicht mit der Frage, was Literatur sei – für Verlagslektoren ist das ein Tabu. Wenn Sie auch nur einen Millimeter abweichen von der Auffassung, Literatur sei einfach alles, was sich als solche verkaufen läßt, sägen Sie sich den Ast ab, auf dem Sie sitzen. Ihr protestantisches Ethos verpflichtet Sie zur Überzeugung, daß eine ästhetische Gradmessung beim proteushaften Charakter des Gegenstandes doch im uferlos Relativierbaren endet, ergo bleibt nur die konkret an den Verkaufsziffern ablesbare. Literatur ist, was die Leserschaft als solche ansieht und konsumiert, und Sie als zwischenhandelnder Lieferant haben sich nach der Staffelung der Art der Nachfrage zu richten.«

Ich bin in der Zwickmühle zwischen ihm und Scherping. Es könnte mich irritieren, daß er mich auf so schnöde Weise abspeisen will, merkwürdigerweise animiert es mich, macht mir geradezu Vergnügen. (Färbt Scherpings Pirschen nach sublimem Lustgewinn auf mich ab? Roennekamp behauptet, schlechterdings jegliche Beziehung zwischen Männern sei letzten Endes homoerotisch und sadomasochistisch.) »Worüber sollte ich schreiben?« fragt mich A. »Was hat denn einer heutzutage noch zu sagen? Nach Beckett? Das gleiche auf banalere Weise. Zugegeben, eben diese umständlichere, verwässernde und vernebelnde Darstellung macht's dem Durchschnittsleser verständlicher. Sie hilft seinem Widerstand, sich essentiell selbst zu erkennen, in Annäherungswerten über den Schock. Schön. Aber soll ich mich zum Idiotendolmetscher hergeben? Oder zum jämmerlichen Epigonen der großen gestrigen Wirklichkeitsvermittler – Proust, Joyce, Musil, Broch? Wir liegen ja auf den Knien vor ihnen – aber ihnen nacheifern? Wenn möglich im Buschhemd über der haarigen Brust von Ernest Hemingway? Liest sich ja sehr flüssig – *et ça passe le temps*, würde mein mythenhafter Gönner Onkel Ferdinand gesagt haben, Lesen ist bekanntlich der wertvollste Zeitvertreib. Kann sogar zum Laster werden, in den Jahren zwischen 1939 und 1945, während Ihresgleichen sich mit Massenmord abgegeben hat, habe ich Drückeberger Tag und Nacht in- und außerhalb von Luftschutzkellern nichts anderes getan als lesen, daher auch meine bescheidenen Kenntnisse in der Materie. Es hat mir jedenfalls zur Einsicht verholfen, daß es für einen Menschen von halbwegs entwickeltem Schamgefühl nicht zulässig ist, in die schon vorhandenen Ozeane aus Tinte und Druckerschwärze auch seinen höchsteigenen Beitrag zu pinkeln. Spreche ich damit nicht genau das aus, was Sie denken und empfinden? Sie sind doch vom Metier der Weltumsegler auf der trüben Flut. Würden Sie's unternehmen, sie um einen Viertelliter Johannes-Schwab-Trockenletterauslese zu vermehren?« –

Nichts überzeugt mich mehr davon, daß er schreiben wird. Er wird's müssen, um sich nicht umzubringen. Ich sage das Scherping, und merkwürdigerweise versteht er's und pflichtet mir bei.

* * *

Entwurf:
Er begibt sich zur ausgemachten Zeit zu Witte. Die Zentrale der Wittewasch-Werke (»Witte wäscht weißer als weiß!«), ein nagelneuer Hochbau, ist aus dem Trümmerhaufen des alten Jahrhundertwendegebäudes aufgewachsen, nun nicht mehr die Kreuzung aus neugotischer Burgvilla und Kaserne, sondern Glas und Zement im Le-Corbusier-Stil. Aus Wittes Büro im vierzehnten Stock (»Office« oder auch altväterlich »Kontor« benannt) geht der Blick – noch! – über aufgewühltes, von Baggern und Kränen bevölkertes Baugelände weit hinaus bis zum Freihafen, der auch immer noch die unvernarbten Wunden der Bombardierung zeigt.

A. meldet sich als »pünktlich um Schlag elf« bestellt bei der zweiten Sekretärin. (Carlotta ist bei Witte zum Diktat.) Es vergeht eine halbe Stunde, dann erscheint Witte in der Tür, wendet sich ihm zu, erkennt ihn. »Ach ja, natürlich – Moment mal, komme gleich auf Sie zu!« und neigt sich über die Sekretärin, um ihr etwas ins Ohr zu flüstern. Die Sekretärin nickt, steht auf und verschwindet hinter der lautlos, aber fest geschlossenen Tür zu seinem »Office«. A. ist allein. Weitere zwanzig Minuten vergehen. Der Tag ist hell, die Farben durchwegs blaß und licht, nur über ein Stück Straße, in das von so hoch oben Einsicht gegeben ist, rieselt unaufhörlich das Bunterlei der Fahrzeuge, winzige Käfer in stechend synthetischen Farben.

Die Tür zum »Office« geht auf, Carlotta steckt den Kopf heraus und sagt laut: »Nun können Sie endlich reinkommen.« Sie bleibt in der Tür stehen und hält sie für ihn offen, die Klinke in der Hand. Wie er an ihr vorbeigeht, streifen ihre Körper fast aneinander, bevor sie die Tür losläßt – sie braucht sie nicht zu schließen, die Tür geht automatisch zu. Der Blick, den sie dabei austauschen, bestätigt ein sozusagen genetisches Einverständnis.

Witte hinter seinem Mammut-Schreibtisch hebt kaum den Kopf: »Tach, lieber Freund. Also, was ist es, was Sie von mir wollten?«

A. tauscht einen Blick mit Carlotta, senkt aber, beim Gedanken an Christas und Astrid von Bürgers infamer Blickspiele sogleich die Lider und weist sanft darauf hin, daß Witte selbst es war, der ihn herbestellt hatte.

»Ach so, ja, ich entsinne mich. Sie hatten mir vorgeschlagen, ein wenig mehr aristokratische Leichtigkeit in unsere Werbung zu bringen. Hört sich ja interessant an, übersieht aber die Tatsache, daß wir in erster Linie vor der Aufgabe stehen, unser Publikum zu erziehen. Erst wenn diese Aufgabe bewältigt ist, können wir den nächsten Schritt in die Ästhetik der Werbung ins Auge fassen. Die Durchschnittshausfrau kommt heutzutage mit der wissenschaftlichen Entwicklung nicht mit. Waschmittel, wie Weißer-wie-weiß-Wittewasch, sind auf avantgardistischen Formeln aufgebaut, die alles Bisherige in der Branche in den Schatten stellen.

Haben Sie sich jemals von der Wirkung unseres Waschpulvers überzeugen können?«

A. muß verneinen und vermeidet es, Carlotta anzuschauen, deren Blick – das spürt er – massiv auf ihm ruht.

»Na, sehen Sie«, sagt Witte triumphierend. »Ich kann zwar davon ausgehen, daß Sie keine Hausfrau sind, also von Feinwaschmitteln nichts verstehen müssen, aber – wie Sie selber so richtig gesagt haben, vorgestern beim Abendessen bei mir zu Hause, wenn ich mich recht entsinne – so war's doch, was? – die soziale Struktur hat sich verändert, es zeichnet sich zusehends eine Entwicklung ab, die den Mann in weitaus höherem Maß in die Hausarbeit miteinbezieht, als das bisher der Fall war. Man soll zwar auch in dieser Hinsicht nicht übertreiben, es wird noch seine Weile haben, bis der deutsche Mann sich die Küchenschürze umbindet beziehungsweise bis die deutsche Frau das Szepter des Haushaltregiments aus der Hand gibt, inzwischen aber ist es doch unsere Pflicht als weitsichtig in die Zukunft blickende Unternehmer, die Trends der Zukunft aufzuspüren und uns danach einzurichten. Indes auch in der gegenwärtigen soziologischen Situation ist unsere Aufgabe grundsätzlich eine didaktische: Wie erziehe ich meine Kundschaft zu der Qualität, die ich anzubieten habe? Sie, lieber Freund, sind ein Musterbeispiel – ich sage nicht gleich: der Ignoranz, denn ich darf nicht voraussetzen, daß Sie unsere Produkte schon kennen müßten, sondern für den uns selber anzuschuldenden Mangel an Information. Haben Sie mal Ihrer reizenden jungen Frau bei der Wäsche zugeschaut? Es ist ja ohnehin ein Jammer, daß ein so wohlgeborenes Geschöpf sich mit derlei roher Hausarbeit abgeben muß, obwohl sie doch wahrhaftig nicht dafür erzogen worden ist. Nun, gerade dem kommen wir zur Hilfe. Ich werde Ihnen vorführen, wie das so vor sich geht.« Er wendet sich an Carlotta. »Carlotta, Kindchen, sei doch mal so gütig und sage im Sekretariat, ich lasse den Reklamechef rufen. Und bitte sage auch Fräulein Busse, sie solle das Telefon wieder zu mir durchstellen.«

Carlotta erhebt sich träge aus dem Besucherfauteuil, in dem sie sich kollegial bei Aristides niedergelassen hatte, und geht in voller

Körperlichkeit zur Tür, um der Sekretärin im Vorzimmer Wittes Wunsch zu übermitteln. A. weiß sich nicht zusammenzureimen, welche Rolle sie hier spielt. Die Langsamkeit ihrer Bewegungen ist aufreizend, von schlampiger Eleganz, animalisch und morbid, eine erotische Machtdemonstration. Witte ist's nicht entgangen, wie A. ihr nachschaut. Mit einer gewissen Schärfe sagt er: »Frau Schwab ist meine Privatassistentin.« (Schwab? A. überlegt geschwind die Möglichkeit, sie könne die geschiedene Frau von S. sein. In der Tat: S. hat sie nie erwähnt, aber Roennekamp hat von einer Ex-Ehefrau gesprochen und sie »Charlotte« genannt. Wie sie zurückkommt, schaut A. sie mit anderen Augen an.)

Die Zeit, die bis zur Ankunft des Reklamechefs verstreicht, dient Witte zur Fortsetzung seines Vortrags: »Ich lege prinzipiell Wert darauf, meine Leute vollkommen selbständig arbeiten zu lassen – eine gewisse Kontrolle natürlich vorausgesetzt. Aber den Kurs der Firma bestimme ich allein. Dazu ist eine straff zentralisierte Organisation erforderlich. Wir sind, wenn Sie so wollen, die Hirnzelle im Organismus unserer Zweigniederlassungen. Wenn man sich nicht um jeden Schiet persönlich kümmert, fliegt man auf. Einzig unzweideutig klare Führung bestimmt das Profil unserer Marke und macht sie wettbewerbsfähig gegenüber der erdrückenden Konkurrenz der Großunternehmungen, wie zum Beispiel Henkel und so weiter, und damit auch zum Ausland. Ausschlaggebend ist dabei selbstverständlich unsere Werbung. Besonders ihr –« er unterbricht sich, weil wer an der Tür klopft – »ah, da ist er schon!« Mit einer jovialen Geste: »Nur hereinspaziert –« (seine gute Laune steigert sich mit den Möglichkeiten gefälliger Selbstdarstellung) – »ich mache bekannt: der Leiter unserer Reklameabteilung Doktor Fiebig – Herr, wie war doch der Name? Subicz, natürlich – Herr von Subicz – oder Baron?«

Weder das eine, noch das andere, versichert A.

»Herr Subicz waren ein bosnisches Königsgeschlecht«, sagt A. boshaft. »Im vierzehnten Jahrhundert ausgestorben.« Er kann sich nun doch nicht einen Blick zu Carlotta verkneifen, trifft bei ihr auf ironisches Einverständnis.

Witte ist einen Augenblick mundtot. Hebt dann nach einem

leichten Räuspern wieder an: »Der Gedanke an eine Hebung der Ästhetik unserer Werbung ist mir schon vor geraumer Weile selbst gekommen – aber hier, Doktor Fiebig, zeigen Sie mal her, was wir bisher so haben.«

Er wird unterbrochen vom Telefon, das schnurrt, hebt ab, sagt mehrmals hintereinander »Ja? Ja? Ja! Moment mal«, drückt dann auf den Knopf zum Sekretariat und sagt: »Frau Busse, stellen Sie den Mann zum Verkauf weiter durch und stören Sie mich für die nächste halbe Stunde nicht mit solchen Sachen!« Zu A. gewendet: »'n ehemaliger Admiral mit Beziehungen zur Kriegsmarine – reiner Bockmist, aber was wollen Sie, die Leute wollen auch leben –« wieder an den Reklamechef gewendet: »Also, Doktor Fiebig, legen Sie los.« – »Womit?« fragt Doktor Fiebig.

»Na, mit dem, was wir in der Werbung tun, Herr von Subicz möchte darüber informiert werden.«

Der Leiter der Werbeabteilung verhehlt nicht, daß er Wichtigeres zu tun hat als einem Besucher das gesamte Werbematerial vorzulegen. Worauf man sich im Moment konzentriere, sagt er, sei die vom Firmenchef, Herrn Witte selbst groß eingeleitete Kampagne »Witte-Wasch – Witter als Weiß« – »Nun ja, schon gut«, unterbricht ihn Witte, »aber mir kam eben der Gedanke, daß wir praktisch konkret nichts tun, um diesen Slogan zu veranschaulichen. Haben Sie sich mal die Möglichkeit durch den Kopf gehen lassen, daß wir eine Art öffentliches Schauwaschen veranstalten, natürlich nicht im großen Stil, ich meine, vor zahlreichem Publikum, sondern im Heimdienst von Tür zu Tür –«

Dr. Fiebig macht große Augen. Witte wird ungeduldig: »Wie war doch der Untertitel unseres Slogans?«

»Das aktuelle Waschmittel mit dem modernen Schaum: Nicht zu viel, nicht zu wenig, gerade richtig!« zitiert Dr. Fiebig.

»Nach also! Das darf man nicht nur behaupten, das muß man vorführen. Das muß der Hausfrau zum Greifen vor Augen gebracht werden.«

Der Werbechef – mit einem Blick auf seine Armbanduhr – sagt trocken, ein solcher Plan beziehungsweise die Möglichkeit von dessen Ausführung lasse sich mit seinem Werbe-Budget nicht bewerkstelligen. Das erfordere eine Organisation, die mit dem Vertriebschef vorbesprochen werden müsse, erst danach könnten die Einzelheiten des Werbevorgangs ins Auge gefaßt werden.

»Also gut, lassen wir erst mal den Vertriebsleiter kommen – was? Ist zur Zeit auf Reisen in der Provinz? Also, seinen Vertreter – muß doch schließlich einen Vertreter haben.« Doktor Fiebig erklärt sich bereit, den Vertreter ausfindig zu machen und zieht mit Beschleunigung ab. Witte wendet sich an A.: »Da sehen Sie, wie das bei uns zugeht. Man hat keine freie Minute.«

In der Tat schnurrt das Telefon abermals, Witte hebt ab und faucht hinein: »Ich hab doch gesagt... Wie? Ach so, ja, stellen Sie schon durch.« Nach kurzer Wartezeit: »Ja, Witte hier – meine Verehrung, gnädige Frau! Jawohl – ja – mit Vergnügen – wie sagten Sie? Ob ich das empfehlen kann? Na und ob – das Schloß selbst also prima – ein Märchenbau – jawohl, ehemals Kaiserin Friedrich – ausgezeichnet, also wirklich: verpflegungsmäßig eins A – jawohl, alles inbegriffen, morgens kriegten wir jeder ein Ei – also natürlich meine Schwester und ich, haha, nein, niemand anderer –« Blick zu Carlotta – »wie gesagt, eine kolossale Atmosphäre, Zimmer sehr hübsch, sehr behaglich, große Gesellschaftsräume – aber nichts zu danken, gern geschehen – auf baldiges Wiedersehen, gnädige Frau!« Kleine Verneigung am Telefon, Druck auf den Knopf zum Sekretariat: »Busselchen, nehmen Sie mal die Telefonnummer der Dame zu Akten. Ende.« Wieder zu A.: »Sie sehen, keine Minute Ruhe!«

Als wäre das ein Stichwort, erhebt sich Carlotta faul und körperlich. »Apropos Minute. Es geht auf zwölf Uhr Mittag. Wäre das nicht Zeit für ein kleines Erfrischungsgetränk?«

Witte stimmt zerstreut zu: »Ja, natürlich, Carlotta, mein Kind.« Zu A. verwendet. »Versuchen wir uns in diesem Affenhaus zu konzentrieren. Was ich Ihnen vorführen möchte, ist die eklatante effektive Wirkung unseres Reinigungsmittels. Das möchte ich auch der Hausfrau vermitteln. So wie Sie sich jetzt davon überzeugen werden, ebenso soll die deutsche Hausfrau sich davon konkret überzeugen, daß unsere Werbung keine hohle Phrasendrescherei ist – obwohl der Slogan doch hübsch ist – was? – Witte-

Wasch-Witter als Weiß – die Alliteration, nicht wahr, deren hat schon Richard Wagner sich bedient –.« Carlotta hat aus dem Vorzimmer eine Flasche Champagner und Gläser gebracht. »Was, 'ne volle Flasche?!« sagt Witte. Carlotta achselzuckend: »Für drei Personen…« Sie beginnt, die Flasche zu öffnen. A. springt auf und kommt ihr zur Hilfe. Ihre Hände berühren sich – banalste erotische Kontaktaufnahme. Witte nimmt sein gefülltes Glas entgegen: »Denn man tau! Gläschen Sekt tut immer gut. Zur Lösung der Kranzgefäße!«

Während sie anstoßen – »Prosit – Prösterchen!« – erscheint der Vertreter des Vertriebsleiters, ein gebeugter Mann. »Auch ein Gläschen, Herr Oberst?« fragt Carlotta. Der Angesprochene verneint verdrossen dankend. »Oberst a. D.«, erklärt Witte. »Herr Kunzelmann war drei Jahre in russischer Kriegsgefangenschaft.«

Der Apostrophierte reagiert nicht.

»Nun Kunzelmännchen, nehmen Sie erst mal Platz! Sie vertreten Schröder?«

»Jawohl, Herr Witte«, knarrt der ausrangierte Militär, das Angebot sich niederzulassen ausschlagend.

»Also schön. Hier ham Se gleich eine generalstabsmäßige Aufgabe. Mein Gast hier, Herr von Subicz aus Rumänien, interessiert sich für unsere Produkte. Wir haben gemeinsam festgestellt, daß es notwendig ist, die Vorzüge dieser Produkte augenfällig dem Kunden darzustellen –«

»Das ist Angelegenheit der Werbung«, schnarrt der Oberst a. D.

»Das weiß ich selbst«, gibt Witte scharf zurück. »Aber ich sagte *augenfällig* und meine damit greifbar konkret. Also in einem echten Waschvorgang der Kundin vorgeführt –«

»Es mag sein, daß das in Rumänien erforderlich ist«, schnarrt der Oberst a. D. »Die deutsche Hausfrau ist mit dem Umgang mit jetztzeitlichen Waschartikeln bestens vertraut.«

»Das sagen Sie so, Kunzelmännchen, ich verstehe: ein Andersdenken verletzt Ihr Nationalgefühl. Reit or rong, mei Köntri, wie der Tommy sagt. Aber fragen Sie mal Schröder – Sie stehen doch in telefonischer Verbindung, oder? – na bitte, fragen Sie mal Ihren Vorgesetzten, ob er meinen Gedanken so einfach von der Hand weisen würde. Na sehen Sie! Auch mit einer großen Vergangenheit muß man dem Neuen gegenüber aufgeschlossen sein. Also in der Tat. Können wir Herrn von Subicz hier – übrigens ein Abkömmling des einstigen Königshauses – können wir ihm die Tatsache, daß Wittewasch Witter als weiß wäscht, greifbar vor Augen führen?«

»Was? Jetzt? Hier?«, der Oberst a. D. verfällt in ein nervöses Kopfschütteln.

»Natürlich. Wann und wo denn sonst? Eine Dose Wittewasch werden wir doch im Hause haben.«

»Vermutlich. Ja. Bestimmt sogar.«

»Na also. Und einen Eimer vermutlich auch.«

»Das müßte die Hausverwaltung wissen.«

»Also, setzen Sie sich in Verbindung mit der Hausverwaltung. Oder – Moment mal! Warten Sie mal.« Witte drückt auf den Telefonknopf zum Sekretariat, sagt zu A.: »Alles muß man selbst machen!« Dann, ins Telefon. »Busselchen, setzen Sie sich doch mal mit der Hausverwaltung in Verbindung, ja? Ich benötige dringend, also auf der Stelle, ja? – einen Eimer und irgendeinen waschbaren Lappen, möglichst dreckig – wie? Von der Hausverwaltung ist niemand da? Na, und die Scheuerfrauen? Was heißt das: Die Damen arbeiten nur von sieben bis neun?! Von was für Damen ist die Rede? Soweit kommen wir noch, daß die Scheuerweiber sich Damen nennen! Also, die Damen Raumpflegerinnen haben punkt neun Uhr morgens alle Eimer und Pfeudel mitgehen lassen? Na also, scheint mir auch unmöglich. Also kümmern Sie sich selbst mal um die Sachen, Frau Busse.« Legt das Telefon auf. Schwerer Seufzer: »Der Betrieb müßte mal von Grund auf neu organisiert werden.«

Carlotta zu Oberst a. D.: »Nicht doch ein Gläschen zur Lösung der Kranzgefäße?« Der abgetakelte Militär faucht giftig: »Danke! Hatte bereits abgelehnt.« Zu Witte: »Dürfte ich bitten, bei der kommenden Vorführung von einer augenblicklich weniger beschäftigten Kraft vertreten zu werden? Ich persönlich erwarte den Besuch des Admirals Neuner –«

»Verstehe, verstehe! Die alte Garde wieder mal beisammen.

Ham Sie nicht auch 'n Oberstaatsanwalt dabei? Ich sei, gewährt mir die Bitte, in Eurem Bunde der Dritte! –«

»Herr Admiral Neuner schlägt im Namen des Einkaufsdienstes des Marineministeriums eine Versorgung der neuerstehenden Flotte mit unseren Produkten vor«, sagt der Oberst a. D. ganz Würde. »Wir sind im Begriff, unser Angebot auszuarbeiten.«

»Na prima! Seien Sie nicht zu knauserig mit der Provision. Also auf nachher, danke, Kunzelmann!« Er nickt dem korrekt Abtretenden leutselig nach. »Aber mir, Lottchen, mein Kind, könntest du noch einen Schluck von diesem Naß geben – und unserem Gast natürlich auch – dich selber vergißt du ja nicht, wie ich dich kenne.« Zu A. zur Tür hin nickend, die sich hinter dem Oberst a. D. geschlossen hat: »Bezeichnend, wie der gute Mann von Ihrer königlichen Herkunft beeindruckt war.« (A. setzt an, ihm zu erklären, daß es im Scherz gemeint war, eine Ironisierung seiner Standeserhöhung – kommt aber nicht dazu, Witte dröhnt weiter.) »Den Leuten steckt eben der Kadavergehorsam in den Knochen, haben Sie selbst gesehen, die knapp korrekten Verbeugungen und so, Hacken zusammen, die sind eben nicht so wie wir freien Hanseaten: Bürgerstolz vor Fürstenthronen. Dabei haben wir mindestens genausoviel Sinn für Tradition, aber eben die hanseatische: das Weltweite, das fixiert sich nicht auf einen Punkt, das sehen Sie doch an den Augen, das geht in die Ferne, ins Offene, in die Zukunft. Also, ich habe meinen Vater ja nicht mehr gekannt, er war schon tot, als ich geboren wurde, meine Schwester, die Sie ja kennen, war knapp zwei Jahre alt, aber aus den Erzählungen unserer hochseligen Mutter konnten wir uns ein klares Bild vom alten Herrn machen, also Sie werden's nicht glauben, aber er ist als junger Mann regelrecht getippelt, als Hamburger Zimmermann, obwohl er kein Zimmermann war, er war Scheuermann, also Seemann, aber die See hat ihm nicht genügt, er wollte auch das Festland kennenlernen – bis Marokko ist er getippelt, über Spanien, in der traditionellen Kluft der hamburgischen Zimmerleute, Samtbüxen, unten ganz weit, und Samtjacke mit weißen Knöpfen und ein schwarzer Hut mit breiter Krempe und über der Schulter der Stock mit dem Bündel, können Sie auch heute noch erwerben,

›Kluft und Kelle bei Oskar Capelle‹ – guter Spruch, was? Könnte von mir sein – und so bescheiden war er, daß er sich die Fußknöchel mit Schuhwichse schwarz angeschmiert hat, damit man nicht merkte, daß er keine Strümpfe anhatte … übrigens, an mich könntest du auch denken, wenn du neu einschenkst, Lottemädchen.« Das Telefon schnurrt, er hebt ab: »Was, es ist schon dreizehn Uhr dreißig? Wo bin ich angesagt? Im Regatta-Club? Müssen wir eben absagen! Was heißt denn: geht nicht? Was soll hier nicht gehen? Wo wir doch jetzt die Aktion mit der Waschvorführung gestartet haben … ach so, unsere Leute haben jetzt Mittagspause – also hören Sie, wenn ich persönlich durcharbeite, kann vielleicht der kleine Stift, der sich um den Eimer kümmert – wo steckt er übrigens, wir warten hier seit Stunden … also für uns lassen Sie eben ’n paar Schnitten kommen – und – Busselchen, haben wir noch ’ne andere Buddel Schlump im Kühlschrank zu stehen? Gut, Carlotta kommt sie gleich holen …«

Draußen, hinter dem Glas der großen Fenster, hellt der Tag

> – ist er so glasig, weil ihm die vielen Eisnächte vorausgegangen sind? Die großbesternten Winternächte hinter den eisblumenüberkrusteten Fenstern von Onkel Ferdinands Konak in Bessarabien, die Ornamente an sarazenischen Spitzbögen, palmblattüberrauscht, der Widerschein des Kaminfeuers tanzt darin, sie funkeln wie ausgelegt auf schwarzem Basalt. Die Flammen spiegeln sich auch in meinen operettenhaften Kavalleristenstiefeln, der alte Diener, der behauptet, mich als Kind gekannt zu haben, hat sie blankgewichst, nur so herausgeputzt darf ich mich vor Onkel Ferdinand präsentieren, er behandelt mich familiär, wie er übrigens jeden Gast in seinem Haus behandeln würde, wen er nicht familiär behandeln kann, empfängt er nicht in seinem Salon, mich Hurenkind zählt er zu seinem Haushalt wie seine Hunde, seine Pferde, seine alteingesessene Dienerschaft, scharfäugig würde er es bemerken, wenn ich anstatt meiner blankgewichsten Stiefel meine Knöchel mit Wichse geschwärzt hätte –

– und die Nächte im schneebepelzten Bukarest, und Stella und ich im Wagen mit laufendem Motor auf der Schosea Khisseleff, ineinanderversaugt in einen so verzweifelten Kuß, als müßten wir für immer Abschied voneinander nehmen… (es sollte wahr sein, bald sollten wir einander nie mehr wiedersehen) –

– und plötzlich wird hart an das Wagenfenster geklopft, der Strahl einer Taschenlampe sticht zu uns hinein – und ich erschrecke. Gottlob bin ich nicht in Uniform, ich weiß, daß es Polizisten sind, die darauf lauern, Pärchen zu überraschen und nur mit viel guten Worten und Bakschisch von einer Anzeige wegen Unzucht an öffentlichem Ort abzubringen sind – als Militär würde mir das übel bekommen, wenn sie uns nach Dokumenten fragen, steht Stellas Ruf auf dem Spiel, eine Diplomatenfrau ist leicht zu erpressen…

– und die dünnbeschneiten Nächte in Berlin, in denen der Wind schon durch die Lücken in den Häuserzeilen fuhr und in der verdampfenden Dunkelheit böse die Sirenen aufheulten und bald darauf die bleichen Fangarme der Scheinwerfer in die Himmelsschwärze stachen und sich kreuzten und in einem Punkt zusammenstießen und die Salven der Flakgeschütze polterten und die ersten Bomben krachten und der Rand des Himmels sich rot zu färben begann –

und die frostklirrenden Nächte in Wittes ausgebombter Villa auf der Elbchaussee und Christa, die ich in meinen Armen hielt, um sie zu wärmen – Christa, die ich liebte und die sich aus dieser Liebe nicht viel machen konnte, weil sie so fror und Hunger hatte –

viele, viele solcher Nächte haben den Tag da draußen geklärt und die Stätten brachgelegt, damit daraus die Stadt erneut in Zement und Stahl und Glas wieder auferstehe…

»…also früher waren das ja alles mal Wohnviertel, meist kleine Leute, ja? – also insofern sind uns die Alliierten entgegengekommen, unter uns gesagt – ich meine: wenn wir nicht, wie unser Freund Freiherr von Roennekamp so richtig sagte, auf der *tabula rasa* hätten neu beginnen können, würden wir den Wiederaufbau niemals so erfolgreich haben durchführen können – na, da sind Sie ja endlich, Mann, ist es denn möglich, daß ein halber Tag hingehen muß, bis man in diesem Puff einen Zuber findet? Carlotta, Kindchen, mach doch mal bitte gleich eine Aktennotiz, daß die Vertriebsleitung ein Rundschreiben herausgehen lassen soll, daß in allen Zweigniederlassungen dafür gesorgt wird, daß immer ein Eimer und irgendein waschbares Stück Stoff für die Waschvorführungen zur Verfügung steht – haben Sie übrigens auch 'n Stück Stoff dabei?«

Der junge Mann, der mit dem Eimer angekommen ist, bringt einen unsäglich schmierigen Lappen zum Vorschein –

»– Wo haben Sie denn den her? Aus der Garage? Ja, lieber Freund, bei allem, was recht ist, aber zur Schmierölsäuberung ist Wittewasch denn doch zu hoch in der Klasse –«

– man sucht nach einem adäquaten Waschgegenstand (Carlotta: »Vielleicht leiht uns eine der jüngeren Angestellten ein Stück Unterwäsche…!«), während unter Beihilfe von Frau Busse aus dem Sekretariat der Eimer gefüllt und das Waschpulver bereitgestellt wird (»Hamm Sie wohl auch an die neue Buddel gedacht, Busselchen?«).

Inzwischen steht ein offenbar aus einer nahen Gastwirtschaft herbeizitierter Kellner mit einem Tablett mit Brötchen in der Tür. Einige Verwirrung entsteht. Witte weist die Sekretärin an: »Sie regeln die Bezahlung, Busselchen. Jawohl, vom Portokassenkonto. Buchen Sie: ›Für Speisen und Getränke‹, wie gehabt.« Dann wendet er sich – endlich! – dem Eimer zu: »Natürlich gehört als erstes Wasser rein.«

A. traut sich nicht, zu Carlotta hinzuschauen. Er wittert die Gefahr, daß die Zündung eines Blicks einen hemmungslosen Lachkrampf zwischen ihnen auslösen könnte.

Frau Busse, die auf die Suche nach etwas Waschbarem gegangen war, erscheint wieder mit einem in der Faust zusammengeknäuelten Gegenstand: »Das Taschentuch einer Hilfskraft aus der Buchhaltung, sie hat plötzlich Nasenbluten bekommen –« Sie entrollt das rotbraun leopardenfleckige Tüchlein und hält es mit spitzen Fingern Carlotta hin, die angeekelt abwinkt. Witte nimmt ihr's beherzt ab: »Ausgezeichnet. Blut ist besonders reinigungsresistent.« Frau Busse zunickend: »Hoffentlich ist es wirklich von der Nase.«

Das wirkt. A. vergeht das Lachen. Sein Haß quillt auf –

> Vetter Wolfgang hat ihn mit mir geteilt, den Haß. Er hat ihn nie zugegeben. Sein Haß richtete sich nicht, wie der meine, gegen eine Klasse, gegen einen gesellschaftlich geformten Menschenschlag, gegen den Typ, den dieser Spießer Witte darstellt. Wenn er ausbrach, so geschah das einzig gegen Onkel Helmuth, seinen Vater; Tante Hertha, seine Mutter, liebte er zornig abgöttisch und litt daran, daß sie Onkel Helmuth »hörig« war. (»Der Kuhblick! Ich kann den Kuhblick nicht ertragen, mit dem sie ihn anschaut, als geschähe außer ihm in ihrem Blickfeld nichts anderes in der Welt. Als gäbe es für sie nichts Wünschenswerteres als diese Stillung an ihm, das euterwarme Wohlbehagen ihrer Zweisamkeit ...«)
>
> Aber er buhlte um sie, gab ihr unablässig Zeichen seiner Liebe: allerlei Aufmerksamkeiten, kleine Geschenke, Ergebenheitsbeweise. Und doch war sie die Verkernung all dessen, was ich haßte und was auch er, ohne es auf ihre Gattung auszudehnen, haßte: die beseelte Dummheit, die Gewißheit, mit ihresgleichen Nabel der Welt zu sein, die Verachtung aller, die nicht ihresgleichen waren, das eingeborene Mißtrauen, der Neid, die Häme ...
>
> Die Kriterien der Mittelklasse. Nichts von dem war an Tante Selma außer dem Zorn, der gegen sich selbst gerichtete, nagende Zorn der Deklassierten, der sie antrieb, knechthaft zu dienen, »sich abzurackern«, sich zu ver-

leugnen – und geheim zu träumen: die Nixe aus dem Brunnen, die verwunschen ist, ein Karrengaul zu sein –

und ihre Liebe zu mir, dem ins Haus geschneiten Bankert, ihre stille Bewunderung für die andere tote Schwester, die schöne Maud, die auf die rauschgolden glänzende schiefe Bahn geraten war –

– und ihre Gleichgültigkeit gegen Vetter Wolfgang, die ihn schmerzte: auch er sah, daß sie nicht vom Stamm der Spießer war wie seine Eltern –

Sie kommen sonntag abends heim von einer ihrer spiritistischen Séancen, Hand in Hand wie ein Geschwisterpaar (»Hänsel und Gretel im Astralverband«, faucht Vetter Wolfgang), ihre Mienen sind verklärt von überirdischer Sanftheit, sie neigen sie dankbar über die sauren Gurken und Bücklinge, die's zum Abendessen gibt (von Tante Selma vorbereitet, mit einer besonders üppigen Portion Liptauer Käse für mich). Sie schließen die Augen zum danksagenden Tischgebet – sie haben's aufgegeben, uns drei, Tante Selma, Vetter Wolfgang und mich, zur Beteiligung daran zu bringen: Wolfgang räuspert sich jedesmal demonstrativ, wenn die »so verdammt diskret veranstaltete, seelisch zudringliche Zeremonie« beginnt. Sie reden nicht, ihre Erlebnisse sind zu wertvoll, die Einsichten ins Jenseits unaussprechlich, zu erschütternd, die Begegnungen mit denen, die ihre irdischen Hüllen schon abgeworfen haben, um ins reine Element der Überirdischen einzugehen zu offenbarend, um sie uns mitzuteilen, nur nebenbei erfahren wir, was sich tatsächlich mit uns abspielt – (»Manchmal freilich nimmt eine Seele die Plage der Wiedergeburt freiwillig auf sich, obwohl sie schon geläutert ist; aber sie tut's, um ihrem Dual beizustehen, das vielleicht in einem früheren Leben Schuld auf sich geladen hat und zum Wiederbeleben verurteilt ist – wie das bei Onkel Helmuth und mir der Fall ist ...«).

»– und das konstruiert dann in einem Großwerk Elektromaschinen für einen Hungerlohn, der nicht ausreicht, der anderen Hälfte des Duals die geisttötende Fronarbeit in der Buchhaltung eines vermotteten kleinen Musikverlags zu ersparen, auch sie »rackern sich ab«, die hohen Seelen, um uns zu erhalten, schlecht zu ernähren, noch schlechter zu kleiden, uns Jungens die schlechteste aller Erziehungen in öffentlichen Schulen angedeihen zu lassen –:

Oberlehrerprodukte, Kanonen- und Büroschreibtischfutter, mühelos manipulierbar von Kuhdorfpolitikern, Winkeladvokaten, Quacksalbern, Scharlatanen jeglicher Couleur –

(»Unser Séanceleiter, ein freiwillig in diese kosmische Existenzform zurückgekehrter Geist höchsten Ranges verkündet, daß eine Potentialisierung unseres Planeten bevorsteht – das heißt, daß unser Erdendasein sich entmaterialisieren wird und damit in eine höhere Stufe der Weltordnung eintreten wird; und daß der Geist, der die messianische Mission erfüllen soll, wenn auch im gegenläufigen Sinn, schon geboren ist –« Wolfgang schaut seinen Vater entgeistert an, glaubt, nicht recht gehört zu haben: »Wer soll das sein? Adolf Hitler?!« – »Jawohl, Adolf Hitler, dem du illegal hinterherläufst, einer der vielen vom bösten Gegenprinzip aufgebotenen Gewaltmenschen, während der reine Geist des Nationalsozialismus, wie ihn Lanz von Liebenfels kündet, gewaltlos ist, eine rein geistige Kraft...«)

– und er hat recht, im Endeffekt: Die vom bösen Gegenprinzip aufgebotenen Gewaltmenschen werden sich gegenseitig umbringen und dabei die alte Welt zerstören, aber der Geist der stigmatisierten Spießer wird siegen –

»John hat recht: Sie sind's, die *bloody fucking middle classes* aller ehemaliger Herren Länder. Sie werden phönixhaft aus den Trümmerfeldern auferstehen: sie, die Sieger, sie, die Hersteller der neuen Welt...

Am Waschvorgang beteiligen sich alle Anwesenden: Witte selbst schlägt mit dicken Händen das Waschpulver im Eimer schaumig – nicht zuviel, nicht zuwenig, gerade richtig – und Carlotta knetet das blutbesudelte Taschentuch darin, bis die roten Flecken immer blasser rosig werden und schließlich ganz verschwinden. Das Ergebnis ist überzeugend, Witte gibt sich indes noch nicht zufrieden, die rot-weiß-blaue Kokarde seines Bürgerkopfs glüht, er verlangt nach anderen Waschobjekten, A. bietet ein blütenweißes Batisttaschentuch an (*Jermin Street*, aus Johns Beständen) und gießt bedenkenlos Tinte darüber, bevor Witte ihm in den Arm fallen kann, Waschpulverschaum und Wasser im Eimer färben sich sepiablau, müssen erneuert werden, Frau Busse übernimmt die Wäsche mit einer zweiten Dose Wittewasch-Witter-als-Weiß, nach vier Waschvorgängen wird das Taschentuch makellos himmelblau aus der Lauge gezogen, Frau Busse will nicht weitermachen, sie muß ihre Hände schonen, Carlotta öffnet die vierte Flasche Söhnlein-Sekt.

Trotz »noch nicht einhundertfünfzigprozentiger Demonstration« ist Witte aufgekratzt, der rote Kopf glüht, die seeblauen Augen leuchten, der Sekt tut seine Wirkung, es ist fünf Uhr nachmittags, die Schnitten waren nicht sättigend, Witte gibt Auftrag, Hummer zu bestellen (»Hummer ist der beste Koch – was? Da sehen Sie, daß auch ich mit Worten spielen kann, unser gemeinsamer Freund, Freiherr von Roennekamp traut mir sogar Besseres zu, er sagt auf englisch: Dse pann is dse o-est form of Witt. Verstehen Sie: das Wortspiel ist das mindeste, was Witte kann.«) Aber mit dem Namen Roennekamp ist ein pikantes Feld eröffnet, Witte wittert die Möglichkeit, sich darin zu tummeln und dabei vertraut zu zeigen mit »den geistigen Grundlagen, denen ich Ihren Besuch verdanke, lieber Freund. Ich weiß, Sie zielten darauf, möglicherweise in meine Firma einzutreten, warum auch nicht, junge Kräfte werden immer gebraucht, also die Kasse würde ich Ihnen ja nicht anvertrauen, aber wie gesagt, bei der Werbung, warum nicht, wenn Sie auch vielleicht zu drastischen Maßnahmen neigen, wie Sie's mit Ihrem schönen Taschentuch gezeigt haben, aber an Ihren Ausführungen war einiges, was mich interessiert hat beim Abendessen in meinem Hause, zu dem Sie von Ihrer reizenden Gattin mitgenommen worden waren, ich meine: was Sie über die Mannigfaltigkeit der sozialen Struktur im Nachkriegsdeutschland sagten. Es stimmt, daß das Hauptgewicht der heutigen Staats- und Wirtschaftsform beim Bürgerlichen liegt, dem müssen die alten Oberschichten sich eben einordnen, bei aller Sympathie, die ich für Freiherrn von Roennekamp habe – und selbstverständlich auch für seine überragenden Fähigkeiten als Broker und Finanzberater – aber zum Beispiel der andere Herr, den er mitgebracht hat, der Graf Lentzau-Wilmersbüttel, also wissen Sie – Nee! Nicht bei mir! Das ist nun wahrlich eine Dekadenz, die Sie in gutbürgerlichen Kreisen vergebens suchen – ich meine, hier in Hamburg. Oder können Sie sich Hans Albers als Tucke vorstellen? Bitte, in einer Demokratie soll ja für alle Exzentrizitäten Platz sein, und ist ja auch, also Sie, der Sie hier nicht einheimisch sind, würden ja staunen, wenn ich Ihnen zum Beispiel sage, was für Gerüchte umgehen über einen der namhaftesten Verleger, dessen Name ich jetzt nicht nennen möchte, und das spielt sich zwar nicht in aller Öffentlichkeit ab, aber eben in städtischen Einrichtungen, die für unsere hanseatische Weltoffenheit zeugen – wir haben so ziemlich alles gesehen, was unser Globus an Merkwürdigkeiten zu bieten hat, und halten uns an das bekannte Bibelwort: Wer da ohne Fehl ist, hebe den ersten Stein gegen ihn. Abweichungen, wie die der genannten Herren, sind ja vielleicht im allgemeinen nicht gerade selten, ich will mich nicht darüber ereifern, ich gewinne der Sache sogar eine gewisse humoristische Note ab, also diese gezierten Bewegungen, zum Dotlachen, aber wie gesagt, ich sage: die Klasse ist morsch. Vom Adel haben wir Heutigen nichts mehr zu erwarten, schon gar nicht wir Hamburger, unsere besten Familien haben den Adel stolz abgelehnt, und wahrscheinlich war's diese schlichte Haltung, die den Eisernen Kanzler dazu bewogen hat, so nah vor unseren Toren in Friedrichsruh sich niederzulassen – ich höre, Ihre Frau Gemahlin geht dort aus und ein – nein? Noch nicht, aber bei ihren verwandtschaftlichen Beziehungen kann das nicht lange auf sich warten lassen...«

Der Hummer unterbricht ihn, drei ziegelrote Ungeheuer auf wiesengrünen Salatblättern, umzingelt von lindgrün fleischigen, weißgefaßt gelbhäutigen Zitronenvierteln (»Buchen Sie ›Für Speisen und Getränke‹, Busselchen – und hier, nehmen Sie gleich ein Stück, hier gleich die Schere, ist das Beste!«)

und während mit Plastikbechern auf irgendwoher improvisierten Papptellern an den Verzehr gegangen wird – das Fleisch der Hummer ist elastisch weichbissig, beschwört die Vorstellung von Anthropophagie herauf, unsere Finger, die es aus den Panzern klauben, duften nach vaginalen Manipulationen, wir verschlingen, was uns geboten wird, und weil Frau Busse heimgegangen ist, öffnet Carlotta die weiß Gott wie vielte Flasche Söhnlein Trokken. Und Witte spricht, spricht weiter und spricht und spricht und spricht –

– der Himmel in den großen Fensterscheiben wird türkisfarben und staubt sich ein, und das Licht im Raum ist ganz und gar entstofflicht, Lichtzustand einer abstrakten Welt,

abstrakt ist auch die Gegenwart der Frau, die neben ihm träg in einem Besucherfauteuil sitzt – nein, sie ruht schräg mit übereinandergeschlagenen, ausgestreckten Beinen in Siestamuße, sie bewegt sich kaum, nur dann und wann hebt sie den Arm, um aus ihrem Glas zu trinken, eine Zigarette aus ihrer Tabatière zu klauben und sich zu stützen, wenn sie sich vorneigt, um sich von ihm Feuer geben zu lassen –

abstrakt ist ein Zustand der Betrunkenheit, den ich in den Phasen zunehmender Entrückung an mir beobachte, an Wittes immer konfuseren Reden messe, während draußen der Himmel tintig wird, blaß erst wie der letzte Waschgang seines Taschentuchs, dann sozusagen rückwirkend in immer tieferem Sepia –

– und tief unten auf der Straße das kunterbunte Geriesel der Blechfahrzeuge sich besteckt mit einem Tanz weißer und roter Sternchen, die Schlußlichter der auf- und abrieselnden Blechfahrzeuge, semiologische Zeichen für Anwesenheiten von – was? von Menschen? – in dieser abstrakten Welt – Menschen, die ich nicht sehe, die eingegangen sind in ihre buntlackierten, fahrbaren Krustazeenpanzer und während an den Stelen der Hochbauten diesseits und jenseits der Trümmerfelder Baugruben Werkgelände Fenster »in Kreuzworträtselmustern« aufgleißen

– beginnt durch ein Geschlinge von Neonröhren blaues und rotes Licht zu pulsen, als zeichne es die Blutbahnen der neuauferstandenen Stadt ...

Das ist sehr schön. Witte spricht und ich höre ihn längst nicht mehr: An seiner Seite ruht die Frau schweigsam und in abstrakter körperlicher Anwesenheit ...

* * *

Aber die Nächte, die Nächte ... Sie waren dumpf und finster und lasteten mir auf der Brust, ich hatte Not, sie zu durchatmen. Es half nichts, daß ich aus der Bretterwand, die unsere jämmerlich hergerichteten Wohnstuben vom eingestürzten Teil der Villa Wittes auf der Elbchaussee trennte, über den Bombenkrater ins Freie kroch zu den Nesseln im Ziegelschutt, wo keiner mich vermutete, schon gar Christa nicht, und Nagel mich von seinem Gartenhaus nicht sehen konnte; und daß ich mich dort niederließ und zum Himmel aufstarrte, als könnte mir aus ihm Erlösung kommen. Ich sah keinen Himmel. Dicke Wolken drückten mir die Augen nieder. Die Nächte hatten sich mit meinem Alptraum verbündet und ließen mir keinen Ausweg aus meiner Qual. Wo ich hinflüchtete, war die Alte bei mir, auch dort in meinem Versteck bei den Trümmern der hanseatischen Vergangenheit. Die Alte selbst kam aus den Trümmern der Vergangenheit, wenn auch nicht aus der hanseatischen, aber wer wollte das mit Sicherheit sagen, sie entzog sich allen meinen Fragen, ich kam nie dahinter, aus welchem Winkel sie auferstand. Ich bin zeitlebens ein Nachtschwärmer gewesen. In meinen Zynismus schlecht verkleideten Romantismen. Auch zu oft wach gehalten vom Abenteuer des Tages; vom zuviel an Menschen und Ereignissen; vom Warten auf Mami, die ich bei einem ihrer Galane (meinen »Onkeln«) wußte; von Vetter Wolfgangs hechelnder Neugier; von der Sehnsucht nach Stella, vom Begehren; bald auch vom Geheul der Luftschutzsirenen. Nie waren die Nächte meine Feinde. Niemals hatte ich Angst vor ihnen wie vor diesen hier. Die Nächte der Voreiszeit waren durchsichtig bis zu den Gestirnen. Ich liebte ihre Stille, das Einsamsein in ihrer Unermeßlichkeit, das Alleinsein in der Welt. Mein Hochsinn gab ich in ihrer Weite. Wir rafften zusammen, was mein geheimer Schatz war: das Freisein von Schuld; der Stolz, trotz allem, was sich mir entgegenstellen mochte, unanfechtbar wohlgeboren zu sein. Nie war ich mir selber näher als nachts in Onkel Bully Oliveras Villa in Cap d'Ail: ich schlief bei weit offenen Fenstern mit dem Blick zum Meer hinaus, und natürlich schlief ich nicht, Miss Fern war gegangen, ich lag mit offenen Augen und schaute nieder aufs rastlos zersplitternde Silber auf dem schwarzen Samt des faulen Wellenschlags, der die Fischerboote wiegte und ihre nackten Masten krause Schriftzeichen in den violetten Himmel zeichnen ließ, und ich wußte, daß ich nicht war wie meine gelegentlichen Gespielen, und daß ich nicht werden würde wie die Erwachsenen um mich her und daß mir ein besonderer Weg beschieden war, den ich aufrecht gehen würde, angestaunt von allen anderen. Und ich wußte das noch, als ich wiederkehrte nach Bessarabien und halb betäubt vor Müdigkeit nach Onkel Ferdinands Berichten aus seinem untergehenden Reich der Mitte mich aufs Bett warf und hinter dem Gefunkel der Eisblumen an den Fensterscheiben die hohe Nacht wußte, die meine Freundin war, Hüterin meiner Geheimnisse – die Nacht, die's dem Mond großmütig überließ, sein Milchlicht über das Gebuckel der beschneiten Weiden der Dnjesterauen auszugießen und die Unendlichkeit darüber mit Weltraumfrost und dem Lichtgeknister ihrer Sternenhalden füllte. Aber schon die Nächte in Berlin waren mir abtrünnig. Sie gehörten nicht mehr mir allein. Das Klagegeheul der Sirenen holte die Schläfer aus ihren Betten und Pfühlen und trieb sie in die Keller, wo sie sich zusammendrängten wie Herdentiere unter Gewitter, während draußen die anämischen Fangarme der Scheinwerfer den Himmel absuchten und sich dabei kreuzten und bündelten und bisweilen ein bleiches Ding wie eine Mottenlampe einfingen, und das Poltern der Flakgeschütze zum Donner anschwoll und Brandlicht aufschwelte, wo die Bomben niedergegangen. All dies heftige Geschehen brachte die Nächte um ihre Hoheit, engte ihren Raum ein, machte die Dunkelheit dicht und unheilschwanger, die Nachtluft würgte. Die Abkehr vom Tagesgestirn lud nicht ein zur Besinnlichkeit, sagte ich, sie brachte nicht zu Bewußtsein die Vereinzelungen der Planeten im Weltraum wie's sich den Wüstenpropheten offenbarte, wenn sie ihre Heuschrecken aufgefressen hatten und einmütig aufschauten zum Firmament. Die Nacht war der lichtlose Teil des vierundzwanzigstündigen Hingeducktseins unter Tödliches und Schmähliches, eine täglich wiederkehrende Strafverschärfung der Existenz von Schuldigen, und die Nächte blieben so bis in den letzten Zubiß der Eiszeit in Hamburg und selbst noch danach. Ich weiß nicht, wie Christa damit fertig wurde, sie schlief wie modelliert in unserm Ehelager, ihre Rundungen und Wölbungen bestätigten die Kunst Canovas, ihr ruhiger Atem beschwichtigte die Welt ringsum – nur nicht mich. Ich fuhr aus einem wüst durchspukten Halbschlaf auf und mußte mich bezähmen, nicht um mich zu schlagen, und lag keuchend da und hatte die alte Vettel neben mir, die grauen Strähnen ihres Haars blutig und mit ihrem Hirn verschmiert über die starren Augen geklebt. Und obwohl ich wußte, daß das nichts anderes als ein Traumgesicht war – ein Alptraumgesicht, das mich immer wieder heimsuchte, war keinerlei Erleichterung im Wissen, daß ich erwacht war, sie würde mich nicht loslassen, die schreckliche Alte, es stünde alles ohne Zeitablauf in fürchterlicher Gegenwärtigkeit um mich her: der menschenleere Bürobau mit dem rastlos auf und ab rasenden Paternoster, dessen leeren Kästen jederzeit einer folgen konnte, aus dem meine Häscher sprangen, die triefenden Klinkerziegelwände des Kellers, in den ich sie gelockt hatte, der Haufen Kohle mit der Schaufel, sie sah und mit demselben Augenblick mich anschaute und nicht abwich mit ihrem Blick, als ich zuschlagend ihr Gesicht in ein Bildnis von Bacon verwandelte.

* * *

## Brief an einen Sohn

Kleiner Mann,
ich nenne Dich so, weil Du mit dem Fluch geboren bist, ein Mann zu sein und zu einem Mann erzogen zu werden. Ich kann's nicht abwenden von Dir, selbst wenn ich's wollte. Es ist Dein Schicksal, eines Tages ein Mann zu sein, was immer ich Dir dazu sage. Ich bin nicht sehr gewandt im Schreiben von Liebeserklärungen, frage Deine Mutter, sie hat schriftlich nur wenige von mir gekriegt, obwohl ich ihr ungezählte ans Ohr gestammelt habe, teils während unserer Umarmungen, in denen sie konkretere Beweise dafür von mir erwartete, teils in der verschlüsselten Form von Monologen, in denen ich in meiner Mannesnot mich ihr zu erklären versuchte. Meiner Liebe auf dem Papier wortreichen Ausdruck zu geben, vermochte ich nur in meiner Jünglingszeit – wenn von einem Jüngling gesprochen werden konnte anhand der Kreuzung von nostalgisch retardialem Kind und frühreifem Menschenhasser, der ich in jenen Jahren war. Ein Menschenhasser, wohlgemerkt, von der noblen Rasse eines Karl Kraus (von dem ich damals ohne Stella wenig gewußt haben würde, hätte sie ihn mir nicht Zeile für Zeile, Satz für Satz eingehämmert). Aber Du bist ja kaum geboren und weißt nicht, wovon ich rede. Zuviel rede, wie immer. Das hier soll eine Liebeserklärung sein.

Damals, zu Stellas Zeiten, war ich imstande, Liebesbriefe zu schreiben. Männliche Waffenniederlegungen: Devotionserklärungen an ein weibliches Wesen, das für mich alles war: Geliebte, Mutter, Erlöserin aus meiner Unwissenheit, Entbinderin und Amme meiner erwachenden Geistigkeit, Erzieherin, Weltöffnerin, Gefährtin, stolze Eignerin, stolze Vorzeigerin ihres Zöglings. Mußte ich nicht dankbar sein? So dankbar, daß ich schon damals, lange – sehr, sehr lange, bevor Du geboren wurdest, mir wünschte, Du würdest ihresgleichen begegnen, bevor Du verdorben würdest zur schiefen Zwangsvorstellung, ein Mann sein zu müssen, der sich als Mann hervortut, es sei denn durch den Geist.

Ihr, Stella, wurde zuteil, wovon mein aufgewühltes Seelenleben überschäumte. Ihr schrieb ich und dankte ich für die Rückfindung zu mir selbst. Ja: zu mir selbst als Kind, als Menschenkind –: *des Menschen Kind*: Noch in einem Zustand der Unschuld – der Unschuld auch am Vergehen der anderen an mir; noch nicht herangewachsen in den Zwiespalt von fürstlich aufgezogenem Hurensohn und verwahrlost ins Spießertum Verdammten; noch im Besitz von dem, was jedem von einer Mutter Geborenen eingeräumt sein müßte: die Ungebundenheit des Geistes. Ungebunden, um bildbar zu sein zu den Tugenden des Menschseins: zur Unabhängigkeit von Vorurteilen, zum Mut zu sich selbst, vor allem aber zur Loslösung von sich selbst, zur Einsicht in sich selbst, zur Erkenntnis von sich selbst als Teil eines großen Spiels – und zum Vergnügen, diesem Spiel gelassen zuzusehen, auch wenn's ein Scheißspiel ist; darüber zu lachen – ja, heiter im Wohlbehagen des Zynismus zu lachen und sich selbst einzubeziehen in dieses befreiende Lachen.

Du wirst heranwachsen, mein Sohn, und wirst auf diese Weisheiten Deines Vaters stoßen als ärgerliche Gemeinplätze, lästig, wie als verhinderten sie Dich eher, Du zu sein, anstatt Dich dazu zu bringen. Muß ich Dir sagen, daß sich das von Generation zu Generation wiederholt? Es wiederholt sich der Widerstand nicht nur gegen Väter, sondern durch sie und über sie hinaus gegen das von Natur Gegebene des Lebens und der Welt. Gegen das Sperrige daran, mit dem auch sie, die Väter, nicht fertig geworden sind. Die Söhne sprechen den Vätern nicht das Recht zu, weise über das zu reden, womit sie selbst nicht fertig geworden sind.

Darum, kleiner Mann, will ich Dich nicht plagen mit dem, was auf mir lastet: die unlösbaren Probleme dieser Welt, zu denen auch das Verhältnis von Vätern und Söhnen gehört. Ich liebe Dich und will's Dir sagen: keine meiner Lieben – und deren waren viele – war reiner, uneigensüchtiger, lauteren Herzens als meine Liebe zu Dir. Als Du geboren wurdest, hab ich Dich zu meinen Augen hochgehoben, um in Dir mich neu auferstanden zu sehen. Mich, geläutert von allem, was mir an Makel anhaftet. Soll ich's Dir aufzählen? Es wäre nicht nur eine Lebensgeschichte mit allem, was sie verständlich und vielleicht auch verzeihlich machte, also die Geschichte von unerfüllten und falsch erfüllten Träumen, die Geschichte auch der Zufälle, der unentwirrbar ineinander verwickelten Umstände, auf die der drin Verstrickte keinen Einfluß hat; also die Geschichte einer Weltzeit – und wie könnte ich Dir all das anders erklären, als in einem Buch? Ein Buch, das alle literarischen Kategorien sprengen würde, das unerzählbar wäre in seiner Vielfalt, Vielschichtigkeit und Verwickeltheit. Ein Buch, das Dir nicht nur mich erklären könnte, sondern – um mich zu erklären – den quecksilbrigen Geist der Zeit, in die ich hineingeboren bin, in der ich lebte, lebe und leben werde, Tausende von abgeatmeten und noch abzuatmenden Tagen, die dem Inhalt ihrer Vorgänger kaleidoskopisch neue und abgewandelte Bedeutung geben, ineinandergeschoben wie die Linsen eines Fernrohrs, durch das Du gleichzeitig in die Ferne und Nähe schauen kannst, beides magisch von Dir selbst entrückt ins Abstrakte.

Muß ich Dir gestehen, mein Sohn, daß ich dieses Buch seit jeher in mir trage? Daß ich lebe, als wäre meine Existenz nicht wirklich, hätte ich sie nicht *gesagt* – das heißt: in meinem Buch erzählt. Was zwingt mich, läßt mich hoffen, treibt mich zur Gewißheit, daß ich *wirklich* nur bin, wenn ich mich von mir selbst abstrahiere, abziehe von mir selbst – wohin? Auf einige hundert Seiten bedrucktes Papier? Wirst du imstande sein, mein Sohn, diese Existenzform Deines Vaters zu respektieren? Vor allem dann, wenn auch sie nicht wirklich wird? Wenn er sein Buch – sich selbst! – nur als eine schöne Absicht in sich trägt – schlimmer noch: als eine Verheißung, die er nicht erfüllt, weil er zu schwach ist dazu? Zuwenig Mann? – oder aber: zuviel Mann?

Schon jetzt, kaum daß Du geboren bist, weiß ich: Ich werde Dich enttäuschen, mein geliebtes Kind. Du wirst nicht heranwachsen wie andere Söhne, deren Väter keine Mythen sind, sondern sich ihnen in praller Wirklichkeit vor Augen stellen: Wahre Männer. Tatkräftig. Verläßlich. Redlich und bescheiden. Keine Flunkerer; keine Verscheißer. Der Sohn eines Tischlers, eines Schlossers, eines Drehers sieht seinen Vater an der Werkbank Nützliches tun. Glücklich der Sohn des Landwirts, des Fischers, des Kaufmanns, des Maurers: Er sieht seinen Vater in der Verwirklichung seines Tuns, selbst wenn dieses Tun ihn offenbar nicht ganz erfüllt und etwas Unaussprechliches in ihm zu einem andern, gänzlich nutzlosen Tun drängt – als Taubenzüchter, zum Beispiel, oder als ein Bastler, der in seiner Freizeit in jahrelanger Feinarbeit aus Zahnstochern den Eiffelturm nachbaut. Es ist, als schaffte er damit etwas über sich selbst hinaus, über den Schuster, Maurer, Dreher. Vielleicht nichts Nützliches, etwas nur Verspieltes, aber jedenfalls etwas gottesdienstlich Geleistetes. Freilich im Dienst eines anrüchigen Gottes.

Bedenke eins, mein Sohn: auch die Söhne der Angestellten, der Beamten wissen von ihren Vätern, daß sie, wenn sie auch nichts Sichtbares schaffen und Greifbares leisten, doch – wie mein Gönner Witte sagen würde – »eingeschaltet sind in den Arbeitsprozeß, der den Laden in Gang hält«. Es ist ungerecht, wenn dem Sohn kein besonders ausgeprägter Stolz erwächst aus dem Wissen, daß sein Vater Schalterbeamter bei der Post ist – ein zweifellos ehrenwerter, aber vom Klassendünkel nicht eben hochgeschätzter Beruf. Er, der Sohn, sieht jedenfalls den Vater morgens mit Aktentasche und Frühstücksstulle das Haus verlassen, ängstlich in Eile, um nicht zu spät zur »Arbeit« zu kommen – und mit welchen Gefühlen blickt er, der Sohn, dem ehrenwerten Erzeuger nach? Mit Stolz und Ehrfurcht, hoffe ich: Arbeit, welcher Art sie auch immer sei, adelt ja bekanntlich. Wird – wenn auch häufig schlecht – belohnt: Es ist der Vater, dessen Arbeit die Existenz der Familie gewährleistet, selbst über seine Arbeitsfähigkeit hinaus, noch seine Witwe wird von seiner Arbeit zehren – frage Deine Mutter, sie ist imstande, Dir das überzeugender zu schildern, als ich's vermag, sie respektiert den Mythos der brav getanen Arbeit, sie wird versuchen, ihn auch in Dich einzupflanzen, und damit erreichen, daß Dein Vater nicht teilhat an der Verehrung, die andere Söhne ihren Vätern zollen. Aber zollen sie auch in der Tat? Oder tun Sie's nur, wenn sie dem Vater zuschauen, wie er in der Freizeit aus Zahnstochern den Eiffelturm nachbaut? Wenn er dem anrüchigen Gott der nichtsnutzigen Spiele dient.

Du bist in einen heiklen Zwiespalt hineingeboren, mein armer Sohn. Schon in Deinen zartesten Jahren wird Dein Vater Dir suspekt vorkommen, weil er aufgepumpt ist von einem falschen

Mythos. Er ist ein Hohepriester jener anzweifelbaren Gottheit der nichtsnutzigen Spiele, und man wird ihm die Verehrung zollen, die man dem Klerus aller Kirchen zollt. Allerdings nur so lange und so weit, wie auch er eingeschaltet ist in den Arbeitsprozeß, der den Laden in Gang hält. Ist er das nicht mit einer sichtbaren, greifbaren Leistung – und es gehören gute Augen, um zu sehen, und gute Sinne, um zu begreifen –, so darf jeder Schalterbeamte an der Post auf ihn herabsehen als auf einen Paria. Gott – nicht der des nichtsnutzigen Spiels, sondern der Gott aller Rechtschaffenen: der WIRKLICHE, der WAHRE, derjenige, der den Laden in Gang hält, wird ihn ausspeien aus SEINEM Munde.

Du siehst, mein Kind, Du bist hineingeboren in einen göttlichen Konflikt. Du wirst zwar dazu erzogen werden, zu meinen, Du lebtest in einer monotheistischen Glaubensgemeinschaft. Das stimmt nicht. Es gibt unzählige andere Götter neben IHM, dem EINZIGEN, der den Laden in Gang hält. Darunter auch den Gott der Nachbauer des Eiffelturms mit Zahnstochern. Und auch sein Klerus wird von der Gemeinde erhalten; auch ihm gewährt man Kredit. Vor allem Du selbst wirst Deinem Vater Kredit einräumen. Er ist ein Hohepriester der nichtsnutzigen Gottheit SPIEL, einer von denen, die ihre Welt erspielen: ein SCHRIFTSTELLER. Wie stellt er sich Dir nun als ein solcher dar? Du mußt auf Zehenspitzen gehen, um ihn nicht bei der sakralen »Arbeit« zu stören; und guckst Du durchs Schlüsselloch in den Raum, in den er sich wie ins Allerheiligste seiner Erzpriesterschaft zurückgezogen hat, so liegt er auf dem Sofa und raucht und schaut zur Zimmerdecke auf – wenn er nicht die Augen geschlossen hat und schläft. Es kann auch sein, daß Du ihn wie rasend auf eine Schreibmaschine einhämmern hörst – und dann unterbricht der knirschende Laut, mit dem das Blatt von der Walze gerissen und zerknüllt und fortgeworfen wird, auf erschreckende Weise den – ach! – nur allzu seltenen Arbeitsfluß. Du fürchtest die Stille, die dem folgt, fürchtest die Blässe Deiner schönen Mutter. Er, der Vater, erscheint graugesichtig und mit zerwühltem Haupthaar in der Tür und geht schnurstracks zur Cognacflasche im Vertiko und schenkt sich ein Wasserglas voll ein und gießt es in einem Zug in sich –

und obwohl Deine Mutter die Augen zum Heiland oberhalb der Zimmerdecke aufschlägt, ist sie doch so sehr im Bann des Mythos vom Arbeitsethos, daß sie gerade solche Schaustellungen von sogenannten Schaffenskrisen zum Anlaß nimmt, ihre Enttäuschung durch einen nicht pensionsberechtigten Ehemann mit der Hoffnung auf seine künstlerische Schöpferkraft zu kompensieren. Sie wird an ihm zweifeln, aber sie ist zu stolz, um zuzugeben, daß sie sich geirrt hat in ihm. Dir aber wird zumute sein, als wolltest du speien. Du wirst den falschen Mythos durchschauen. Dein Vater ist ein Schwindler, weiter nichts. Ein Hochstapler. Er mag um Dich buhlen wie andere Väter um ihre Söhne. Er mag Dich bei der Hand nehmen und Dich zu Hagenbecks Tierpark führen oder mit Dir im Mietboot auf der Alster rudern, wie der Vater Tischler Schlosser Schreiner Dreher mit seinem Sohn. Du wirst es als Dir gebührlich hinnehmen und wissen, daß Dein Vater einer ist, der in der Welt schmarotzt, in dem er etwas verspricht, was er nicht hält. (Oh, warum bist Du nicht Karl Nagels Sohn!) Du wirst es den Augen Deiner Elternfreunde, Verwandten und Bekannten ablesen, daß sie ebensowenig an seine Schöpferkraft glauben wie Du, obwohl auch sie so tun, als sähen sie darin – wenn wider Erwarten das Verheißene sich verwirklichen sollte – die Krönung und apotheotische Erfüllung des Mythos vom Schaffen: nichtsnutzig zwar, aber mythisch: Es wäre doch ein Buch geboren! (Bei einigen hunderttausend Neuerscheinungen jährlich.) Du aber wüßtest, daß Dein Vater ein Schwindler ist. Und wenn man Dir sagte: »Was für ein großartiger Mann!«, so wird eine innere Stimme zu Dir sagen: »Ja, leider nur allzusehr ein Mann!« Vor allem dann, wenn er versagt.

Ich liebe Dich, kleiner Mann, und will nicht an die nahe Zukunft denken, in der die Demütigungen auf Dich warten, die unter den gegebenen Umständen Deiner unglücklichen Vaterwahl unvermeidlich sind: Das Hämmern der Gläubiger an der Wohnungstür (die Miete ist auch noch nicht bezahlt), das Mitleid des Gerichtsvollziehers mit den Nöten Deiner Mutter, das ihn nicht hindert, seine Pflicht zu tun, die böse Nachrede der Nachbarn (»– weil diese zugereisten Habenichtse sich für was Besseres halten –«). Der falsche Mythos, der Deinen Vater umwittert (»Künstler, auch Dichter gehören eben zur Bohème«), wird ihn – zu Deinem ganz speziellen Ekel – anrüchig und romantisch erscheinen lassen, es werden Gerüchte über ihn umgehen, die ihn zum unwiderstehlichen Verführer von jungen Damen aus bestem Haus und kürzlich erst angetrauten Ehefrauen deutscher Männer mit Pensionsberechtigung stempeln – gleichzeitig zum schamlosen Hurenbock: man sieht ihn häufig in den Bordellen an der Reeperbahn, er zeigt sich öffentlich mit einem stadtbekannten Freudenmädchen namens Gisela, man fragt sich unwillkürlich, ob er nicht ihr Zuhälter ist, denn bezahlen kann er sie ja nicht, wahrscheinlich also hält sie ihn aus. Du wirst Deine Mutter anschauen und ihre Wohlgeborenheit bewundern, ihre ranke Haltung, ihr mädchenhaftes Blondhaar, ihre märchenhaft strahlenden blauen Augen und ihren hochmütigen kleinen Mund, und die Liebe zu ihr wird Dir das Herz schnüren, gemeinsam mit Deinem Haß gegen den, der ihr im Namen seines aufgeblähten Mythos als Künstler, als Hohepriester eines unserer Nebengötter so Schmähliches antut.

Ich will nicht daran denken, wie bitter das für dich sein wird, denn für die erste Weile Deines Kinderlebens, bevor Du beginnen wirst, mich zu durchschauen, wirst auch Du mich lieben. Deine kleine Hand wird sich innig vertrauensvoll in meine große legen. Mit angehaltenem Atem wirst Du den Märchen lauschen, die ich Dir erzähle – gewiß nicht die, mit denen ich alle andere Welt in ungläubiges Staunen bringe – nein, Märchen aus den Wäldern des Landes, in dem ich geboren bin, Legenden von Königssöhnen, von Hirten und Hajduken und wunderschönen Frauen und nicht von den millionenschweren Hurentreibern der Côte d'Azur, unter denen Du Dir Deine Ahnherren aussuchen darfst. Die Schachtel mit den bezweifelbaren fotografischen Belegen werde ich vor Dir verstecken. Du kannst getrost auf sie verzichten. Böse Ahnungen werden dich oft genug heimsuchen: Du bist mein Sohn, ob Du's magst oder nicht. Du wirst Dich in mir erkennen im gleichen Geblüt, in der gleichen Neigung zum Spiel, zum Zorn und Lachen, zum spöttisch scharfen Zuschauen, zum verächtlichen Achselzucken gegenüber allem Kleinlichen, zum Gedankenbrüten, zur Trägheit, zur eingeborenen Trauer – kurz: in allen Zügen, die Du später mannhaft zu überwinden trachten wirst, um Deinem Erbgut von der Spindelseite zu entsprechen: aufrecht, eindeutig, verläßlich, vertrauenswürdig und allgemeinen Anstandsregeln folgsam zu sein. Noch liebst Du mich so wie ich bin, weil Du spürst, daß ein Teil von dir genauso ist. Aber das wird nicht lange vorhalten. Du bist auch der Sohn Deiner Mutter. Du wirst zum deutschen Mann heranwachsen, mein kleiner Mann. Und wirst einem anderen fragwürdigen Mythos verfallen: Was ist ein Mann?

Und immer und nur um so schmerzlicher werde ich Dich lieben. *Unselfish* – wie sagt man das auf Deutsch? Nicht nur um der kurzen Weile weniger Jahre willen, in der auch Du mich liebst und wähnst, ich sei aufrecht, eindeutig, verläßlich und kreditwürdig (was Dich betrifft, so will ich's wohl sein), sondern weil Du etwas bist, was ich erschaffen habe, abstrakter noch als das Buch, das ich werde schreiben müssen, um die Verheißung zu erfüllen, in der ich hochstapelnd umgehe. Ein Versprechen nicht an die anderen und nicht an mich selbst, sondern – wie Onkel Helmuth gesagt haben würde – mir vorgeschrieben von meinem Karma. Insofern geistig ein mütterliches Produkt: in Lust empfangen und träge ausgebrütet, ernährt von meinem Geist und unter Qualen und Freuden ans Licht des Tags gebracht. Muß ich Dir das Paradoxon erklären? Während Du, mein Sohn, mein leibliches Kind, doch mein Kind nicht bist, so viele meiner Gene auch in Dir herumspuken, wäre doch mein ureigenstes Erzeugnis mein Buch – wenn ich's jemals schriebe. Und während ich als Dein biologischer Erzeuger mich Dein Vater nennen darf, also ein Mann, der einen andern hervorgebracht hat, wäre ich meines Buches Mutter – und darum nur um so mehr ein Mann. Verstehst du das? Du bist Deiner Mutter Kind, und mein Beitrag zu Deiner Zeugung war ein Augenblick todesnahen Selbstvergessens, alles andere hat dann sie gemacht: Dich in Deiner lebendigen Wirklichkeit in sich getragen, aus sich mit sich ernährt, Dich reifen lassen und unter Schmerzen aus sich entlassen, ans Licht des Tages hervorgeholt aus ihrem Schoß.

Bald, mein Sohn, je rascher Du zum Mann heranwachsen wirst, magst Du vergessen, daß sie (beinah) allein es war, die Dich gemacht hat: in neun Monaten zeitrafferhaften Nachexerzierens der Entwicklung von der Kaulquappe zum stereotypen Exemplar der zoologischen Gattung *homo sapiens*. (O gäbe es doch in der Zementwüste, in der wir leben, noch einen Tümpel, in dem ich Dir Kaulquappen zeigen könnte! Wie viele Stunden habe ich, angeleitet von meinem pompös fürstlichen Onkel Ferdinand, in einem Teich in Bessarabien dem Froschlaich und dem Gewimmel der Quappen zugeschaut: ihrem behenden Durcheinanderschlüpfen – »wie Spermatozoen«, sagte Onkel Ferdinand – ihrer gespensterhaften Ausbildung, Gliedmaße für Gliedmaße zum Frosch, den der Kuß einer Prinzessin zum schönen Prinzen wandelt … O gäbe es hier doch die Gelegenheit, Dir solcherlei zu zeigen, kleiner Mann, hier gab's zwar bis vor kurzem, nämlich bis zum Ende der Eiszeit noch allerlei Kleinstgewässer in den Bombentrichtern, aber sie waren stumpf leblos und sind zugeschüttet worden im Schwang des Wiederaufbaus: das Leben, das im Wasser begonnen hat, findet sein Ende im Zement.) Verzeih mir, wenn ich abschweife. Ich sprach von Deiner Abkunft von Mann zu Mann. Bei aller großen Liebe zu Deiner Mutter, kleiner Mann, wirst Du ihr nicht dankbar sein, dafür, daß sie (beinah) allein dich gemacht hat – und daß sie dazu einen Beitrag von Deinem Vater brauchte und Dich so zu einem Mann gemacht hat, der den Fluch der Mannesväter mitgekommen hat: DROHNE zu sein: nicht imstand, ein Menschenwesen leiblich aus sich hervorzubringen, wie's jede Mutter kann. Laß Vater Freud im Spermatozoengewimmel seiner Jünger und Adepten ruhen.

Der angebliche Schwanzneid aller Weiber auf Deinen kleinen Schnickel ist nichts gegen Deinen Urneid, daß DU NICHT WIRKLICH ZEUGEN kannst. Verdammt bist zum abstrakten Zeugen: zum Nachspielen der Welt in ihrer ewigen Selbsterneuerung. Zum Nachschaffen, zum Nachäffen verdammt in nie gestillter Ungenügsamkeit. Abstrakt, was Du hervorbringst. Niemals Leben, nur Lebensnachäffung, Lebenszerstörung. Und wiewohl Du verfluchen wirst diese Erbschaft Deines Vaters (ich fürchte, es wird die einzige sein!) und mich hassen wirst dafür, wirst Du die Bindung an mich nicht lösen können. Es wird auch Dich drängen zum abstrakten Spiel der Männer: die Welt nachzuschaffen. Selbst wenn Du als ein braver Sohn Deiner Mutter den redlichen Weg auf einem Büroschemel zur Altersversorgung gewählt haben wirst, wird nichts Dich hindern, in Deiner Freizeit aus Zahnstochern den Eiffelturm nachzubauen. Und es kann sogar sein, daß Dein Manneserbe Dich kühn genug gemacht hat, um Dich zur kunstgewerblichen Schöpfung von Keramik zu bringen oder gar zur Selbstverwirklichung auf der Malerleinwand oder in Lehm, Gips und Marmor oder gar auf Papier – irgendwann wird irgendwer halblaut hinter Deinem Rücken voll Anerkennung sagen: »Das hat er von seinem Vater. Ein hervorragender Mann.« –

– Nur vergiß auch nicht den Fluch des Mannseins: Wer nicht seines Mannesfluchs bewußt ist, bleibt bestenfalls einer, der den Laden in Gang hält. Während es an dir ist, ihn gänzlich neu zu erfinden.

Vielleicht aber wirst Du zu schwach, zu träge sein dafür und niemals eingelöste Verheißung bleiben. Ich werde trotzdem mächtig stolz auf Dich sein, und obwohl's dann schon zu spät sein wird, um Dir zu sagen, wie sehr ich Dich liebe, werde ich's weiter tun –

nämlich als
Dein Vater

* * *

Onkel Ferdinands Gedanken zur Literatur:
... also, wenn du zum Beispiel Goethe nimmst – du bist ja deutsch erzogen, ich meine: auch in Wien hat man die Ansichten geteilt, die in Deutschland im Umlauf waren, freilich nicht in der Gesellschaft, da hat man mit sehr wenigen Ausnahmen überhaupt Nix gelesen, zu meiner Zeit jedenfalls, und in den Schulen, die unsereiner besucht hat, ist ja auch mehr aufs Einheimische Wert gelegt worden, Grillparzer und so weiter, aber längst nicht mit dem Nachdruck der in bürgerlichen Kreisen auf die Literatur gelegt

worden ist, ich weiß das daher, weil ich ja viele österreichische Freund habe, natürlich auch Verwandte sowohl über die Lobkowitz wie auch über die Rohan – ich meine die tschechischen, die zu den fünf böhmischen Herzögen gehören, na und die Clary und so weiter, man ist ja mit ganz Europa verwandt und damals hat Rußland auch dazugehört, und so waren wir als Kinder und Halbwüchsige oft beisammen, wenn die Eltern sich gegenseitig besucht haben zu den Jagden und so, dabei hab ich vergleichen können, was man versucht hat, uns beizubringen, in öffentlichen Schulen ja nur kurze Zeit, die meisten von uns sind von ihren Hofmeistern unterrichtet worden, bevor sie auf irgendeine solche Anstalt gekommen sind wegen der Reifeprüfungen, aber schon beim Privatunterricht hat sich abgezeichnet, was im allgemeinen verzapft worden ist, die Hofmeister waren ja alles bürgerliche Intellektuelle und haben uns selbstverständlich beibringen wollen, was ihre Auffassung von den Dingen war, das war nicht nur in Österreich der Fall, sondern überhaupt überall, mein Freund John Fox – du kennst ihn ja –, der doch selbst Engländer ist, behauptet geradezu, der Niedergang der Aristokratie kommt daher, daß wir alle, also auch die Nichtengländer, in der viktorianischen Epoche englische Nannies und Gouvernanten hatten, die uns ihre bürgerlichen Ideen beigebracht haben, und dazu gehört natürlich auch die unglaubliche Überschätzung der Romanliteratur, deren Einfluß war ja so, daß viele sich danach gerichtet haben, man weiß ja: wie Goethes »Werther« erschienen ist, haben sich dutzendweise junge Leute umgebracht, das hat man ja auch euch erzählt, und dabei handelt sich's doch um ein Mißverständnis, allerdings eins, das nie aufgeklärt worden ist, im Gegenteil, es hat sich nur um so fester festgesetzt, nämlich, daß der junge Werther sich aus Liebe zu Charlotte erschossen hat, das stimmt nicht, ich hab den »Werther« sehr genau gelesen, weil ich neugierig war, was einen Menschen in der Blüte seiner Tage dazu bringen kann, sich eine Kugel vor den Kopf zu schießen, wenn's nicht gleich Spielschulden sind, die seine Familie nicht bezahlen will oder kann, oder einfach die Langeweile, oder weil man ihm gesagt hat – das war übrigens häufig zu meiner Zeit –, daß er die Syphilis hat und über kurz oder lang die Gehirnerweichung kriegen wird, trotz Salvarsan und ähnlicher Kuren, aber aus Liebe erschossen, hat sich keiner, und wenn, so war das äußerst selten, man muß wirklich ein Dienstmädchen haben, um zu glauben, daß der Erzherzog-Thronfolger sich mit der Vetsera aus Liebe erschossen hat, damals in Mayerling, das ist reiner Unsinn, darauf will ich gar nicht erst eingehen, das gehört den Journalisten, ich rede von ganz was anderem, denn wenn du den »Werther« aufmerksam liest, wirst du draufkommen, daß die Plagen, die ihm eine unerfüllbare Liebesgeschichte bereitet haben, gar nicht das eigentliche Motiv waren, sich umzubringen, natürlich war er in einer Tour damit beschäftigt, aber das war eben seine Jugend, in dem Alter denkt man an Nix anderes, da kann's natürlich auch vorkommen, daß eine, der's auf eine bestimmte Person abgesehen hat und sie laßt ihn nicht dran, ganz verrückt wird, obwohl er weiß, daß wenn er endlich einmal mit ihr geschlafen hat, das allermeiste von der Faszination verflogen ist, man kann sich ja am Ende der allermeisten Liebesgeschichten nicht erklären, was einen in die geistige Verfassung dazu getrieben hat, und genau das sage ich ja: es ist der Einfluß der Romanliteratur, die auf die Liebe ein solches Gewicht legt, aber wie gesagt: wenn du den »Werther« einmal aufmerksam durchliest – du kannst ja hier darin nachlesen, in der Bibliothek gibt's eine hübsche Erstausgabe, übrigens auch vom Urfaust bei Cotta und die erste englische Übersetzung davon mit den Kupfern von Retzsch – wenn du dir den »Werther« gründlich vornimmst, so wirst du draufkommen, daß er sich erschossen hat, weil er bei einer adeligen Gesellschaft nicht vorgelassen worden ist, man hat ihn an der Tür abgewiesen, und für einen exaltierten jungen Menschen, der vielleicht die Absicht gehabt hat, in einem großen Haus Hofmeister zu werden, ist das tatsächlich eine Beleidigung, aber komischerweise haben gerade die das nicht nachempfunden, die in die gleiche Situation hätten kommen können, aber nein, sie haben sich alle darauf versteift, daß es die Liebe war, weswegen er sich umgebracht hat, obwohl doch kurz nach ihm schon – ich meine: nach Goethe – die Romanliteratur die Liebe zwar beibehalten, aber nicht mehr ihr Hauptaugenmerk darauf gerichtet hat, sondern auf eben das Soziale, vor allem die Franzosen mit Balzac und Stendhal, also der eine mehr in bürgerlichen, der andere mehr in aristokratischen Kreisen, aber immer in der Spannung des einzelnen, der irgendwie schiefliegt in der Gesellschaft, wie zum Beispiel auch die Madame Bovary, die führt's ja besonders anschaulich vor, und natürlich ganz zu schweigen von den großen Russen, also Tolstoi und erst recht dieser stigmatisierte Narr Dostojewski, und was du noch willst, die Engländer mit Thackeray und Dikkens, damit hat's doch angefangen, wieder interessant zu werden, wer schert sich schon darum, wie sehr Monsieur Dupont Mademoiselle Legrand liebt – sollte man zumindest meinen, aber das große Publikum ist eben außerordentlich träge im Begreifen, und hat's mal endlich mitbekommen, daß es war zu begreifen gilt, so kannst du Gift darauf nehmen, daß es das mißversteht, das geht so seit Anfang der Welt: alle großen Ideen werden sofort verballhornt und bei Entdeckungen geht's ähnlich zu, man muß die Leute mit der Nase auf etwas stoßen, und auch dann mißverstehen sie's und geben ihm eine Wendung in ihrem Sinn, das hat Goethe genau gewußt, sonst hätte er nicht so nah an seinem Ende die »Wahlverwandtschaften« geschrieben, ein Roman, der das Thema Liebe *ad absurdum* führt, ich meine: wozu ist es denn nötig, die Metaphysik – oder besser: die Metaphysiologie ins Spiel zu bringen, um zwei Paare gesunder und attraktiver Menschen entdecken zu lassen, daß sie nicht nur miteinander, sondern auch kreuzweis sich anziehend finden, heutzutage ist das ja geradezu ein Sport geworden, nur ist man nicht mehr so diskret, wie das in unseren Kreisen gehandhabt worden ist, es hat eben sehr viel mehr Weltläufigkeit geherrscht, man wußte, wenn du dir einen Hausfreund ins Haus holst, so erzähl mir nicht, daß du nicht weißt, was du tust, besonders wenn du deine Frau liebst und selbst freie Hand haben willst, also der Putzi Schrempff – du weißt, der von den Schrempff aus Auffenberg, die nach Ungarn gegangen sind und die fabelhaften Hirsche in den Donauauen gehabt haben – er hat immer gesagt: *Je veux bien être embêté par Les femmes, mais pas tout le temps par la même*, und dazu hat er selbst ganz fürchterlich gelacht, besonders, wenn seine Frau dabei war, wie er's gesagt hat, aber sie war ja so gutmütig, die liebe Tina, wenn sie nicht so in die Breite gegangen wäre in ihren letzten Jahren, wäre mancher gern Hausfreund bei ihr geworden, allerdings gehört dazu eine seßhafte Natur, und solche waren selten unter Putzis Freunden, darum war ihm auch das Schicksal von Edoard und Carlotta nicht beschieden – ich nenne die beiden so, weil ich die »Wahlverwandtschaften« auf italienisch gelesen hab, der Hausfreund hieß Ottone und dabei geht leider die pikante Variante von Otto und Ottilie verloren, nicht ganz, aber doch, aber das sind eben die ironischen Finessen bei Goethe, und siehst du, die Ironie liegt im »Werther« noch viel feiner. Es ist ja nicht so, daß der junge Werther die Charlotte hoffnungslos liebt, im Gegenteil, sie bietet sich ihm ja in einem fort ganz unverschämt an, lies das doch mal ganz aufmerksam nach, das ist sehr interessant, selbst als verheiratete Frau macht sie noch Anspielungen, also da muß man schon ein Trottel sein, um die nicht zu verstehen, die Szene mit dem Vogel zum Beispiel, den sie zum »Picken« bringen will, na wenn das nicht deutlich ist! Aber nein, der Esel tut, als verstünd er's nicht. Er traut sich einfach nicht ran. Das ist das wahre Leiden des jungen Werther, und dann wird er auch noch von der Gesellschaft abgewiesen, das genügt doch, daß einer an sich zweifelt und zur Pistole greift. Aber bei den »Wahlverwandtschaften« ist das kein Thema. Die haben den Geschlechtsakt ja längst geistig vollzogen,worauf's ankommt, ist eben, daß man nicht denken soll, daß die Liebe die einzige Macht ist, die die Welt bewegt, Leute wie der Putzi und die Tina waren dazu viel zu gut erzogen, die haben das Ironische schon begriffen, aber für die anderen, die große Menge der Leser eben, die sich an Romanen besaufen können, für die hat er die Geschichte von den kreuzweis voneinander angezogenen Liebenden geschrieben und sich darüber weidlich mokiert, daß man das für unglaublich halten kann, zum Beispiel das Kind mit den roten Haaren des einen und dem Leberfleck der andern auf der Backe und weiß Gott was noch an persönlichen Merkmalen es von den beiden andern aus dem Quartett gehabt hat, und der gruselige Ausgang der ganzen Kalamität wie in der griechischen Tragödie, wo's bekanntlich um Ernsthafteres geht als wie um die

Liebe, das hat Goethe mit kolossalem Feinsinn ironisiert, also ich erachte die »Wahlverwandtschaften« für ein mindestens so wichtiges Buch wie den »Don Quixote«, es ist ja ganz im Geiste von Cervantes, wer wollte denn noch nach dem Don Quixote einen Ritterroman schreiben, und wer möchte nach den »Wahlverwandtschaften« noch ein Wort über erotische Anziehung sagen, ich meine nicht einfach das Sexualleben, sondern die Täuschung von hin- und hergesponnenen geistigen Beziehungen, die uns im Zustand der physischen Anziehung vorgespielt werden kann. Besonders wenn man zu lange auf dem Land gelebt hat und nicht mehr in die Welt gegangen ist – aber ich sehe, du interessierst dich nicht für das, was ich dir da vorschwätze, dir fallen ja die Augen zu – nein, nein, du brauchst dich nicht zu entschuldigen, ich weiß: in deinem Alter braucht man doppelt so viel Schlaf wie in meinem, eine der Ungerechtigkeiten der Natur, man könnte mehr vom Leben haben, wenn's umgekehrt wäre, jedenfalls in der Jugend, heute hat man ja nix mehr davon ...«

* * *

Damals war ich Schwab seit kurzem erst begegnet, sprach mit ihm über Nagel nur deshalb, weil ich annahm, daß er sich für ihn (den neugebackenen Schriftsteller) allein aus beruflichen Motiven ebenso interessieren müßte wie ich aus freundschaftlichen (nur freundschaftlichen?), und darin sollte ich ja nicht irren. Schwab hörte mir sehr aufmerksam zu: sein massiges Gesicht blieb unbewegt; sein sensibler Mund lag wie gewöhnlich paschahaft hochmütig in die mürben Wangenkissen eingebettet, und darüber glotzte der blaßblaue Karpfenblick des Brillenträgers von Kindesbeinen an (und immer wieder rückfälligen Quartalssäufers) ausdruckslos durch die dicken Linsen; und nur um so unvermuteter war dann die Tücke sanft hervorgebrachter Zwischenfragen von perfider persönlicher Provokation – wie etwa: »Hat Sie dabei Nagel der Geschichtenerzähler oder Nagel der Geliebte enttäuscht?«

Ich gebe zu, ich war damals schwerlich ins bürgerliche Leben einzuordnen. Ich hatte keinen Beruf, schrieb gelegentlich Drehbuch-Entwürfe für die Nachfahren der Stella-Filmkunst seligen Andenkens (Stoffel ist verschollen, Astrid von Bürger altert würdig vor sich hin, die emsigen Filmferkelchen, die ich bediene, beschränken sich aufs Projektemachen). Auch meine Freizeitgestaltung ließ zu wünschen übrig. Ich spielte nicht Fußball, auch nicht Tennis in einem schicken Club, von Golf zu schweigen, nicht einmal Hockey, schon gar nicht Bridge. Ich wußte nichts von Toto, sah nicht fern, drosch keinen Skat mit herzhaft hemdsärmeligen Freunden im Wohnküchenwinkel, angelte, kegelte, ritt, jagte, ruderte, boxte, turnte nicht, sang nicht in einer Liedertafel, sammelte nicht fürs »Rote Kreuz«, auch nicht für Contergan-Krüppel und nicht für Polio-Rollstuhl-Polospieler, las keine Tageszeitung, interessierte mich nicht für Politik, brachte CDU und NATO, die Monroe- und die Hallstein-Doktrin, Staatskapitalismus und Komintern, EWG und FDP und SPD und SED hoffnungslos durcheinander – Christa errötete, wenn ich was zur Tageslage sagte, wie als hätte ihr einer unter den Rock gegriffen. Die deutsche Universität war mir so schnuppe wie die Raumschifffahrt, die Oder-Neiße-Linie war mir scheißegal, die Berliner Schandmauer fand ich in Ordnung (es ist nur logisch, daß wenn die Juden eine Klagemauer, die Deutschen eine Schandmauer haben); das Managerwesen war prima: es enthob mich von der Verantwortung, die zu tragen mich ohnehin niemand aufgefordert haben würde. Die engagierte Kunst, die Literatur, Funk, Film und Bühne ließen mich brunnenkühl, ich hatte keinerlei Vergangenheit zu bewältigen, außer meiner eigenen, und die war ohnehin gefälscht, das Interesse am Kibbuzwesen überließ ich Nagel, die Wiedergutmachung an die arabischen Staaten Roennekamp und seinen Geschäftspartnern, die Frage der Wiederaufrüstung dem Kanzler, Papst Johannes XXIII., de Gaulle, Präsident John Fitzgerald Kennedy und seiner Gattin Jackie, Chruschtschow, der Lorelei, Willy Brandt, der »Soldatenzeitung«, Dr. Albert Schweitzer und Edith Piaf. Den kalten Krieg hoffte ich ebenso zu überstehen, wie seinerzeit den heißen (die Chancen standen diesmal für mich entschieden besser), die Verhütungspille schob ich inner-

wie außerehelich mit dem Mittelfinger ein, um die Widerstandsbewegung der Roten-Armee-Fraktion sowie um die Opfer des 20. Juli 1944 kümmerten sich schon genügend Leute, die nichts damit zu tun hatten, die Predigten des Pastors Thielike hatte ich leider nicht gehört, Rowohlts Rotations-Romane kannte ich meistens schon, die DOCUMENTA hatte ich nicht gesehen, die Resultate des ökumenischen Konzils würden sich, wie so viel anderes auch, durch reinen Zeitablauf ergeben. Ob Wasserball bei den Olympischen Spielen schon zugelassen war oder wer und wann und wie darüber zu entscheiden hatte (und ob dabei die Mannschaft der DDR gesondert von derjenigen der Bundesrepublik – beziehungsweise: antikapitalistische und kapitalistische, antiimperialistische oder imperialistische Schwimm-Akrobaten getrennt oder gemeinsam im Bassin herumplanschen) brachte mich nicht um eine Haaresbreite von der Überzeugung ab, daß das vollkommen gleichgültig war. Ich stand weder weltanschaulich noch politisch noch sportlich rechts oder links oder in der Mitte (deren Verlust mir übrigens bislang nicht aufgefallen war), auch nicht am rechten und linken rechten Flügel, und schon gar nicht am einen oder andern extrem außen – hatte also sozusagen keinen Ort im Raum.

»Sagen Sie mal: existieren Sie eigentlich?« – Ja, leider, Sie werden sich wundern: Man kann existieren trotz alledem, ich zum Beispiel, obwohl ich die Frage der Entscheidung zwischen Romain Gary und Robbe-Grillet dem König Salomo überlasse, ebenso wie die nach der Schuld am Ersten Weltkrieg oder die – zuständigerweise an seine unfehlbare Weisheit den Papst oder Marilyn Monroe gerichtete nach der Zukunft des evangelischen Kirchenpsalms – was geht's mich an – WAS GEHT'S MICH AN?! ...

Natürlich bringt eine solche Haltung eine gewisse Isolation mit sich, es wirkt vereinzelnd, wenn man sich nicht zum Hamburger Derby oder zum Formeleinswagenrennen auf dem Nürburgring äußern kann, ebensowenig zum Berliner Festival und nicht zum Start von Sputnik I, II, III –

Übrigens werden derlei Ereignisse Probleme Schandtaten Bedrohlichkeiten uns heutzutage ohnehin abstrakt (dabei nicht minder erlebnisträchtig) von Presse, Funk und Fernsehen frei Haus geliefert, der emotionelle Effekt ist fast der gleiche, der informatorische sogar noch größer als bei Augenzeugerschaft, was brauche ich mich also anzustrengen? Ich darf sogar einiges treuherzig gestehen, so zum Beispiel, daß ich Kulturbanause bin, nicht reise, also Baalbek nicht kenne, auch nicht Samarkand, nicht Angkor Vat, beschämenderweise nicht einmal Kreta, obwohl das in Touristenprogrammen prominent auftaucht, aber daß ich in Museen grundsätzlich nur Gegenstände anschaue, die ich gern stehlen möchte, ist doch wiederum sonderbar, auch daß ich nicht willens bin, den Spuren der Hethiter nachzureisen oder den Schöpfern der zykladischen Skulpturen oder den Töpfern Präkolumbiens, das ist befremdend bei einem sogenannten Intellektuellen.

– aber was ist das eigentlich? Ein Beruf? Was heißt das: Ein Intellektueller? Es heißt praktisch: Ich kann nicht am Monatsersten mit dem Wirtschaftsgeld nach Haus, Steuer vom Gehalt schon abgezogen, Unfall-, Lebens-, Alters- und Krankenversicherung sowie Sterbekasse eingezahlt, Miete, Telefon, Licht- und Gasrechnung durch Bankauftrag erledigt, die Raten für den neuen Wagen, die Gartenmöbel, Muttis Pelz, den Zahnarzt, das Klepper-Faltboot, den Kühlschrank, den Fernsehapparat, die Bohnermaschine, das elektrische Bügeleisen beiseite gelegt, all das blieb ich frech schuldig, ließ es vom Gerichtsvollzieher eintreiben, hatte ich mal gelegentlich etwas Geld, so lief's mir wir Wasser durch die Finger. Es kam zu den schrecklichsten Peinlichkeiten. (»Das Kind hat mich vor allen Leuten gefragt, warum denn der Mann die Siegel auf unsere Möbel geklebt hat – es hat behauptet, du hättest ihm gesagt, das sei eine Schutzmarke, wie bei seinen Spieltieren der Knopf im Ohr – was soll denn der Unsinn? Du bringst ihm ja ganz falsche Begriffe bei ...«)...

wem vermöchte ich zu erklären, daß alles das nicht zählte, daß es etwas anderes war, was ich von mir erwartete, von mir verlangte – als Intellektueller, wenn Sie wollen, und wenn's gleich das Buch war, das Schwab von mir einforderte wie eine existentielle Schuld ...

* * *

Anmerkung:
Das Sprunghafte seines Geistes. Er ist überempfindlich allen Eindrücken ausgesetzt. Die meisten davon sind nachhaltig: seine Erinnerungen stehen in unmittelbarer Gegenwärtigkeit um ihn her, er sucht unablässig nach Zusammenhängen: das, was er den *Sinn* nennt. Was ihn bislang verhindert hat zu schreiben, ist die Zwangsvorstellung, er dürfe nicht beginnen, bevor er diesen Sinn gefunden hatte.

Bisweilen verrät er sich. Betrunken im Zwiegespräch mit S.: »Was denn, Sie wollen mich zum Bücherschreiben überreden – würden Sie nicht vor Verblüffung auf den Rücken fallen, wenn ich Ihnen sagte, daß ich an nichts anderes denke, von nichts anderem träume in Wunsch und Erwartung und Todesangst...«

Zu Nagel. »Er mag vielleicht zu Großem berufen sein, unser braver Nagel, nämlich zu was ganz anderem als zum Schreiben – was weiß ich? Zum Menschenführer, zum Politiker: stellen Sie sich einmal vor, welche unschätzbar wertvolle Rolle er auf einem Parteitag spielen könnte: ein Klabautermann des kategorischen Imperativs, der die Staatspiloten gottesfürchtig hält. Seinerzeit in den Zusammenkünften der Urgemeinde hat er das ja ausgiebig in Kladde geübt. Aber zur Künstlerschaft ist er nicht ausersehen. Dazu hätte er weniger bluttriefend Spektakuläres und um so mehr Stille erfahren müssen: weniger sehen und dafür um so mehr lauschen – wie zum Beispiel der blinde Homer: die Ilias, bitte sehr, gibt ja bekanntlich nicht nur die unmittelbare Realität des Kampfs um Troja wieder, sondern dessen aller stillen Ewigkeit angehörenden Kern: den Hader der Götter... Den zu hören, muß ein Künstler Ohren haben, nicht für die Kunde von GOTT VATERS allumfassender Menschenliebe...«

Hinzugefügt: »Sie lächeln so fein, als wollten Sie nur allzugut durchschaut haben, warum ich mich so ereifere – aber glauben Sie mir: es geschieht aus schierer Sympathie für unseren Freund. Wer Nagel wohl will, sollte ihn am Schreiben hindern. Eben weil er vermutlich Talent dafür und nichts als Gutes damit im Sinn hat. Genau das nämlich wird ihn daran hindern, seinen höchsten Ehrgeiz zu erfüllen. Er wird ein mittelmäßiger Schreiberling mit fataler Erfolgswirkung bleiben. Denn wenn's etwas gibt, was einen, der sich ans Schreiben macht, von vornherein zu einem zweitrangigen Schriftsteller und Schädling an der Menschheit stempelt, so ist's die gute Absicht, sie, die Menschheit, damit moralisch aufzupäppeln. Nagel ist eben ein Ethiker. Er wird der Versuchung nicht widerstehen, seine Leser das um die Ohren zu schlagen. Zugegeben: er ist ein mächtiger Kumpan, der rechtwinkeligste Geselle, der kristallklarste Charakter, der tapferste, aufrechteste Mensch, der strebend auch ums Unmögliche sich bemüht und selbst mit der linken Hand allein noch Leistung schafft: im Leben, Ihnen gegenübersitzend mit seinem weißzahnigen Lachen und brustgeräumigen Stimmgedröhne, herrlich vital und dabei männlich zart und ritterlich – und alles das im Kleinformat, einssechzig lichte Körperhöhe, Schuhnummer neununddreißig: das ist ein Juwel der Menschheit, ein Edelstein von reinstem Wasser. Aber aufs Papier gebracht leider eben doch eine Jugendbuchfigur ...«

* * *

Herrisch träge üppig füllten sie die spiegelnd ineinanderfließenden Fensterreihen im Fachwerk der altersschiefen Giebelhäuschen mit dem Plunder ihrer aufgedonnerten Frisuren, ihrer Federboas, Fransen und Frou-frous; füllten die knirschend über Drahtgerüste und Fischbein gestrafften Seidenkörbe ihrer Mieder überquellend mit dem Plunder ihres Frauenfleischs, mit hoch gepackten Brüsten, Fettwülsten, weißgepuderten Schultern und Armen, sprengten sie mit mächtigen Schenkeln, die in die obszön übereinandergeschlagenen Beine in schwarzen Netzstrümpfen trichterten. Sie füllten die hinter Glas gesetzten Puppenstuben der Biedermannshäuschen mit dem Plunder ihres Frauendufts, dem Plunderduft des Puders und der billigen Parfüms, füllten die aus dem Dunkel der Hurengasse leuchtenden Musterkästen mit dem grellen Plunder ihrer Schminke, ihrer falschen Wimpern, ihrer in die Stirn geklebten Spanierlocken und hennaroten Haartollen: Dueña, Matriarch und Mausgesicht, Kindweib, Knabenmädchen, Riesenbaby, Werwölfin, Spinne, Wespe – jede das überschärfte Abbild einer einst begehrten, einst geliebten, nie besessenen Frau, das schnöde offenbarte Urbild eines Frauentyps, die freche Maske einer Anima –:

so füllten sie die kurze, an beiden Enden mit Wellblechwänden abgeschirmte Hurengasse mit Licht und Farben, mit dem prasselnden Regen der Schlüssel, mit denen sie an die Schaufensterscheiben klopften, um Kundschaft anzulocken, die Herrlichen, die Glückverheißerinnen –

und ringsumher die Zementwüste, die aus den Bombenkratern aufgewachsen ist, die gesichtslose Menge, die Lava der Blechfahrzeuge, die sich durch die Straßen wälzt, das eisige Licht der Bogenlampen wiedergespielt in Glas und Stahl und Lack, der Warenplunder, der die Ödnis der Kaufhausfenster auszehrt

* * *

Ich merkte, daß ich betrunken war: um so hartnäckiger redete ich weiter. Ich sagte: »Versuchen Sie mal, das faßlich auszudrücken – in Bildern, meine ich: Sie wollen doch selbst mal schreiben und gerade über das – oder irre ich mich? Na schön, Sie lassen sich nicht provozieren – ich ja schließlich auch nicht, so sehr Sie sich auch Mühe geben – übrigens: haben Sie's mal mit einem Angebot von Bargeld versucht? Ein Scheck von Ihrem Brötchengeber Scherping unterschrieben – das würde mich unter Umständen verleiten, zur Feder zu greifen. Nur zu! Machen Sie's meinen Filmferkel nach, die bringen mich auch durch falsche Verheißungen zum Schreiben… Aber zum Spaß, meine ich: Wo nähmen Sie die Bilder zu einem fesselnden Gegenwartsroman her? Ich meine: eine Gegenwart, die nicht loszulösen ist von der Vergangenheit. Wo ist die anzusetzen? Vermutlich in den Vernichtungslagern: dort wo Schuld und verknechtete Unschuld, Schrecken, Angst und Mangel und die Tollheit, der Wahnsinn, der den Menschen innewohnt, so ins Ungeheuerliche gesteigert waren, daß sie Traumcharakter angenommen hatten; wo sie ins grauenhaft Surrealistische ausgewuchert waren; wo Hunderttausende dem Tod vollkommen sinnlos und ganz ohne die Möglichkeit von Bewährungsproben ihres Lebenswillens ausgeliefert waren, und eine Erörterung der Motive fast lächerlich geworden war. Wie verschafft man sich als potentieller Autor davon ein lebendiges Bild? Diejenigen, welche das überstanden haben, erzählen nicht gern davon, und wenn, dann nur recht unzulänglich: da reicht nämlich die Sprache zum Erzählen nicht aus. Besonders nicht für die Begegnung mit GOTT. Dort hinterm Stacheldraht ließ er sich nicht gern blicken. Den allermeisten andern aber, nämlich denen, die den Stacheldraht um die Lager gezogen hatten, hat das Spektakuläre von Donner, Blitz und Feuer der Fronterlebnisse und Bombennächte in den Städten diesen Wirklichkeitskern der Vergangenheit verstellt. Der wohltätige Schleier der Maia, nicht wahr? Bombenblitzdurchzuckt. Die Terrorangriffe auf deutsche Städte, die abenteuerlichen Fluchten, der Heimatverlust, die Schändung deutscher Frauen und Mädchen durch asiatische Untermenschen und so weiter, das sind Romanmotive, die das eigentliche verstellen. Dieser Einbruch der physischen Ur-Wirklichkeit ins Metaphysische wirkte ja geradezu läuternd, befreiend: Endlich geschah das Grauenhafte, das in der Epoche latent lag, ganz allgemein verständlich, wenngleich immer noch nicht so unmittelbar wie innerhalb des elektrisch geladenen Stacheldrahts. Auch damit ist kein Stein auf dem andern geblieben, und nichts wurde damit vermieden, nicht das, was danach kam: Der Wiederaufbau der Möglichkeit zur Wiederholung. Sie werden sagen: Friede, Gewissensläuterung, Demokratie und so weiter, das war nicht von Pappe. Ja, zugegeben. Aber das Weiterwachsen der Schuld dahinter? Die ausgebliebene Katharsis! Weiterhin mildtätig vom Schleier der Maia verhüllt? Und daran wollen Sie wenn möglich weiterweben und mit GOTTES Hilfe der morgigen Wirklichkeit hilfreich unter den Arm greifen: Auf daß sie nicht sehen werde! Auf daß die Zukunft sie ebenso blind antreffe wie einstmals! Ist's das, wozu wir ausersehen sind, wir Schreibenden? Niemals die Wahrheit sagen! Immer am Schleier der Maia gewoben – und umso dichter, je lebendiger wir die Schrecken der Welt des Menschen schildern ... Danke sehr, lieber Herr! Ohne mich!«

* * *

Scherping war in Amerika und ist mit unzähligen Buchplänen zurückgekommen, darunter auch die kürzlich herausgebrachte Biographie von Sonja Henie. Aus schierer Bosheit weigert sich Schwab, den Plan zu unterstützen. Erklärt rundheraus: Wenn der Scherping-Verlag sich in der Richtung von Sportler-Biographien entwickeln sollte, sei seines Bleibens als Cheflektor nicht länger haltbar. Scherping, die Quälerei genießend, nennt Sonja Henie »ein Genie«. Schwab zitiert ironisch Robert Musils »geniales Rennpferd« aus dem »Mann ohne Eigenschaften« – was Scherping zunächst verständnislos aufnimmt, dann – nachdem's ihm erklärt worden ist – lustvoll schmerzlich sein Banausentum fühlen läßt. Aristides hört bald angeödet weg. Er wandert in Gedanken ab: Sonja Henie, die wie ein Kreisel auf Schlittschuhspitzen pirouettiert, nimmt die Gestalt Onkel Ferdinands an. Die Szene ist der Park in Bessarabien. Es ist tiefer Winter, der Teich ist zugefroren, das Eis blankgefegt und spiegelnd glatt. Die Trauerweiden am Ufer ducken sich unter der Last des Schnees wie Höckerweiber. Das Boot mit der verschnörkelten Gußeisenlehne der Sitzbank steckt eingeschneit im eisstarrenden Schilf. Onkel Ferdinand im gegürteten Norfolk-Anzug wie ein Adoleszent, Kniehosen und wollene Wadenstrümpfe, eine Pelzmütze auf dem Kopf und einen Muff vor der Brust, hat an hohen Schnürstiefeln Schlittschuhe angeschnallt. Das linke Bein erhoben und tänzerisch angewinkelt, die Hände der verschränkten Arme vor der Brust im Muff, dreht er auf der Spitze seines anderen Schlittschuhs eine rasend schnelle Pirouette. Seine hohen Backenknochen sind frostgeröstet, der Wirbel seiner Rotation kämmt seinen Schnurrbart in die Drehrichtung. So lebhaft ist diese Vision, daß A. den Eindruck, der »Manifestation« hat, wie Onkel Helmuth sie aus spiritistischen Séancen schildert. Deutlich hört er die ironische Stimme seiner Mutter: »Ist er nicht unsagbar lächerlich? Er will sich durchs Eis zu mir niederbohren. Er *weiß*, daß ich im Teich liege. Man hat mich nie herausgeholt, weil man Scherereien fürchtete. Nun will er zu mir, der Arme. Immer mußte er durchs Eis zu mir; immer auf der Zehenspitze …«

* * *

Eine plötzliche Einsicht, deren Absurdität ihn im Innersten trifft, bringt dieses Bild Onkel Ferdinands mit Schwab in Zusammenhang. Die Worte seiner Mutter wollen sich auf Schwab und ihn selbst beziehen. Er muß sich schütteln, um aufzuwachen.

# Keine Autobiographie eines Schreibenden, sondern die Biographie seines Buches

*Über Gregor von Rezzoris »Letztes Manuskript«*

von Andrea Landolfi

Als sich Gregor von Rezzori an einem schönen Frühlingstag 1998 auf immer von seiner Frau, seinem Haus und seinen Freunden verabschiedete, dachte er vielleicht nicht mehr an seine Bücher: Sicher nahm er sich selber und seine Werke nicht so ernst, daß er die letzten Augenblicke eines langen und glücklichen Lebens der eigenen literarischen Hinterlassenschaft widmen wollte. Bis zuletzt hatte er jedoch gerade an *dem* Buch, besser an der Beendigung eines wahrscheinlich nicht zu beendigenden Buches, gearbeitet. Als nämlich eine plötzliche und unvorhersehbare Krise seine Kräfte lähmte, arbeitete er wie immer mit seiner ihm eigenen ironischen Distanz an dem, was Thomas Mann sein »Lebenswerk« genannt hätte, an dem letzten Teil seines *Abel*-Romans.

Man weiß ziemlich genau, wie besonders Deutschland zu Rezzori und seinen Werken gestanden hat und wohl immer noch steht: seine Leichtigkeit, viele Male als Frivolität abgetan, übertrug man zu oft auch auf seine Romane, so daß aus einer Beurteilung des Menschen ein Vorurteil dem Künstler gegenüber wurde. Man fragte und fragt sich noch heute: Ist Gregor von Rezzori ein »ernster« Schriftsteller? Ist er überhaupt ein Schriftsteller?

> Es gibt Autoren, deren Namen mit dem eines einzigen großen Werkes verbunden und fast identisch mit ihm sind, deren Wesen in diesem einen Werk vollkommen ausgesprochen ist. Dante – das ist die *Divina Commedia.* Cervantes – das ist der *Don Quijote*. Aber es gibt andere – und zu ihnen muß ich mich rechnen –, bei denen das einzelne Werk keineswegs diese vollendete Repräsentativität und Signifikanz besitzt, sondern nur Fragment eines größeren Ganzen ist, des Lebenswerkes, ja des Lebens und der Person selbst... Aber gerade darum wird man dem einzelnen nicht gerecht, wenn man es gesondert ins Auge faßt, ohne seinen Zusammenhang mit dem Gesamt-Lebenswerk

zu beachten und dem Beziehungssystem Rechnung zu tragen, in dem es steht.[1]

So Thomas Mann in seiner *Einführung in den »Zauberberg«*. In seiner seiltänzerischen und regelwidrigen Wesensart hat Gregor von Rezzori nicht nur ein, sondern zwei Lebenswerke hinterlassen, wobei man das erste leichtsinnig-humoristisch, journalistisch-mondän und »maghrebinisch«, das zweite als tiefsinnig-schwermütig, polemisch-einzelgängerisch und europäisch ansehen könnte. Im Roman *Der Tod meines Bruders Abel* sehnt sich die Hauptfigur nach ihrer verlorenen Hälfte, die ihr beim Einmarsch der Nazitruppen in Wien, im März 1938, abhanden gekommen ist. Die Zusammenführung der beiden Hälften ist ein unmögliches Unterfangen und trotzdem das immer angestrebte Ziel des Erzählers und des ganzen Romans. Auch das Schicksal des Gregor von Rezzori spielt sich änlich ab: »Zweigeteilt« erfährt der Schriftsteller zwei Arten von Einschätzungen, Kritiken und Lesern, zwei einander völlig entgegengesetzte Beurteilungen, die bis heute nicht miteinander zu vereinbaren sind. Der Autor der 1953 erschienenen *Maghrebinischen Geschichten* wird entweder als pikanter Humorist, der also nichts mit ernster Literatur zu schaffen hat, betrachtet, oder auch als nicht ganz ehrlicher Kerl, der sich dank eines glücklichen Zufalls einen festen Platz in der *demi monde* der Adels- und Kinogesellschaft sichern konnte. Jetzt ist es wohl an der Zeit, eine ausgewogene Beurteilung dieses Autors nachzuholen, in der »Maghrebinien« und Europa, Frivolität und Ernst, *gossip* und Elegie als untrennbare Elemente dieser so vielfältigen und facettenreichen künstlerischen Persönlichkeit gleicherweise bewertet werden.

*Der Tod meines Bruders Abel* erschien 1976, doch in Deutschland und Österreich nahm kaum jemand Notiz davon. Unter den wenigen Besprechungen, die dem Buch gewidmet wurden, ist die von Walter Busse im »Spiegel« erschienene die bemerkenswerteste. Busse hatte schon 1959, immer in derselben Zeitschrift,

[1] Thomas Mann, *Einführung in den »Zauberberg«. Für Studenten der Universität Princeton.* In: *Gesammelte Werke in dreizehn Bänden,* Fischer, Frankfurt a. M. 1990, Bd. 11, S. 603.

Rezzori einer gewissen literarischen Hochstapelei bezichtigt. Jetzt richtet sich der Angriff noch gründlicher (obwohl weniger giftig) auf die Persönlichkeit des Autors und weniger auf seine Schreibweise beziehungsweise Weltanschauung. Das Spiel der Spiegelungen zwischen Schriftsteller und Ich-Erzähler wird von Busse völlig falsch verstanden, und durch die so entstandene Grenzverwischung wird Rezzori anstelle seines »Helden« moralisch getadelt.[2] Etwas Ähnliches geschieht auch bei der Rezension, die Christa Rotzoll für die »Frankfurter Allgemeine Zeitung« schreibt. Auch hier werden Autor und Hauptfigur zusammen als »Luxusliebhaber« und leichtfertig-zynische Kerle erledigt, auch wenn bei Rotzoll die Begriffe Ironie und Parodie wenigstens erwähnt werden.[3]

In den Vereinigten Staaten, wo das Vorurteil vom »maghrebinischen« Hochstapler keinen Nährboden fand, wurde *Der Tod meines Bruders Abel* 1985 übersetzt. In seiner Rezension, die in der »Washington Post Book World« erschien, spricht der Nobelpreisträger Elie Wiesel von einem »großen Roman«, von einem Autor, der »sich mit den wichtigsten Problemen unserer Zeit befaßt« und dessen »Stimme die verstörende, magische Kraft des wahren Erzählers«[4] hat. Drei Jahre später, beim Erscheinen der italienischen Übersetzung des Romans, beklagt der Germanist und Kritiker Italo Alighiero Chiusano »die taube Kälte« der deutschen literarischen Welt gegenüber einem Meisterwerk, das »ein literarischer Fall wie etwa *Die Blechtrommel* von Günter Grass oder *Gruppenbild mit Dame* von Heinrich Böll hätte sein sollen«.[5]

Das Jahrzehnt, das zwischen der deutschen und der amerikanischen beziehungsweise italienischen *Abel*-Ausgabe liegt, genügt nicht, um einen so grundsätzlichen Unterschied in der Bewertung des Romans zu rechtfertigen. Denn selbst wenn 1976 der bildzer-

[2] Walter Busse, *Wer schreibt, nimmt Rache,* in »Der Spiegel«, 45, 1976; ders., *Der Idiotenführer*, in »Der Spiegel«, 1, 1959.

[3] Christa Rotzoll, *Von seinem Hemdenmacher fordert er das Äußerste*, in »Frankfurter Allgemeine Zeitung«, 16. 11. 1976.

[4] Elie Wiesel, *War and Remembrance*: *Elegy for a Lost Europe,* in »The Washington Post Book World«, 8. 9. 1985; deutsche Übersetzung von T. Windus in »Die Horen«, 35, 1990.

[5] Italo Alighiero Chiusano, *Mille sapori per von Rezzori*, in »La Repubblica«, 16. 12. 1988.

störerische Moralismus der Achtundsechziger-Bewegung noch spürbar ist – während er nach 1985 schon völlig ohne Bedeutung ist –, zeugen die zahlreichen enthusiastischen Besprechungen der 1981 in den Vereinigten Staaten erschienen *Memoiren eines Antisemiten* und noch deutlicher die schon 1963 von Claudio Magris eingeleitete und seither fast ununterbrochene positive italienische Rezzori-Rezeption von einem Ansehen, das Jahrzehnte hindurch von zeitbezogenen Stellungnahmen völlig unberührt geblieben ist.[6]

Abgesehen von den unangenehmen Zwischenfällen, die es sicher zwischen Gregor von Rezzori und der deutschen Kritik (und der deutschen Welt im allgemeinen) gegeben hat und die wohl dazu beigetragen haben, daß der *Abel*-Roman in Deutschland falsch interpretiert oder zum Teil sogar ignoriert wurde, spielen die unerbittliche, deutschbezogene Polemik sowie die scharfe Satire innerhalb des Romans gewiß eine große Rolle in der fehlenden beziehungsweise böswilligen Rezeption Deutschlands Mitte der siebziger Jahre. Was wird heute geschehen? Werden die letzten fünfundzwanzig Jahre genügen, um diesem Roman einen gebührenden Platz in der deutschsprachigen Literatur zu sichern? Hoffentlich wird dieses »letzte Manuskript«, dieses allerletzte Fragment, einen Beitrag dazu liefern.[7]

Gregor von Rezzori hat fast vierzig Jahre lang an dem Abel-Kain-Projekt herumgebastelt. Andauernde, manchmal auch sehr lange

[6] Die Paperback-Ausgabe von *Memoirs of an Anti-Semite* wurde 1981 ein Bestseller in den Vereinigten Staaten. In Italien begann das Interesse für Rezzori in den sechziger Jahren, als die Übersetzung von *Ein Hermelin in Tschernopol* bei Mondadori erschien (1962); literaturkritisch war Claudio Magris der erste, der sich in seinem Buch *Il mito absburgico nella letteratura austriaca moderna* (Einaudi, Torino 1963; dt. Ausgabe: O. Müller Verlag, Salzburg 1966) mit Rezzori beschäftigte. Für die weitere Rezzori-Rezeption in Italien siehe Andrea Landolfi, *Nostalgia e adattamento. I romanzi e le storie dell'europeo Gregor von Rezzori*, in »Studi Germanici«, 24–26, 1986–1988 (1990).

[7] In der Tat hat sich die Situation der Rezzori-Rezeption in Deutschland in der letzten Zeit völlig geändert: 1999 wurde von dem Germanisten und Schriftsteller Gerhard Köpf ein Rezzori-Band herausgegeben (*Gregor von Rezzori. Essays, Anmerkungen und Erinnerungen*, Duisburger Studienbögen, Verlag Karl Maria Laufen, Oberhausen), der unter anderem Beiträge von Köpf, Siegfried Lenz, Armin Ayren, Rolf Geißler, Gabriele Henkel u. a. enthält. Es ist lobens- und bemerkenswert und vom Herausgeber polemisch betont, daß es sich um die erste deutsche akademische Publikation über den Autor handelt.

Unterbrechungen hielten ihn jedoch nicht davon ab, pausenlos an dieses Buch zu denken, ja von diesem Buch zu träumen. Große Kisten voller getippter Seiten, oft mit zahlreichen winzigen handschriftlichen Ergänzungen versehen, sind das Produkt dieser so intensiven Beschäftigung. *Der Tod meines Bruders Abel* ist aus solchen Papierschnipseln entstanden. In einer Art Collage hat der Autor einen Teil davon zusammengesetzt, wobei er nur auf eine interne Ordnung der Unordnung, das heißt auf eine Ordnung, die ausschließlich inneren Maßnahmen gehorchte, achtete. Es gibt keine »geschichtliche« Zeitfolge, die Ereignisse gruppieren sich oder folgen einander nach der freien Vorstellungsverknüpfung des Autors. Ähnlich das Verfahren im Roman: Anhand der literarischen Fiktion begegnen wir einem Ich-Erzähler, der einen Roman – *diesen* Roman, den Roman, den wir gerade lesen – schreiben möchte oder sollte. Auch er befaßt sich seit Jahren mit dem Projekt, auch er schleppt Kisten voll von Mappen und Aufzeichnungen mit sich herum und leidet an der unbewältigenden Masse der Erlebnisse, die sein Leben sowie das des Jahrhunderts gekennzeichnet haben und die sich als so trostlos unsagbar erweisen. Denn man kann nur noch sich selbst beschreiben, »sich selbst« als einzig mögliches Erlebnis; und das Schreiben ist die dem heutigen Menschen letzte sich bietende Gelegenheit, sich als fühlendes Wesen mitzuteilen. Daher rührt, daß allein die literarische die noch einzig mögliche Wirklichkeit ist. Rezzori selbst, diesmal direkt als Autor beziehungsweise Herausgeber, sagt das ganz eindeutig in *Kains* »Vorwort des Herausgebers«:

> Desgleichen aber ist evident, wie Aristides (oder der hinter diesem Namen verborgene Autor) den Begriff »Wirklichkeit« auffaßt. Seine Skepsis gegenüber diesem »Protheus unter den Abstraktionen« zieht sich geradezu leitmotivartig durch alle seine Schriften, und er läßt nicht den geringsten Zweifel darüber, daß ihm die »literarische Wirklichkeit«, so fiktiv sie auch sei, einer eigentlichen Wahrheit des Vorsichgehenden näher zu sein scheint als die vielfach ausdeutbare Tatsächlichkeit der konkreten Vorgänge.[8]

[8] Gregor von Rezzori, *Kain. Das letzte Manuskript*, S. 11.

Diese »eigentliche Wahrheit«, deren Verfolgung auch in Gregor von Rezzoris Leben nachvollziehbar gewesen wäre (zum Leiden so vieler unnachsichtiger Kritiker), stellt den Eckstein der gesamten architektonischen Struktur des Romans und dessen Fortsetzung dar. So entsteht eine intensive Spiegelung zwischen Autor und Romanheld oder, besser, zwischen dem tatsächlichen Autor Gregor von Rezzori und dem fiktiven Autor Aristides, eine Spiegelung, die jedoch mit Autobiographie im banalen Sinn nichts zu tun hat, selbst wenn die Ähnlichkeiten zwischen den beiden Figuren mehr als augenfällig sind.

Aristides, die Hauptfigur des *Abel*-Romans, der Schriftsteller *in pectore*, der sich der Filmindustrie verschrieben hat und der doch sein Buch schreiben möchte und auch schreibt, stellt sein Werk aus einer Unmenge Papierfetzen zusammen; diese Aufzeichnungen sind wie kleine Mosaiksteine, die beliebig plaziert werden können: Was daraus entsteht, ist »wirklich«, insofern es eine der unendlichen Möglichkeiten der literarischen Wirklichkeit, das heißt der Wirklichkeit *tout court*, ist. Die Realität, die der Schreibende heraufbeschwört, ist beliebig und somit auswechselbar, aber sie ist auch bedingt, so daß es die »Handlung«, also eine sich natürlich entwickelnde Geschichte mit einem Anfang und einem Ende, nicht mehr gibt. Brodny, der amerikanische *literary agent* »maghrebinischer« Abstammung und Widersacher Aristides' im *Tod meines Bruders Abel*, fordert den Erzähler auf, ihm die *story* seines Romans in drei Sätzen zu erzählen. Und gerade diese Unmöglichkeit wird es dem Erzähler paradoxerweise ermöglichen, seinen Roman zu schreiben. Der Roman ist also nichts anderes als der Versuch, Brodny zu erklären, warum man eine Geschichte nicht mehr in drei Sätzen erzählen kann. In der Tat »heckt jede Geschichte zehn andere aus: ein hybrides Zellenwachstum, das durch keine Form zu meistern ist«.[9] Daraus erfolgt, daß die Form als »Antinatur« betrachtet werden muß, also als einzige Möglichkeit, das Chaos irgendwie zu bändigen, ohne jeglichen Anspruch auf eine sinnvolle Entwicklung der erzählten

[9] Gregor von Rezzori, *Der Tod meines Bruders Abel*, Heyne, München 1983, S. 127.

Ereignisse. Einen festgelegten Ausgang der Handlung kann man nicht mehr nachvollziehen, das Ereignis ereignet und entwickelt sich, während man es erzählt.[10] Aber gerade diese beängstigende Unmöglichkeit, diese lähmende Unfähigkeit, die Wirklichkeit nämlich als nichts anderes als eine sinnlose Faktenakkumulation zu betrachten, wird vom Autor (welchem Autor? Gregor von Rezzori, Aristides oder beiden?) als eigentliches Thema des Romans (welches Romans? Des von Gregor von Rezzori oder des von Aristides? Oder doch beider?) als einzig möglicher Ausgang angesehen.

*Kain. Das letzte Manuskript* (der Untertitel stammt nicht vom Autor, scheint aber doch sehr in seinem Sinn zu sein) setzt sich aus einem kleinen Teil jenes Papierozeans zusammen, den Rezzori seit den sechziger Jahren fast pausenlos mit Material versorgt hat. Wir wissen fast nichts über die Gründe, die den Autor bewegt haben könnten, den einen und nicht den anderen der unzähligen Fäden seiner »Nichtgeschichte« zu bevorzugen. Der ganz am Anfang situierte *salto mortale*, durch den der Verlagslektor Schwab, eigentlich Abel, lebt, obwohl der Ich-Erzähler Aristides im *Tod meines Bruders Abel* seinem Begräbnis beigewohnt hat, genügt nicht, um uns über Rezzoris Absichten eindeutig aufzuklären. Eins steht jedoch fest: Anstelle des traditionsbezogenen, allwissenden Erzählers gibt es in *Kain* drei Menschen (Rezzori, Aristides und Schwab), die fast gleichzeitig »ich« sagen, die das Wesentliche voneinander nicht wissen und die nur die Erbsünde des Schreibens, des Schreibenmüssens vereint. Diese dreifache Spiegelung, die die wenigen Gewißheiten des *Abel* stark in Frage stellt und also Zweifel an einer tatsächlichen, das heißt romanhaften Fortsetzung des Romans erlaubt, beansprucht jedoch das Recht für sich, neben unzähligen anderen Möglichkeiten der »Handlung« zu bestehen.

Auch hier, so wie in einigen seiner letzten Romane (etwa *Über*

[10] So drückt Aristides diese Problematik im *Kain*-Roman aus (S. 135): »... den Sinn zu begreifen, verstehen Sie? – den Sinn, daß das doch alles so geschah, um *gesagt* zu werden – Sie verstehen mich doch – oder? Den Sinn, daß es nie geschehen wäre, wenn ich's nicht sagte ...«

*dem Kliff* oder *Kurze Reise übern langen Weg*), versucht Rezzori aus dem Verhalten der Figuren, aus ihrer Gestik, aus ihren Schrullen das Unbehagen der modernen Gesellschaft hervorgehen zu lassen. Was er aber bewußt im *Letzten Manuskript* betreibt, ist eine Art Demontage, die solche Gesten völlig beziehungslos zueinander und doch konsequent schicksalsträchtig erscheinen läßt. Ein erleuchtendes Beispiel dieser Technik ist die Beschreibung der »Hand«, wobei der Autor ihre Verwandlung, das heißt ihre Degeneration, auf verschiedenen und doch miteinander verbundenen Ebenen schildert. Man fängt mit der Gegenwart an: Die Degeneration hat sich also schon vollzogen.

> Stimm an die Jukebox! Magisches wird sich vollziehen: schieb eine Münze in den blechgestanzten Schlitz, stoße mit dem Ballen nach, rüde, brutal: der Zeitgeist wird ins Klingen kommen, dröhnend, klirrend, schmetternd, trommelfellsprengend: die Hand des Zeitgeists wird das Getöse auslösen, Hand eines jungen Ölprospektors, Tankwarts, Fernfahrers, Knabenhand und schon Werkmannspranke, sie kennt nur ein paar Griffe, mechanisch eingeübtes Zupacken, Zerren, Schieben, Drehen, Stoßen, sie kennt nicht den Müßiggang gelöster Finger, keine beredte Gebärde, die ein Wort umbaut, einen Gedanken räumlich werden läßt, eine Zärtlichkeit andeutet. Zeitgeisthand, kein Instrument mehr zur Auslösung sublimer Vorgänge, keine Hand, die malt wie die Piero della Francescas, keine Hand, die Töne zum Klingen bringt wie die Hände des Kindes Mozart, keine, die schreibt wie Eichendorff. Landknechtshand: Der Daumen ist hornhäutig vom Zählens des Solds, immer wieder schiebt er Geld über den Zeigefinger, der krumm ist vom Abzug der Schießwerkzeuge, blank vom Umgang mit Mordbesteck …[11]

Es folgen Erinnerungen an andere Hände, die nicht besser – nicht »moralisch« besser –, doch schöner, viel schöner aussehen, weil sie noch mit Sinn beladen sind:

> In meinem fernen Vaterland kamen sie einmal im Jahr, am Neujahrstag, im Gefolge der Sternsinger. Erst kamen die Pächter, in neuen weißen Strümpfen, die Schuhe ließen sie draußen. … Dann zogen sie zum Verwalter und zahlten ihre Pacht. Am Nachmittag kamen die Lie-

[11] Gregor von Rezzori, *Kain. Das letzte Manuskript*, S. 48.

feranten aus der Stadt ... sie legten dem Verwalter ihre Rechnungen vor, die er streng prüfte, es ging so bis in den Abend, Onkel Ferdinand stand am Fenster und schaute mit einer finsteren Verachtung zu, wie sie einzeln und in Gruppen abzogen, sich immer wieder dankbar vor dem Gutsverwalter verneigend. Onkel Ferdinand wusch sich die Hände, wenn der letzte aus dem Hof war –

ich durfte nie mit bloßen Händen ins Freie, immer zog man mir Waschlederhandschuhe an. Ich durfte niemals Geld anfassen...

Er sieht sich mit John und Onkel Ferdinand bei seiner Mutter sitzen und ihr beim Patiencelegen zuschauen. Drei Liebhaber, von denen er mit seinen sieben Jahren der glühendste ist. ... Mami die Edelcocotte, an jedem ihrer schlanken Finger die Marionette eines zahlenden Galans...[12]

Kindheit und Adoleszenz stehen hier, so wie in *Abel*, als Stellvertreter einer Welt, deren Authentizität ganz und gar in ihrem Nicht-mehr-vorhanden-Sein besteht: Keine Nostalgie also, sondern nach wie vor die verzweifelte, nimmermüde Suche nach einem Sinn:

Was ich suchte, war der Sinn, verstehen Sie mich? – Damals schon wie heute suchte ich nach dem Sinn.[13]

Diese sinnlose Suche nach dem Sinn ist das eigentliche Bindeglied zwischen dem *Abel*- und dem *Kain*-Roman, der Grund, weswegen trotz aller Unstimmigkeiten, Inkongruenzen und Widersprüche *Kain* ohne die *Abel*-Voraussetzungen ganz und gar unverständlich wäre. Allen Personen, Ortschaften, Problematiken, Situationen ist man in *Abel* schon begegnet, und doch stimmt nichts mit der sogenannten Wirklichkeit überein, nachdem sie von der Brutalität des Geschehens zerstört worden ist. Der Anschluß Österreichs, der Nürnberger Prozeß, die Währungsreform – aber auch der Massentourismus, die »Amerikanik«, die Kulturindustrie – stellen als eigentlicher Leitfaden zwischen dem Roman und dessen hypothe-

[12] Ebenda, S. 52–54.
[13] Ebenda, S. 127.

tischer Fortsetzung die Stationen dieses Realitätsverlustes dar, sie verkörpern die Leitbilder der unwiederbringlich ins Unauthentische versunkenen Existenz. Diese Verlorenheit, diese Angst vor dem endgültigen, sinnlosen Schweigen läßt Rezzori, Aristides und Schwab ohne Regeln und unfair miteinander spielen, wobei jeder versucht, den anderen auszutricksen, das heißt, den anderen aufs Papier zu bringen.

So spielt der tote Gregor von Rezzori nicht mehr nur mit seinen Helden, sondern auch mit seiner »tatsächlichen« Identität; und so möge sie, da es sie »tatsächlich« nicht mehr gibt, Grishas posthumen Lesern um so literarisch-wirklicher – also wirklich schlechthin – verständlich werden.

*Rom – Siena, den 20. Oktober 2000*